W0316179

Radek Knapp
Reise nach Kalino

Radek Knapp

REISE NACH KALINO

Roman

Piper München Zürich

Mehr über unsere *Autoren* und Bücher:
www.piper.de

Von Radek Knapp liegen im Piper Verlag außerdem vor:
Herrn Kukas Empfehlungen
Franio
Papiertiger
Gebrauchsanweisung für Polen

Der Autor bedankt sich für die Unterstützung seiner Arbeit bei BMUKK Österreich.

FSC
www.fsc.org
MIX
Papier aus verantwortungsvollen Quellen
FSC® C014496

ISBN 978-3-492-05472-0
© Piper Verlag GmbH, München 2012
Gesetzt aus der Joanna
Satz: psb, Berlin
Druck und Bindung: GGP Media GmbH, Pößneck
Printed in Germany

KAPITEL 1

Julius Werkazy erhält einen Anruf und sorgt sich um seine Araukarie

Seit Julius Werkazy zurückdenken konnte, teilte er Probleme in zwei Kategorien ein: in solche, denen er ausweichen konnte, wie unbezahlte Rechnungen, und in solche, die er wohl nie loswerden würde, wie seinen eigenen Namen. Jedes Mal, wenn er ihn auf der Tür seines Büros sah, glaubte er, eine bösartige Macht hätte ihn mit einem zweifelhaften Pseudonym bedacht, das er nicht nur auf der Tür, sondern eines Tages auch auf seinem Grabstein würde ertragen müssen.

Um dem zu entgehen, goss er sich, nachdem er ins Büro gekommen war, ein paar Tropfen seines kostbaren Otards in den Tee und betrachtete ausgiebig das Gemälde über seinem Schreibtisch. Es zeigte einen wohlhabenden Mann, der eine gelbe Katze im Arm hielt. Und obwohl die Katze ziemlich schwer aussah, schwebte der Mann einige Zentimeter über der Erde und strahlte eine Ruhe aus, die Werkazy nicht einmal überkam, wenn er nachts todmüde ins Bett fiel. So stellte er sich nicht nur einen perfekten Detektiv vor, sondern auch einen Mann mit einem Namen, der sich nicht wie ein Pseudonym anhörte.

An jenem Morgen, als er gerade dazu übergehen wollte, alle Punkte auf dem Fell der Katze zu zählen, läutete ganz unerwartet das Telefon. Werkazy stellte vorsichtig den Tee ab und betrachtete misstrauisch den läutenden Apparat. Wenn eine Agentur so wenig abwarf wie die seine, wurde das Abheben des Hörers zu einer Kunst. Es wäre nicht klug, sich gleich auf den Apparat zu stürzen und einem Klienten zu verraten, wie es in Wirklichkeit um die »Agentur Werkazy« stand, andererseits durfte man nicht zu lange warten, damit der Anrufer nicht wieder auflegte. Werkazy beherrschte diese Kunst, und so buchstabierte er das Wort »Araukarie« rückwärts. Das dauerte knapp zehn Sekunden, seiner Erfahrung nach die ideale Wartezeit. Diesmal aber kam es ihm vor, als sei der Anrufer übermäßig hartnäckig, deshalb legte er noch zwei Sekunden drauf. Dann erst nahm er den Hörer ab und meldete sich wie immer, indem er den Namen seiner Agentur nannte.

»Spreche ich mit dem Chef der Agentur Werkazy oder einem der Mitarbeiter?«, fragte eine kräftige Männerstimme am anderen Ende der Leitung.

»Sie sprechen mit dem Inhaber persönlich«, bestätigte Werkazy und vermied es dabei, noch einmal seinen Namen zu nennen.

Die Stimme des Mannes klang nicht wie der übliche Anrufer. Er klang wie jemand, der nicht selber anruft, sondern das seiner Sekretärin oder einem Mitarbeiter überlässt. Aber offenbar war etwas passiert, das den Mann zwang, persönlich zum Hörer zu greifen. »Erlauben Sie, dass ich mich vorstelle«, sagte er. »Mein Name ist Osmos, und ich rufe aus einem Ort an, den man als Kalino kennt.«

Werkazy las selten Zeitung, aber es war unmöglich, den Namen Kalino oder den von Kalinos Gründer F. Osmos nicht zu kennen. Es war ungefähr so, als bekäme man einen Anruf aus dem Vatikan, bei dem sich der Papst persönlich am Apparat meldete. Nur war Werkazy weder besonders religiös, noch wusste er mehr über Kalino, als dass es sich um eine Art Stadt handelte, die seit Jahrzehnten so gründlich von der Welt abgeschottet war, dass man praktisch nichts von ihr wusste.

Er fixierte seine Teetasse und sagte mehr zu ihr als zu Osmos: »Ich bin ganz Ohr. Womit kann ich Ihnen helfen?«

»Nun, helfen ist inzwischen vielleicht das falsche Wort«, sagte Osmos. »Es geht um einen Vorfall, der sich bereits ereignet hat und nicht rückgängig machen lässt. Jetzt gilt es einzig und allein den Schaden zu begrenzen, damit nicht noch mehr Unheil geschieht.«

Warum werden die Reichen und Mächtigen immer so herablassend, wenn etwas außer Kontrolle gerät?, dachte Werkazy und sagte: »Könnten Sie mir andeuten, um welche Art von Schaden es hier geht?«

»Ich fürchte, das würde zu lange dauern. Sie müssen wissen, dass dieser Anruf keine Selbstverständlichkeit ist. Um die Verbindung herzustellen, mussten alle kalinianischen Sicherheitssysteme abgeschaltet werden. Das gesamte Leben in Kalino steht im Augenblick wegen dieses Anrufs still.«

Bekäme Werkazy für jeden Klienten, der sein Anliegen nicht am Telefon preisgeben wollte, einen Cent, bräuchte er kein Honorar mehr. Allerdings war das die originellste Erklärung, die er bis jetzt gehört hatte. Das wirklich Erstaunliche aber war, dass Osmos nicht log. Nach all den Jahren hatte Werkazy so etwas wie ein inneres Radar für Lügen entwickelt. Irgendetwas Großes musste in Kalino gründlich danebengegangen sein.

»Dann lassen Sie es mich anders formulieren«, sagte Werkazy. »Betrifft der eingetretene Schaden eine Person?«

Worte wie »Mord« oder »Verbrechen« vermied er schon seit Jahren.

»Das muss ich leider bejahen.«

»Ist es jemand, den Sie persönlich kannten?«

»Ich kenne jeden einzelnen Einwohner von Kalino.«

»Ist dieser Jemand noch am Leben?«

»Ja und nein.«

»Er ist also tot und doch nicht tot?«

»Es ist mir überaus unangenehm, in Rätseln zu sprechen, und daher möchte ich Ihnen folgenden Vorschlag unterbreiten: Kommen Sie nach Kalino, und sehen Sie sich alles persönlich vor Ort an. Sie können dann frei entscheiden, ob Sie den Fall übernehmen wollen oder nicht. Sie haben mein Wort darauf.«

Werkazy ließ eine kurze Pause entstehen. »So peinlich es mir jetzt ist, das zu sagen, aber Ihr Wort genügt mir nicht. Da wäre noch die Frage der Sicherheiten.«

Auch wenn es um Geld ging, verwendete Werkazy nie das Wort selbst, und interessanterweise hatte er noch keinen Klienten getroffen, der nicht trotzdem sofort verstanden hätte, worum es ging.

»Das ist kein Problem. Unsere Gratifikation wird Ihr übliches Honorar um einiges übersteigen. Und mit ›einiges‹ meine ich das Zehnfache. Die alles entscheidende Frage lautet, wann Sie zu uns kommen können. Der Zeitfaktor ist von größter Bedeutung.«

»Einen Augenblick bitte. Ich sehe nach.«

Werkazy nahm den Kalender zur Hand. Er hatte in den kommenden zwei Wochen nur zwei Termine: einen Zahnarzttermin, den er sowieso hatte verschieben wollen, und ein Treffen mit einer Klientin, die mit ihrem Friseur durchgebrannt war. Werkazy blätterte möglichst geräuschvoll im

Kalender, damit man es am anderen Ende der Leitung hören konnte. In solchen Momenten wurde ihm wieder einmal klar, wie viel der Job eines Detektivs mit dem eines Schauspielers gemeinsam hatte.

»Ich könnte nächsten Donnerstag da sein.«

»So lange können wir leider nicht warten. Was würden Sie von morgen halten?«

»Morgen? Ausgeschlossen.«

»Wie ich schon sagte, das Honorar steht hier nicht zur Debatte. Ich bin bereit, es noch einmal um den Faktor zwanzig zu erhöhen.«

»Ich weiß nicht. Ich müsste eine Menge Arbeit zur Seite schieben.«

»Vielleicht wäre es für Sie ein Anreiz zu erfahren, dass Sie der erste Besucher in Kalino wären. Es ist ein einzigartiger Ort. Viele bedeutende Persönlichkeiten würden sich glücklich schätzen, dort auch nur einen Tag verbringen zu dürfen.«

Privilegien waren nichts, womit man Werkazy locken konnte. Die Aussicht, die Rechnungen des letzten Monats begleichen zu können, köderte ihn weitaus mehr.

»Ich werde sehen, was sich machen lässt«, sagte Werkazy. »Ich muss das noch mit meinem Partner abklären.«

»Das ist exzellent. Sie werden es nicht bereuen. Das kann ich Ihnen versprechen.«

Werkazy wollte sich nicht über die Zuverlässigkeit von Versprechen auslassen, die einem Detektiv über das Telefon gegeben wurden, also wechselte er das Thema.

»Bevor wir auflegen, wüsste ich gerne noch eines. Warum haben Sie ausgerechnet meine Agentur gewählt? Es gibt viele andere Agenturen. Einige sind weit renommierter als unsere.«

Das war die Untertreibung des Jahres. Seine Agentur stand gerade mal im Telefonbuch. Und in seinen Finanzbüchern war die Farbe Rot noch häufiger zu Gast als in dem in der Nachbarschaft gelegenen Lustviertel.

»Sobald Sie in Kalino sind, werden Sie den Grund erfahren. Die Wahl ist nicht zufällig auf Sie gefallen.«

»Und wie soll ich anreisen?«

»Eine der Eigentümlichkeiten von Kalino besteht darin, dass man es nur mit einem eigenen Zug erreichen kann. Sie werden morgen um acht Uhr abgeholt und dann zu diesem Zug gebracht. Wir haben bereits alles Nötige veranlasst.«

Werkazy protestierte nicht. Er litt unter Flugangst und mochte Züge. »Punkt acht Uhr. Ich habe es mir notiert.«

»Dann freue ich mich, Sie persönlich kennenzulernen.«

Beide hängten gleichzeitig auf.

Werkazy nahm einen Schluck Tee und sah hinauf zu dem Gemälde über seinem Schreibtisch. »Hast du das gehört?«, sagte er zu dem Mann mit der Katze. »Ich kann zwar nicht über dem Boden schweben, aber manchmal habe ich eben Glück.« Er stellte die Tasse ab und marschierte hinüber ins Büro seines Partners. Er trat ein, ohne anzuklopfen.

Bruno, sein Partner, saß über einem kaputten Suchgerät und war dabei, mit einer Pinzette ein hochempfindliches Teil aus dem Gehäuse zu fischen. Er trug ein T-Shirt, auf dem *Bin gestern in einem Ufo geflogen* stand, und schien etwas verkatert zu sein. Werkazy hatte ihn aus zwei Gründen ausgewählt: Er selber verstand so wenig von moderner Technik, dass er einen Prozessor für eine ausgestorbene Fischart hielt, und war angewiesen darauf, dass jemand für ihn den Kontakt zu den Erfindungen des 21. Jahrhunderts herstellte.

Abgesehen davon, dass Bruno diese Lücke mühelos schloss, war er ein leidenschaftlicher Sammler mittelalterlicher Küchenwerkzeuge. Diese Mischung hatte Werkazy, der manchmal richtig sentimental werden konnte, gründlicher überzeugt als beste Referenzen.

»Sieht aus, als hätten sich unsere finanziellen Sorgen vorerst erledigt«, sagte Werkazy.

»Ah ja. Haben wir was gewonnen?«, murmelte Bruno, während er vorsichtig mit der Pinzette nach einer winzigen Schraube angelte.

»So wie es aussieht, eine Reise nach Kalino.«

Die Pinzette zuckte in Brunos Hand, und die winzige Schraube fiel wieder in das Gehäuse. Er sah auf. »Nach Kalino? Ich dachte, da darf kein Mensch hinein.«

»Offenbar machen sie jetzt eine Ausnahme. Soeben hat mich F. Osmos angerufen.«

»Der Gründer von Kalino persönlich? Und wie klang er?«

»Wie einer, der zu viel Macht hat und genau weiß, wie er das verbergen muss. Im Moment interessiert mich vor allem eines: Ist Kalino wirklich so reich, wie Osmos tut?«

Bruno lehnte sich zurück, als bereite ihm die Antwort darauf großen Genuss, den er ganz auskosten wolle. »Kalino ist nicht nur reich. Kalino ist extrem reich und extrem geheimnisvoll.«

»Würdest du freundlicherweise das Wort ›extrem‹ nicht so oft verwenden. Was meinst du mit ›geheimnisvoll‹?«

»Es heißt, die haben dort eine neue Wirklichkeit erschaffen.«

»Eine neue Wirklichkeit? Was soll das bedeuten?«

»Das weiß eben niemand so richtig.« Sein Partner hob die Pinzette in die Höhe, als sei ihm plötzlich etwas eingefallen. »Es heißt aber, die Kalinianer seien extrem intelligent. In der Zeit, die zum Beispiel unser Briefträger Maximilian braucht, um acht mit neun zu multiplizieren, würden die eine Differenzialrechnung lösen.«

»Das ist wirklich nicht schwer. In der Zeit könnte man spielend ein Mittagessen verdrücken.«

»Und sie sollen einen anderen Stoffwechsel haben als wir, wodurch sie auch um einiges besser in Form sind. Und alles läuft dort wie am Schnürchen.«

»Wenn dort alles am Schnürchen läuft, dann nur bis gestern. Irgendetwas ist dort gerade gründlich schiefgelaufen.«

»Und was?«

»Das hat mir Osmos leider nicht gesagt. Und deshalb habe ich zwei Bitten an dich. Eine leichte und eine schwierige. Würdest du dich in meiner Abwesenheit um meine Araukarie kümmern? Und zwar so, dass ich sie nachher auch wiedererkenne?«

»Ich werde es versuchen. Und die leichte Bitte?«

»Ich brauche einen Sender, um jederzeit mit dir Kontakt aufnehmen zu können. So wie bei der Sache vor vier Monaten.«

»Einen Sender in Kalino?«, wiederholte sein Partner und erlaubte sich ein Lächeln. »Warum verlangst du nicht gleich einen Zauberstab?«

»Warum?«

Sein Partner strich sich mit der Pinzette über seine rechte Augenbraue. »Kalino ist vollkommen abgeschottet von der Außenwelt. Die haben dort eine Nullsättigung elektromagnetischer Wellen fertiggebracht.«

»Kannst du mir das freundlicherweise übersetzen?«

»Das bedeutet, dass kein Signal, und ich meine wirklich

kein Signal, rein- oder rauskommt. Es gibt um Kalino einen Zaun, der ein extremes magnetisches Feld erzeugt. Ich habe keine Ahnung, wie die das geschafft haben. Die kalinianische Technologie grenzt wirklich an Zauberei. Eigentlich sollte *ich* dort hinfahren und nicht du.«

»Leider lassen sie Leute mit Skateboards nicht hinein.«

Werkazy verstummte und dachte darüber nach, was ihm sein Partner über den Kalinozaun erzählt hatte. Dann fragte er: »Habe ich dir eigentlich schon gesagt, was an diesem Fall so besonders ist?«

»Nein, das hast du ausgelassen.«

»Dass dich, wenn ich Erfolg habe, eine satte Gehaltserhöhung erwartet.«

»Julius«, seufzte sein Partner, »das Einzige, was du bei mir diesbezüglich je erhöht hast, war mein Blutdruck. Also, wenn du mich dazu bringen willst, ein Wunder zu schaffen, dann musst du dir schon mehr Mühe geben.«

»Dann hilf mir bitte mal auf die Sprünge. Warst du nicht mal Jahrgangsbester in deinem Elektronikstudium?«

»War ich. Und?«

»Was ich so gehört habe, sind deine alten Studienkameraden inzwischen alle bei großen Konzernen. Einer von ihnen soll sogar ein Dienstauto fahren, dessen Lenkrad aus purem Gold ist. Und das nur, weil er irgendeinen Schalter erfunden hat, der jetzt in jedem Toaster steckt.«

»Das war ein Thermostat auf Lithiumbasis.«

»Ich stelle mir vor, wie sich diese Elektronikgenies ins Fäustchen lachen, wenn sie an dich denken. Versteh mich nicht falsch. Ihr Genies seid nicht gerade soziale Typen. Trotzdem würde es mich an deiner Stelle irgendwie wurmen, wenn Leute wie die über mich lachen. An deiner Stelle würde ich ihnen gerne das Maul stopfen. Zum Beispiel, indem ich einen Sender baue, der den Kalinozaun überwindet.«

Sein Partner schüttelte den Kopf und schaute auf das halb zerlegte Suchgerät, das vor ihm lag. »Also, wenn du nicht Detektiv, sondern Prediger geworden wärst, hättest du nicht nur ein Lenkrad, sondern ein ganzes Auto aus Gold. Aber weißt du, was das Schlimmste ist? Dass ich jedes Mal darauf hereinfalle.«

»Das bedeutet, du versuchst es?«

»Vielleicht gibt es da eine Möglichkeit. Ich sehe zu, was ich tun kann«, sagte Bruno schließlich. »Bis wann brauchst du den Sender?«

»Bis morgen.«

»Dann scher dich raus! Denn so wie es aussieht, muss ich mir die Nacht um die Ohren schlagen.«

»Du wirst es nicht bereuen«, sagte Werkazy und ging zur Tür.

»Ich bereue es jetzt schon«, meinte sein Partner und rief ihm nach: »Und Julius? Vergiss eins nicht: Das Ding ist nur ein Sender und kein Zauberstab. Es wird nicht alle deine Probleme lösen können und schon gar nicht das größte Problem, das du in Kalino kriegen könntest.«

»Das größte Problem?«

»Du kennst doch den Spruch: Orte, die von einer Mauer umgeben sind, verlässt man nie auf dem Weg, auf dem man hineingekommen ist.«

»Wirklich? Wer hat dir denn diesen Unsinn erzählt?«

»Du.«

Werkazy konnte sich nicht erinnern, das jemals gesagt zu haben. Aber wer immer es auch gesagt hatte, er traf den Nagel auf den Kopf.

KAPITEL 2

Willkommen in Kalino. Folgen Sie uns bitte!

Als Werkazy aus einem unruhigen und keineswegs erholsamen Schlaf erwachte, versuchte er wie jeder, der vorübergehend die räumliche Orientierung verloren hat, sich in dem fremden Raum wieder zurechtzufinden. Erst als er die in einem Eisenbahnwaggon bizarr wirkenden Möbel erblickte – eine Schrankwand, einen Mahagonischreibtisch und eine Messingjugendstillampe, alles fest im Boden verankert –, fielen ihm zwei Dinge gleichzeitig ein: erstens, dass er sich seit Stunden im Zug nach Kalino befand, und zweitens, dass das Ziel seiner Reise längst in Sichtweite sein musste. Er massierte sich den steifen Nacken, genoss diese nur allzu schnell vorübergehende Wohltat und blickte aus dem Fenster. Sein Instinkt, der offenbar im Schlaf genauso verlässlich wie im Wachzustand arbeitete, hatte ihn nicht getäuscht: Kalino war in Sichtweite gekommen. Es lag auf einem Berg und erinnerte aus der Ferne an eine gut ausgebaute Festung. In den Strahlen der untergehenden Sonne aber wirkte es geradezu idyllisch. Unterhalb der Baumgrenze entdeckte Werkazy den Zaun, von dem sein Partner erzählt hatte. Er sah unscheinbar aus und war höchstens drei Meter hoch. Er funkelte wie ein elastisches, reflektierendes Gewebe, wie ein mit Millionen von Sensoren durchsetzter lebendiger Organismus.

»Vielleicht wäre ein Zauberstab wirklich das Richtige«, murmelte Werkazy und holte den Koffer von der Gepäckablage herunter. Er hing an diesem Ungetüm auf kleinen Rädern, der schon beim Kauf erstaunlich schwer gewesen war, obwohl auf seinem Firmenlogo der Spruch stand: *Ich helfe Ihnen, die Gravitation zu besiegen.* Werkazy hatte inzwischen gelernt, nichts Schweres einzupacken. Der schwerste Gegenstand, den er mit sich führte, war sein alter Rasierapparat. Es war keine besonders originelle Idee, den Sender darin zu verstecken. Aber Werkazy ging davon aus, dass die Kalinianer genauso wenig über die Tricks in seiner Welt wussten wie er über ihre.

Als der Zug wenig später wie ein rollender Tresor in den kalinianischen Bahnhof einfuhr, wartete Werkazy mit dem Koffer geduldig an der Waggontür, bis sie sich öffnete. Einen Moment lang fürchtete er, er würde ein Stemmeisen brauchen, um hinaus zu kommen, aber sobald er sich der Tür näherte, ging sie automatisch auf, als hätte sie nur auf ihn gewartet. Die schwere Tür glitt so lautlos auf, als wäre sie aus Papier, dabei wog sie mindestens eine halbe Tonne. Werkazy war kein Mann, den derartige technische Spielereien beeindruckten, aber selbst er war ziemlich verblüfft. Schließlich war das nur ein Vorgeschmack auf die Technologie, die ihn in Kalino erwartete. Vielleicht hättest wirklich du an meiner Stelle hierherkommen sollen, Partner, dachte er und stieg aus.

Er hatte in seinem Leben schon viele Bahnhöfe gesehen, aber noch nie einen wie diesen: Es gab kein Wartezimmer, keine Kasse, geschweige denn einen Fahrplan. Es gab nicht einmal eine Tür, die aus dem Bahnhof hinausführte. Der ganze Bahnsteig war mit einer Art Aluminiumwand versiegelt, die so glatt poliert war wie ein Spiegel.

Als wollte man Werkazy möglichst wenig Zeit geben, sich umzusehen, teilte sich auf einmal die Wand in zwei Hälften, und zwei Männer traten hervor. Sie waren über zwei Meter groß und steckten in eigenartigen Uniformen, die aus einem feinen, kostbar aussehenden Stoff gemacht waren. Auf der linken Brusthälfte trugen sie ein paar neongrüne Symbole. Das wirkte bizarr, setzte ihre Amtswürde aber keineswegs herab. Im Gegenteil, etwas Geheimnisvolles ging von diesen Uniformen aus, als verfügten ihre Träger über besondere Fähigkeiten, die weit über das übliche Maß hinausgingen.

Die beiden Kalinianer kamen auf Werkazy zu, und einer der beiden, er hatte rötlich blondes, kurz geschorenes Haar, machte eine kleine Verbeugung, die man ihm anscheinend für diesen Anlass beigebracht hatte: »Willkommen in Kalino, Julius Werkazy«, sagte er. »Wir gehören dem Perfektionsdienst an und sollen Sie in Empfang nehmen.«

Polizisten, dachte Werkazy. Die erkenne ich noch überall.

Der rötlich blonde Perfektionsdiener zeigte auf das Innere des Gangs, aus dem die beiden gekommen waren.

»Bevor Sie aber kalinianischen Boden berühren, müssen Sie noch eine Prozedur durchlaufen. Sie nimmt auf Ihrer Uhr nur wenige Minuten in Anspruch. Folgen Sie uns bitte.«

Den Boden berühren? Minuten in Anspruch nehmen? Ziemlich interessante Ausdrucksweise, dachte Werkazy und schnappte sich seinen Koffer.

Alle drei betraten einen großen Raum, der bis auf einen kleinen Tisch vollkommen leer war. Der erste Perfektionsdiener ging zu diesem Tisch und zeigte auf Werkazy.

»Würden Sie bitte den Reisekoffer hierherlegen. Wir müssen kurz seinen Inhalt begutachten.«

Werkazy hievte seinen Koffer auf die Tischplatte und trat einen Schritt zurück. Er mochte in Kalino sein, aber wenn es um Kontrollen ging, galten überall die gleichen Regeln. Wenn man es kurz halten wollte, sollte man mitmachen und sich keine Aufregung anmerken lassen.

»Darf ich erfahren, wie man das öffnet?«, fragte der rötlich blonde Perfektionsdiener.

»Man muss daran ziehen.« Werkazy zeigte auf den Reißverschluss.

Der rötlich blonde Kalinianer zog an dem Reißverschluss und öffnete ziemlich ungeschickt den Koffer.

Werkazys persönliche Sachen kamen zum Vorschein. Er hatte nur wenig eingepackt. Etwas zum Anziehen und ein paar Schuhe. Obenauf lag eine Zeitung, die er noch vor der Abfahrt gekauft hatte.

Der Perfektionsdiener zog einen durchsichtigen Handschuh hervor und streifte ihn über. Anscheinend hatte er nicht nur Angst davor, Kalino zu kontaminieren, sondern auch sich selbst. Er nahm die Zeitung zwischen zwei Finger und strich mit der anderen Hand darüber.

»Wozu dient dieser Gegenstand?«

»Das nennt man bei uns Zeitung. Darin sind alle möglichen Informationen über das, was bei uns in den letzten Tagen passiert ist.«

»Wir bedauern, aber dieser Gegenstand muss hierbleiben. Die Informationen aus Ihrer Welt spielen in Kalino keine Rolle. Kein Kalinianer würde damit etwas anfangen können.«

Die Hand des Kalinianers tauchte tiefer in Werkazys Koffer hinein. Seine Bewegungen wurden immer knapper und koordinierter. Werkazy hatte noch nie jemanden gesehen, der so schnell lernte.

Die Hand des Perfektionsdieners kam plötzlich mit vier Otard-Fläschchen zum Vorschein. »Und welchem Zweck dient das?«

»Das ist meine Medizin. Ich leide an einer chronischen Magenverstimmung und muss das regelmäßig einnehmen«, sagte Werkazy und dachte: Meine zweite Frau würde vor Freude in die Luft springen. Ich habe gerade öffentlich zugegeben, dass ich Trinker bin.

»Wir bedauern, aber Medikamente von draußen sind in Kalino ebenfalls verboten.«

Der andere Perfektionsdiener fügte hinzu: »Sollte sich Ihr Gesundheitszustand drastisch verschlechtern, werden wir sicher einen anderen Weg finden, Sie wieder gesund zu bekommen.«

Das bezweifle ich, dachte Werkazy und nickte.

Der Kalinianer legte die Otard-Fläschchen neben die Zeitung. Seine Hand griff wieder in den Koffer und förderte den Rasierapparat zutage. »Erklären Sie bitte die Funktionsweise dieses Geräts.«

»Es dient zur Gesichtspflege. Man nennt es Rasierapparat.«

»Wir wissen, was ein Rasierapparat ist. Ist er aber nicht überproportional groß?«

»Nun, das ist bei uns der letzte Schrei.«

»Der letzte Schrei?« Der Perfektionsdiener tauschte mit seinem Kollegen einen ironischen Blick aus und öffnete den Schacht, in dem die Batterien waren.

Werkazy ließ sich nichts anmerken, aber er war froh, dass er nicht an einen Pulsmesser angeschlossen war.

Der Perfektionsdiener nahm die Batterien heraus und betrachtete sie eine Weile. Dann betrachtete er das Gehäuse. Er nahm das Oberteil ab. Es war zweifellos der erste Apparat dieser Art, den er in der Hand hielt. Dennoch schien er sich damit besser auszukennen als Werkazy, der ihn seit Jahren täglich benutzte. Die Kalinianer hatten offenbar ein überragendes Geschick im Umgang mit technischen Geräten.

»Ziemlich primitive Mechanik. Was machen wir damit?«, fragte der Perfektionsdiener seinen Kollegen.

»Wir sollten das Aussehen unseres Gastes nicht noch weiter beeinträchtigen. Es weicht ohnehin schon sehr ab«, bemerkte der andere.

»Einverstanden.« Er baute den Apparat wieder zusammen und legte ihn in den Koffer zurück. Werkazy atmete unmerklich auf.

»Wir bitten Sie um Verständnis, aber Kalino ist besonders empfindlich, wenn es um Material von draußen geht. Sie werden das bald selbst einsehen. Darf ich Sie bitten, sich diesen Identifikationschip um den Hals zu legen, damit man Sie als Fremden erkennt.«

Der Perfektionsdiener überreichte Werkazy eine Plastikkarte an einem dünnen schwarzen Band.

Werkazy hatte die Kontrolle bis jetzt ohne Protest über sich ergehen lassen, aber er hegte eine tiefe Abneigung gegen Identifikationskarten. Besonders gegen solche, die man sich um den Hals legen musste. Er schüttelte den Kopf.

»Glauben Sie wirklich, dass man mich nicht auch so als Fremden erkennt? Sie sagten doch selber gerade, dass mein Aussehen hier sehr abweicht, was immer das auch bedeutet.«

Die beiden Perfektionsdiener sahen einander an.

»Er hat recht«, flüsterte einer von ihnen. »Sein Gesicht ist Ausweis genug.«

»Wir sind einverstanden. Aber tragen Sie ihn trotzdem

immer bei sich.« Der Rötlichblonde nickte und zeigte auf eine Tür. »Folgen Sie uns bitte.«

Werkazy steckte wortlos den Ausweis ein und nahm seinen Koffer. Sie durchquerten einen weiteren Gang und kamen zu einer Tür, die noch massiver war als die Tür des Eisenbahnwaggons. Der Perfektionsdiener legte die Hand auf das Türblatt, und die Tür öffnete sich. Werkazy erblickte eine unterirdische Garage, aus der ein Tunnel herausführte, der kein Ende zu haben schien. Vor ihnen stand eine Limousine mit getönten Scheiben. Neben ihr wartete der Fahrer. Er war eindeutig weder vom Perfektionsdienst noch ein Kalinianer.

»Das ist der Fahrer, der Sie zum Gründer bringt«, erklärte der zweite Perfektionsdiener.

Ohne Werkazys Antwort abzuwarten, öffnete er den Kofferraum und verstaute dort den Koffer. Seine Bewegungen waren präzise und schnell. Er verfügte über ein überdurchschnittliches Koordinationsvermögen, das anscheinend für einen Kalinianer typisch war. Aber es gab noch einen anderen Grund für seine präzisen und schnellen Bewegungen. Man wollte Werkazy schnell in der Limousine haben.

»Nehmen Sie bitte hinten Platz, und lassen Sie während der Fahrt die Fensterscheiben oben.«

Werkazy kam seiner Aufforderung nach und setzte sich in die Limousine.

»Wir wünschen Ihnen einen reibungslosen Verlauf Ihres Aufenthalts in Kalino und gutes Gelingen beim Ausführen Ihrer ehrenvollen Aufgabe.«

»Meiner ehrenvollen Aufgabe?«, staunte Werkazy.

»Sie sind hier, um einen Bericht über die Einzigartigkeit von Kalino zu verfassen. Möge er positiv ausfallen.«

»Das wird er bestimmt«, sagte Werkazy und dachte: Wissen die nicht, weswegen ich wirklich hier bin?

Die Tür der Limousine wurde von außen zugeschlagen, und der Perfektionsdiener gab dem Fahrer das Zeichen zur Abfahrt. Der startete den Motor und kurvte langsam aus der Tiefgarage heraus.

Sobald die Limousine anfuhr, wandte sich Werkazy an den Fahrer. »Das waren vielleicht zwei Früchtchen, sind die Kalinianer alle so?«

»So ähnlich«, entgegnete der Fahrer. »Aber man gewöhnt sich daran. Im Grunde sind die ganz in Ordnung.«

Der Fahrer war um die fünfzig, hatte schütteres Haar und war etwas fettleibig, wie Männer eben, die sich wenig bewegen. Er verstand eine Menge von seinem Handwerk. Die Limousine glitt buchstäblich über die Straße hinweg.

»Sie sind aber nicht einer von ihnen, oder? Ich meine, Sie sind mehr so meine Altersklasse.«

»So ist es. Ich gehöre zum Personal.«

»Zum Personal?«

»Wir kommen von außen. So wie Sie. Nur sind wir schon etwas länger hier. Übrigens, wie ist die Temperatur hinten bei Ihnen? Alles in Ordnung?«

»Ich fühle mich pudelwohl. Danke.«

Die Limousine schoss regelrecht unter der sicheren Hand des Fahrers durch den Tunnel, bis er schließlich zu Ende war und in eine Landstraße überging. Die Straße schlängelte sich zwischen den Hügeln langsam einen Berg hinauf. Links und rechts war nichts zu sehen außer Wäldern. Werkazy hielt vergeblich nach Häusern oder Menschen Ausschau.

»Kommt es mir nur so vor, oder nehmen wir absichtlich einen Weg, auf dem wir niemandem begegnen?«, sprach er den Fahrer nach einer Weile wieder an.

»Der Gründer will Sie sofort sehen. Es ist wegen dieses Unfalls neulich. Er ist etwas nervös.«

»Ein Unfall? Was für ein Unfall?«

»Tut mir leid. Ich darf darüber nichts sagen. Außer, dass es eine regelrechte Tragödie ist.«

Werkazy versuchte sich eine Tragödie in Kalino vorzustellen, aber es gelang ihm nicht. Hier war alles anders als draußen. Sicher auch die Tragödien. Dann richtete sich seine Aufmerksamkeit auf eine kahle Ebene, die zu seiner Rechten aufgetaucht war. Sie sah aus wie künstlich angelegt.

»Übrigens, dieser leere Raum rechts von mir. Was ist das?«

»Die Grenze von Kalino. Dort, wo das Feld endet, ist der Zaun. Dahinter sind nur noch Klippen.«

»Komisch. Ich sehe keinen Zaun.«

»Er ist unsichtbar.«

»Aber ich habe ihn auf der Herfahrt ganz deutlich gesehen.«

»Das liegt daran, dass er wie ein durchsichtiger Spiegel funktioniert. Von außen sieht man ihn, und von innen scheint er nicht zu existieren. Sobald Sie ihm nahe kommen, spüren Sie eine steigende Spannung in der Luft. Er lässt niemanden an sich heran. Dieses Ding ist teuflisch. Man könnte meinen, er denkt.«

Der Fahrer unterbrach sich und zeigte unvermittelt auf die Windschutzscheibe. »Sehen Sie nur. Da vorne ist bereits die Residenz des Gründers. Wir sind gleich am Ziel.«

Vor ihnen tauchte ein großes Anwesen auf. Es war auf allen Seiten von einer altmodischen Steinmauer umgeben, durch die ein schweres Tor führte. Der Fahrer drückte einen Knopf auf dem Armaturenbrett, und das Tor öffnete sich langsam. Obwohl es aus dickem Stahl war und sicher mehrere Tonnen wog, glitt es lautlos auf. Alle Eingänge in Kalino schienen nach demselben Prinzip zu funktionieren. Die Limousine rollte hinein und bog in eine Pinienallee ein, die einen kleinen Hügel hinaufführte. Man hörte nur das mahlende Geräusch der Räder im Kies. Hinter einer Kurve kam unterhalb der Straße nach einigen Hundert Metern ein modernes flaches Gebäude in den Blick. Es war olivgrün und so geschickt in die Landschaft eingebettet, dass Werkazy es fast nicht bemerkt hätte. Es erinnerte ihn an eine hochmoderne Privatklinik. Auf dem Dach stand der Schriftzug *Met. Zentrum*.

»Was ist das für ein Gebäude da unten?«, fragte Werkazy.

»Das ist das Metamorphosenzentrum. Gedacht für den Übergang.«

»Den Übergang? Von was zu was?«

»Das fragen Sie am besten auch den Gründer. Sehen Sie nur, wir sind da.«

Vor ihnen tauchte eine Burg auf. Sie war ohne Zweifel mittelalterlich. Aber sie wurde ergänzt durch moderne Elemente aus Glas und Aluminium. Werkazy hatte im Leben schon große Villen und Anwesen gesehen. Aber das hier rangierte ganz sicher unter den luxuriösesten. Sowohl was den Geschmack als auch was die Kosten anging. Es war eine perfekte Mischung aus alter und neuer Architektur.

»So etwas bekommt man nicht auf dem Flohmarkt, was!«, sagte der Fahrer. In seiner Stimme schwang Stolz mit, als würde ein Stück davon auch ihm gehören.

»Nicht mal im Supermarkt«, bestätigte Werkazy.

»Das ist noch gar nichts. Warten Sie, bis Sie es von innen gesehen haben.«

Die Limousine hielt vor dem Eingang. Der Fahrer stieg aus und öffnete Werkazy die Wagentür. Er führte den Gast anschließend in die Residenz und dann zielsicher durch mehrere Gänge, die mit kleinen gotischen Bögen verziert waren. Die Schritte der beiden Männer hallten wie Pistolenschüsse.

Nach einigen Minuten kamen sie zu einer Tür.

»Weiter darf ich nicht«, sagte der Fahrer und blieb stehen. »Gehen Sie durch diese Tür, und warten Sie auf den Gründer. Er wird gleich da sein.«

»Was machen Sie inzwischen?«, fragte Werkazy. Sein Sender lag im Kofferraum der Limousine.

»Ich warte im Wagen und bringe Sie dann in Ihr Quartier.« Der Fahrer dämpfte die Stimme. »Es ist wirklich ein Privileg, hier empfangen zu werden. Soviel ich weiß, sind Sie überhaupt der Erste von draußen, der hier hereindarf. Sie können sich wirklich was darauf einbilden.« Der Fahrer deutete eine Verbeugung an und entfernte sich.

Werkazy drehte sich um und griff nach der Türklinke, die allem Anschein nach aus massivem Gold war. Kalino mag anders sein, dachte er, aber eins ist hier genauso wie überall. Es muss eine Tragödie passieren, damit man bis ganz nach oben durchgelassen wird.

KAPITEL 3

Werkazy kriegt seinen ersten Cognac

Als Werkazy den großen Raum betrat, in dem man ihn zu warten bat, glaubte er, eine Zeitreise in die letzten Jahrhunderte anzutreten. Die ganze Einrichtung, angefangen bei den Möbeln bis zu den wertvollen Teppichen und Gemälden, hätte in den besten Museen der Welt einen Ehrenplatz bekommen. Osmos hatte offenbar nicht nur eine Unmenge von Geld, sondern auch einen guten Geschmack. Das galt vor allem für seine Gemäldesammlung. Unter den Bildern entdeckte Werkazy sogar einen Rembrandt, von dem er einmal etwas in der Zeitung gelesen hatte. Am meisten aber fesselte ihn ein Bild, das etwas abseits hing. Es stammte von einem unbekannten Maler und zeigte Menschen, die auf einem großen Platz standen und sich miteinander unterhielten. Einige hielten Gläser in den Händen, andere etwas zu essen. Das Ganze sah wie ein Sonntagsfest aus, wie es noch vor hundert Jahren in europäischen Dörfern üblich gewesen war. Inmitten der Festgäste stand ein Mann mit geschlossenen Augen. Es wirkte, als bildeten die Menschen, während sie über diesen Mann sprachen, langsam einen Kreis, der sich immer enger um ihn schloss.

»Ich weiß genau, was in dir vorgeht«, sagte Werkazy zu dem Mann auf dem Bild. »Ich war schon ein paarmal in deiner Lage. Und wie es aussieht, bin ich es heute wieder.«

»Wenn ich gewusst hätte, dass Sie sich für Malerei interessieren, hätte ich Sie schon früher eingeladen«, hörte Werkazy plötzlich jemanden hinter sich sagen. Er drehte sich um. Vor ihm stand F. Osmos. Er hatte ein dunkles Jackett an und eine Hose aus hellem Stoff. Er war etwas größer als Werkazy und wirkte durchtrainiert. Sein Gesicht war länglich und hatte ein etwas zu eckiges Kinn. Zwei graublaue Augen betrachteten den Gast aufmerksam, aber nicht aufdringlich. Es war der Blick eines Mannes, der mit Neugier und Ruhe seinen Besucher ansieht, als wüsste er, dass er noch reichlich Gelegenheit haben würde, dessen Charakter, Schwächen und Stärken zu prüfen. Vor allem aber war Werkazy darüber verblüfft, wie jung Osmos war. Nach dem, was er gehört hatte, musste der Gründer über siebzig sein, doch vor ihm stand ein höchstens vierzigjähriger Mann in der Blüte seiner Jahre. Diese Jugendlichkeit allerdings war mit einem Makel erkauft worden. Wenn Osmos lächelte, bekam sein Gesicht etwas Maskenhaftes.

»Ich freue mich sehr, dass Sie sich für meine bescheidene Sammlung interessieren«, sagte Osmos.

»Ich interessiere mich für alles, das älter ist als ich selbst«, entgegnete Werkazy.

»In diesem Fall werden Sie sich hier besonders wohlfühlen. Willkommen in Kalino.« Osmos streckte die Hand zur Begrüßung aus.

Werkazy erwiderte den Händedruck. Er hatte das Gefühl, kurzfristig mit einem Schraubstock Bekanntschaft zu machen.

»Wie war die Anreise? Ich hoffe, es gab keine Komplikationen?«

Wenn man von der Beschlagnahmung meines Otards absieht, keine, dachte Werkazy und sagte: »Ganz gut, wenn auch etwas einsam.«

»Einsamkeit kann manchmal ein Geschenk sein. Aber das brauche ich jemandem wie Ihnen nicht zu erzählen.« Osmos machte eine ausschweifende Geste. »Wie gefällt Ihnen mein Domizil?«

Werkazy hatte im Laufe seines Lebens öfter auf ähnliche Fragen antworten müssen. Er hatte daher die Antwort schon parat. »Ihr Fahrer scheint davon begeistert zu sein. Und ich kann ihn durchaus verstehen.«

Osmos lächelte. »Das alles hat einmal einem Renaissancefürsten gehört, der, wie wir heute sagen würden, massive Zukunftsängste hatte. Er experimentierte mit einem Elixier, das ihm ewige Jugend schenken sollte. Leider wurde er eines Morgens von den Einwohnern des Dorfes in seinem Bett erschlagen. Kein erbauliches Ende, aber ich hatte immer schon eine gewisse Sympathie für Menschen, die nicht zum vorgesehenen Zeitpunkt sterben. Lassen Sie uns auf die Terrasse gehen. Es ist heute ein so schöner Abend. Perfekt, um Ihnen alles in Ruhe zu erklären.«

Osmos öffnete die Terrassentür, und sie traten hinaus ins Freie. Osmos ging voraus bis an die Balustrade. Er drehte sich zu seinem Gast um. »Kommen Sie bitte zu mir, und werfen Sie einen Blick hinunter.«

Werkazy trat zu seinem Gastgeber. Vor ihm lag ein weites Tal, über dem sich ein klarer Sternenhimmel wölbte. Im Tal glitzerten Tausende Lichter, die funkelten wie an einem Weihnachtsbaum. Es waren kalinianische Häuser und Straßenlaternen, die ein phantastisches Muster bildeten. Es war eine atemberaubende Aussicht.

»Ich hoffe, Sie verstehen jetzt, warum mein Fahrer eine Abkürzung genommen hat. Ich wollte, dass Sie Kalino von hier aus sehen. Und zwar aus einem privilegierten Blickwinkel, wenn man so sagen darf.« Osmos vollführte eine

Handbewegung, als würde er etwas in der Luft zweimal durchstreichen.

Auf Werkazys Augenhöhe entstand eine Art Wirbel, der sich langsam zu einem großen schwebenden Bildschirm verdichtete.

»Eine unserer Erfindungen«, sagte Osmos. »Wir nennen es den ›Translokationsschirm‹. Im Grunde ist es so etwas wie ein überdimensionales Vergrößerungsglas. Allerdings eines, das Dunkelheit und sogar Wände durchdringen kann.«

Auf dem Schirm tauchte ein großer, runder Platz mit vielen Lokalen und noch mehr Menschen auf, die davor saßen.

»Was Sie hier sehen, ist der Hauptplatz von Kalino mit seinen Entspannungslokalen. Wir könnten von hier aus sogar lesen, was auf der Speisekarte steht, oder hören, was jeder Einzelne sagt, aber ich habe den Schirm leise gestellt, damit uns der Lärm nicht stört.«

Werkazy konnte sich nicht erinnern, jemals so viele gut aussehende Frauen und Männer auf einem Fleck gesehen zu haben. Sie wirkten alle sehr sportlich und gesund. Und sie alle steckten in einer offenbar nach Kalinomode gemachten Kleidung, die, knapp geschnitten und körperbetont, ihre überdurchschnittliche Physis hervorhob. Es herrschte eine ausgelassene Atmosphäre, die dem Beobachter zu sagen schien, dass hier etwas Besonderes und Magisches vor sich ging. Etwas, woran nur ein Kalinianer teilhaben durfte und was jedem Fremden unerreichbar war. Dadurch aber, dass der Ton abgedreht war und alles wie in einem Stummfilm aussah, wirkte diese Heiterkeit gekünstelt. Sie hatte etwas Operettenhaftes, um nicht zu sagen Einstudiertes.

Osmos weidete sich eine Weile an Werkazys Gesichtsausdruck und sagte dann: »Darf ich fragen, was Sie eigentlich über Kalino wissen?«

»Nur die paar Dinge, die in der Zeitung standen«, log Werkazy. Er hielt es nicht für nötig zu verraten, dass er über Kalino genauso wenig wusste wie über die letzte Mondfinsternis.

»Zeitungen schreiben selten die Wahrheit«, sagte Osmos, »und schon gar nicht über Kalino. Die einzige brauchbare Schlagzeile lautete, Kalino könne schon bald als Vorbild einer künftigen Gesellschaft fungieren. Das war das eine Mal, wo man der Wahrheit nahekam. Ansonsten gab es nur neidvolle Kommentare und abstruse Theorien. Keinem ist es jedoch gelungen, dieses Juwel in Verruf zu bringen.«

»Juwel?«, wiederholte Werkazy. »Ist das nicht eine etwas großzügige Bezeichnung für eine Stadt?«

»Es ist nicht irgendeine Stadt.« Osmos legte zärtlich die Handfläche auf den Schirm. »Wir leben bereits seit drei Jahrzehnten ganz abgeschottet von der Außenwelt. In dieser Zeit hat sich hier eine einzigartige Gesellschaft entwickelt. Wir verfügen über eine ausgereifte Infrastruktur, eine Industrie und sogar eine eigene Energieform. Aber unsere größte Errungenschaft sind die Kalinianer selbst.«

»Sie sehen wirklich ziemlich fit aus.«

»Das ist nicht alles, sie sind praktisch in jeder Hinsicht bemerkenswert. Ihre kognitiven Fähigkeiten stellen die unseren weit in den Schatten. Darüber hinaus haben die Kalinianer eine überdurchschnittliche Motorik, kennen keine Schlafstörungen und sind generell in sehr guter körperlicher Verfassung. Durch die lange Abschottung von der Außenwelt haben sich hier eigene Bräuche und Verhaltensweisen ausgebildet, die man durchaus als typisch kalinianischen Lebensstil bezeichnen kann. Einem Besucher von außen könnte er freilich skurril vorkommen.«

»Skurril?«

»Ein Kalinianer würde zum Beispiel nie etwas aufheben, das auf den Boden gefallen ist. Das hat nicht nur mit Hygiene zu tun. Die Kalinianer finden, dass etwas, was auf den Boden gefallen ist, sich ihrer Kontrolle entzogen hat und sie das respektieren müssen. Das liegt an ihrer ausgeprägten Bewunderung für physikalische Gesetze, die sie wie eine Religion verinnerlicht haben. Sie haben eine ganz besonders hohe Achtung vor der Gravitation.«

»Das klingt fast schon so, als handelte es sich um eine neue Menschenart.«

»Sie haben also diese hinterhältigen und verletzenden Gerüchte gehört? Kalinianer sind Menschen wie Sie und ich. Ihre Einzigartigkeit hat nichts mit Genmanipulation oder ähnlichen Absurditäten zu tun. Wir haben lediglich eine Methode entwickelt, das dem Menschen angeborene Potenzial vollkommen auszuschöpfen. Sie findet übrigens hier statt.« Osmos berührte den Schirm, und das Bild schwenkte vom Hauptplatz auf einen Gebäudekomplex im südlichen Teil Kalinos.

Werkazy erblickte ein großes Gelände, auf dem fünf lange Reihen mit dreistöckigen Gebäuden standen. Sie waren aus roten Ziegeln erbaut und ähnelten alten Backsteinhäusern. Die Anordnung erinnerte an den Campus einer Universität.

»Das ist gewissermaßen unsere Hochschule. Hier wird man zum Kalinianer. Wir nennen es ganz simpel den ›Campus‹.«

»Kommt es mir nur so vor, oder haben diese Gebäude keine Fenster?«, bemerkte Werkazy.

»Ganz recht. Die Kalinianer sind praktisch veranlagt.

Wozu ein Fenster, meinen sie, wenn man nie aus ihm hinaussieht. Da sie auf dem Campus ohnehin den ganzen Tag mit Lernen beschäftigt sind, ist die Innenbeleuchtung mehr als ausreichend.«

»Und was passiert innerhalb dieser Mauern?«

»Das Zauberwort heißt ›Extraktion‹.«

»Extraktion?«, fragte Werkazy. »Das klingt, als würde man jemandem etwas aussaugen und nicht beibringen.«

»Zugegeben, es ist ein etwas unglücklich gewählter Begriff.« Osmos lächelte. »Eigentlich ist es meine Schuld. Ich hätte damals besser ›Sublimation‹ oder ›Unterricht‹ sagen sollen. Dabei ist die Extraktion eigentlich ein so simpler und harmloser Prozess, dass ihn sogar ein Kind begreifen würde.«

»Begreift sie auch ein Detektiv?«

»Ganz bestimmt. Stellen Sie sich einen Apfel vor. Ein Apfel verfügt nicht nur über Vitamine, sondern auch über unnötige Bestandteile und Schadstoffe. Man extrahiert einfach diese Schadstoffe. Und so funktioniert die Extraktion für einen Kalinianer. Sie würden staunen, was man zum Beispiel aus einem einfachen Straßenkehrer alles herausfiltern könnte, wenn man ihn der Extraktion unterziehen würde.«

Aus den Straßenkehrern, die ich kenne, kann man in der Regel nur Alkohol extrahieren, dachte Werkazy und fragte: »Wenn das so einfach ist, warum hat man dieses Verfahren nicht schon längst woanders nachgeahmt?«

»Das hat man. Vergeblich. Die Extraktion ist ein filigraner Prozess. Man braucht dazu eine spezielle Umgebung. Die Kalinianer sind wie Patienten während eines Heilungsprozesses. Sie dürfen durch nichts gestört werden. Dadurch, dass Kalino vollkommen von der Außenwelt abgeschottet ist, sind die Kalinianer schon einmal vor dem größten Feind der menschlichen Natur geschützt, dem Stress. Er wurde hier auf ein Minimum reduziert.«

»Und wie ist Ihnen dieses Wunder gelungen?«

»Indem wir die gröbsten Ursachen eliminiert haben. Es gibt in Kalino keine Geldsorgen, denn alles hier ist umsonst. Kalinianer haben keine Kinder, was toxische Familienbindungen verhindert und jeden ganz frei seine Sexualität leben lässt. Das Singledasein hat sich daher längst als die wirkungsvollste und stressfreieste Form des menschlichen Zusammenlebens etabliert. Aber worauf wir am stolzesten sind, ist, dass wir unter den Kalinianern das Bewusstsein ihrer Sterblichkeit beseitigt haben.«

»Beseitigt? Sie meinen, die Kalinianer halten sich für unsterblich?«

»Richtig. Es war zunächst ein unbeabsichtigter Nebeneffekt unserer Gesundheitspolitik. Es ist nämlich üblich, dass beim geringsten Anzeichen einer Krankheit, auch wenn es nur eine Grippe ist, der Betroffene in unser Metamorphosenzentrum gebracht wird. Wenn die Krankheit harmlos ist, wird er geheilt. Jeder, der in die Gemeinschaft zurückkommt, ist hundertprozentig gesund.«

»Bedeutet das etwa, die Kalinianer haben noch nie einen Kranken gesehen?«

»Nicht einmal jemanden, der Schnupfen hätte. Von einem Toten ganz zu schweigen. So begann sich allmählich unter den Kalinianern die Ansicht durchzusetzen, dass ihnen nichts passieren könne. Das führte übrigens zu kulturellen Phänomenen, die einzigartig sind. Ich hoffe, sie Ihnen demnächst vorführen zu dürfen.«

Werkazy nickte und blickte wieder auf den Schirm, der auf den Hauptplatz zurückgeschwenkt war. Er betrachtete eine Gruppe von Kalinianern, die in einem Lokal saßen und an seltsamen hohen Gläsern nippten. Der Inhalt sah trüb und unappetitlich aus.

»Was trinken die denn da?«

»Ein sehr populäres Getränk in Kalino. Wir nennen es ›Dreifinger‹, weil das Glas so gemacht ist, dass man es am besten mit drei Fingern hält.«

Werkazy ließ den Blick noch eine Weile über Kalino schweifen. Dann nickte er wie jemand, der Anerkennung zollt, und sagte: »Ich bin von alledem sehr beeindruckt. Und fühle mich sehr geschmeichelt von dieser Demonstration. Aber ich bin mir sicher, dass Sie mich nicht nur eingeladen haben, um mir diese Aussicht zu zeigen.«

»Allerdings. Das habe ich nicht«, bestätigte Osmos und berührte den Translokationsschirm zweimal kurz, woraufhin dieser sich sofort auflöste.

»Gehen wir lieber wieder hinein. Ich muss Ihnen noch etwas anderes zeigen.« Osmos ließ seinen Gast vorausgehen, und sie nahmen im Salon Platz. Osmos trat vor eine große Bar und holte eine Flasche Cognac heraus. »Dieser Cognac ist einer der ältesten, die ich habe. Möchten Sie einen Schluck?«

»Nun, Sie kennen ja meine Vorliebe für alte Dinge.«

»In dem Fall wird Ihnen dieser Cognac ganz besonders gut schmecken. Er ist mindestens zweimal so alt wie Sie.«

»Dann nehme ich einen doppelten.«

Osmos goss zwei Gläser ein und kam damit an den Tisch. Er reichte Werkazy ein Glas und setzte sich.

»Auf Kalino«, sagte Osmos.

»Auf den Fall«, entgegnete Werkazy und nahm einen Schluck. Er hatte in seinem Leben nur einmal einen besseren Cognac getrunken. Das war vor sieben Jahren gewesen, als er an einem Fall ermittelt hatte, der mit einer sehr hochgestellten Persönlichkeit aus dem Ölgeschäft zu tun gehabt hatte. Es war Jahre her, und doch konnte er sich noch immer an den Geschmack erinnern. Genauso, wie er den Geschmack des Osmos'schen Cognacs nie vergessen würde. Er hob das Glas und sagte: »Wenn alles hier so schmeckt, könnte ich mir vorstellen, ein paar Tage länger zu bleiben.«

»Ich fürchte, das werden Sie müssen.« Osmos stellte sein Glas ab. »Vor drei Tagen passierte etwas sehr Bedauerliches. Es gab den ersten Todesfall in der Geschichte von Kalino. Das Glück im Unglück war, dass kein Kalinianer zu Schaden kam. Die Einwohner bekamen nicht einmal etwas davon mit. Aber es traf einen sehr geschätzten Mitarbeiter. Sein Name lautet Buschart. Er war der Vizedirektor unserer Nahrungsfabrik.«

Werkazy hielt sein Glas fester. Mehr ließ er sich nicht anmerken.

»Buschart brach zu seinem üblichen Kletterausflug auf und kehrte nicht mehr zurück. Kurz darauf erhielt ich die Nachricht, dass er tot sei. Er ist in eine Höhle gestürzt, die wir die ›Kalinoschlucht‹ nennen. Sie ist einzigartig und besonders gefährlich. Wenn jemand hineinfällt, bleibt nichts mehr von ihm übrig. Das hat mit der geologischen Eigentümlichkeit dieser Schlucht zu tun.«

»Tut mir leid, das zu hören.« Werkazy widerstand dem Impuls, einen weiteren Schluck zu nehmen.

»Wir haben am Unfallort seine persönlichen Sachen gefunden«, fuhr Osmos fort. »Es war alles noch so da, wie er es zurückgelassen hatte. Das Seil, an dem er geklettert ist, war gerissen. Buschart hatte wohl nicht einmal die Zeit zu schreien, als er in den Tod stürzte.«

»Das ist bedauerlich. Aber ich verstehe noch immer

nicht, was das mit meinem Besuch hier zu tun hat. Es war schließlich ein Unfall.«

»Das dachten wir auch. Bis vor zwei Tagen. Da bekam ich das hier.« Osmos öffnete die Schublade seines Tisches, nahm ein Blatt Papier heraus und übergab es Werkazy. »Lesen Sie bitte laut vor.«

Werkazy begann zu lesen:

»*Ich töte einen von Euch, um ein Signal zu setzen, das Ihr viel besser versteht als wir. Dieser Tod ist erst der Anfang. Bald werden weitere folgen. Kalino gehört den Kalinianern.*

P.S.: Eure letzte Chance ist das ›Sandmann‹-Hotel.

Sieht wie ein Bekennerbrief aus.«

»Richtig, es war ein Mord, und dieser diente nur einem einzigen Zweck: Jemand wollte Kalino an seiner empfindlichsten Stelle treffen.«

»Indem er einen verhältnismäßig unwichtigen Mitarbeiter tötete? Mit Verlaub, wenn ich der Mörder wäre und Kalino schaden wollte, würde ich Sie töten.«

»Sie schmeicheln mir. Aber es geht hier um viel mehr als um ein Menschenleben. Kalinos Glaubwürdigkeit steht auf dem Spiel. Diese Stadt ist ein einmaliges Beispiel dafür, was man alles aus einem Menschen machen kann. Wenn man den Mord einem Kalinianer anhängt, dann ist es mit der Glaubwürdigkeit vorbei. Kalinianer sind absolut nicht fähig zur Gewalt, geschweige denn zu einem Mord.«

»Nun, ich habe schon Menschen getroffen, die zehnstellige Zahlen im Kopf multiplizieren konnten und nachts mit einer Machete durch die Straßen liefen.«

»Sie übersehen etwas Essenzielles. Ein Mensch kann nur einen anderen Menschen töten, wenn er weiß, dass dieser auch stirbt.«

»Ich fürchte, ich kann Ihnen nicht folgen.«

»Dadurch, dass Kalinianer sich für unsterblich halten, wissen sie auch nicht, dass man dem menschlichen Körper überhaupt Schaden zufügen kann. Kalinianer sind von der Unversehrbarkeit des Körpers so überzeugt wie wir davon, dass die Erde rund ist. Hätte also ein Kalinianer Buscharts Seil durchgeschnitten, würde er glauben, dass Buschart nach seinem Absturz völlig unversehrt auf dem Boden der Schlucht aufgekommen und dort weiterspaziert wäre.«

Das war das seltsamste Alibi, das Werkazy in seiner Laufbahn je gehört hatte. Und noch dazu eines, das gleich eine ganze Stadt freisprach.

»Außerdem war Buschart kein unbedeutender Mitarbeiter. Im Gegenteil: Er war ein exzellenter Wissenschaftler. Kalino verdankt ihm viele unschätzbare Erfindungen, und er war gerade dabei, neue zu machen. Der Mörder wusste in jeder Hinsicht sehr genau, was er tat. Zuletzt arbeitete Buschart an einer neuen Substanz, die in der Nahrungsproduktion eine Revolution bedeutet hätte. Genaueres erfahren Sie in der Nahrungsfabrik. Glücklicherweise wird es nicht schwierig sein, den Mörder zu finden.«

Werkazys Augenbraue wanderte nach oben. Manchmal konnten ihn Menschen mit ihren Aussagen noch verblüffen. »Und wie kommen Sie zu diesem Schluss?«

»Weil der Kreis der Verdächtigen sehr klein ist.« Osmos holte einen Umschlag heraus und legte ihn auf den Tisch. »Hier sind ihre Namen.«

Werkazy betrachtete den Umschlag, ohne ihn anzurühren.

»Sie wollen mir nicht sagen, dass hier alle Adressen aller Bewohner stehen? Es sind sicher einige Tausend.«

»Zweitausenddreihundertfünfundvierzig, um genau zu sein. Aber die brauchen uns nicht zu kümmern. Es war, wie ich schon sagte, kein Kalinianer. Ich fürchte, wir müssen in den eigenen Reihen suchen. Unter den Papiergesichtern.«

»Den Papiergesichtern?«

»So nennen uns die Kalinianer. Wegen unserer Gesichtsfalten. Sie sind sehr visuell ausgerichtet.«

»Ich dachte, außer Ihrem Fahrer und Ihnen gäbe es hier niemanden mehr?«

»Nein, so ganz ohne Beistand von außen kommen wir nicht aus. Es gibt noch vier weitere von uns. Abgesehen von meinem Fahrer, der über jeden Zweifel erhaben ist, könnten die Übrigen durchaus etwas damit zu tun haben. Sie finden sie im Piniendistrikt auf der anderen Seite des Hügels. Und da wäre noch Dornort. Er lebt auf dem Campus, wo er für die Extraktion verantwortlich ist.«

»Und das sind die Einzigen, die mit Buschart zu tun hatten?«

»Es gibt noch die Frau von Buschart. Sie ist aber eigentlich keine von uns. Sie ist Kalinianerin.«

»Sagten Sie nicht, die Kalinianer und die Papiergesichter lebten strikt getrennt voneinander?«

»Richtig. Diese Ehe war ein einmaliges Experiment. Ich habe für Buschart eine Ausnahme gemacht. Er war ein wertvoller Mitarbeiter und genoss einige Privilegien.«

Werkazy überlegte eine Zeit lang. »Hat seine Frau zufälligerweise auch einen Bekennerbrief bekommen?«

»Ganz recht. Woher wissen Sie das?«

»Ich habe einfach nur geraten.«

»Wenn Sie weiter so exzellent raten, dann habe ich mein Geld gut angelegt. In diesem Umschlag sind alle Adressen der Papiergesichter. Dann noch die Kopie des Bekennerbriefs sowie der Unfallbericht und Fotos vom Unfallort. Das wird Ihnen bestimmt weiterhelfen. Morgen früh wird mein Fahrer Sie abholen und als Erstes zu den Papiergesichtern bringen.«

Werkazy hob abwehrend die Hand. »Noch habe ich den Fall nicht übernommen. Erinnern Sie sich vielleicht noch daran, was Sie mir am Telefon versprochen haben?«

Osmos schüttelte den Kopf. »Ich muss gestehen, ich bin im Augenblick überfragt. Wir haben über vieles geredet.«

»Sie versprachen mir zu sagen, warum Sie ausgerechnet mich engagiert haben. Denn seien wir ehrlich, es gibt weitaus renommiertere Kollegen, in deren Büros goldene Ehrenabzeichen für den tausendsten gelösten Fall hängen und Ähnliches mehr. Ich habe nicht einmal eine richtige Sekretärin.«

Osmos lächelte, als sei ihm etwas peinlich, und nickte wieder. »Sie werden es nicht glauben. Es ist eine seltsame Geschichte.«

»Seltsame Geschichten sind das, was ich am ehesten glaube.«

»Sie sind mir empfohlen worden.«

»Tatsächlich? Und von wem?«

Osmos holte eine alte Zeitung aus seiner Tasche. Er hielt sie Werkazy hin. »Werfen Sie mal einen Blick darauf.«

Werkazy überflog die Seite und sah auf. »Ich verstehe nicht. Ein Sportbericht über ein Pferderennen, das vor über elf Jahren stattfand?«

»Drehen Sie die Zeitung um.«

Auf der Rückseite war eine Klatschspalte, die über gesellschaftliche Skandale berichtete. Ganz unten entdeckte Werkazy etwas, das seinen Puls beschleunigte. Es war ein Foto von ihm. Das Papier war vergilbt, aber der Mann auf dem Bild war unverkennbar er selbst. Dieses Foto war aufgenommen worden, als er an einem Fall gearbeitet hatte, der wegen seines bizarren Verlaufs Aufmerksamkeit erregt hatte. Man nannte ihn damals den »Okzitane-Fall«.

»Darf ich fragen, woher Sie das haben?«

»Wir haben es unter Buscharts Sachen gefunden. Der Mörder hat es absichtlich hinterlassen, als wollte er, dass *Sie* diesen Fall übernehmen und niemand sonst. Haben Sie eine Ahnung, warum?«

»Nicht die geringste.«

Werkazy betrachtete ein weiteres Mal sein Foto. Er war damals noch jung gewesen, und die Unerfahrenheit stand ihm buchstäblich ins Gesicht geschrieben. Was niemand wusste, war, dass er damals nur um ein Haar dem Tod entkommen war. Der »Okzitane-Fall« war der gefährlichste in seiner ganzen Karriere gewesen. Umso mehr fragte er sich, was dieses Foto tausend Kilometer entfernt an einem Ort suchte, wohin man nicht einmal eine kleine Flasche Otard schmuggeln konnte. Und wie kam es noch dazu unter die Sachen eines Toten, von dem er bisher nie gehört hatte? »Darf ich das behalten?«, fragte er.

»Die Kopie liegt schon im Umschlag.«

»Dann wäre die Frage meines Hierseins geklärt.«

»Ausgezeichnet. Wir haben ein spezielles Appartement für Sie in Kalino bereitgestellt. Ich denke, es wird Ihnen gefallen. Sie haben eine schöne Aussicht auf das Zentrum. Fast so schön wie die von meiner Terrasse.«

»Dann würde ich es mir jetzt gern ansehen, wenn Sie nichts dagegen haben. Ich fürchte, ich bin ein wenig müde.«

»So müde, dass Sie nicht einmal Ihren Cognac austrinken?«

Werkazy blickte auf sein halb volles Cognacglas. »Sie haben recht. So müde kann ein Mann nicht sein.«

Er griff nach dem Glas und trank es in einem Zug aus. Der Cognac schmeckte ihm aber plötzlich nicht mehr.

»Jetzt, wo wir uns einig sind, darf ich Sie etwas Persönliches fragen, Werkazy?«

»Bei dem Honorar, das Sie mir zahlen, können Sie sogar meine Lebensgeschichte hören.«

»Ich habe mich ein wenig über Ihre Person erkundigt. Und da erfuhr ich, dass Ihre Detektei vor Jahren sehr erfolgreich war. Aber dann begann es langsam bergab zu gehen. Sie halten sich seitdem gerade so über Wasser. Warum?«

»Ich hatte eine Krise.«

»Eine Krise?«

»Wenn man sich Tag für Tag um Probleme anderer Leute kümmert, verliert man schnell die eigenen aus den Augen. Eines Tages kommt man darauf, dass man über seine Klienten mehr weiß als über sich selbst. Das ist eine ziemlich niederschmetternde Erkenntnis, wenn Sie wissen, was ich meine.«

»Sehr gut sogar. Deshalb braucht ein Mann ein Ziel, um sich wieder zu fangen. Ich glaube, dass Ihnen die Reise nach Kalino guttun wird. Es ist eine neue Welt, ganz anders als die, die Sie kennen.«

»Vielleicht haben Sie recht.« Werkazy stellte das Glas auf dem Tisch ab und erhob sich. »Ich glaube, ich sollte mich vor dem morgigen Tag ordentlich ausschlafen.«

»Das denke ich auch. Sie haben viel vor sich. Ich brauche nicht zu erwähnen, dass Zeit ein sehr wesentlicher Faktor ist.«

»Nein, nicht nötig. Sobald jemand tot ist, beginnen die Uhren schneller zu laufen. Das ist ein Naturgesetz in meiner Branche.« Werkazy sah sich um wie jemand, der plötzlich die Orientierung verloren hat. »Wo ist der Ausgang?

Ich fürchte, in diesem Schloss braucht man einen Fremdenführer.«

»Aber nur in den ersten paar Monaten.« Osmos lächelte und erhob sich ebenfalls. »Bitte hier entlang. Folgen Sie mir.«

Sie verließen den Salon, und Osmos führte seinen Gast auf demselben Weg, auf dem dieser hereingekommen war, zum Ausgang zurück. Draußen wartete bereits die Limousine mit laufendem Motor. Sobald der Fahrer Osmos erblickte, stieg er aus dem Wagen und verbeugte sich mit einem Respekt, der an Furcht zu grenzen schien. Osmos nahm das mit einem kurzen Nicken zur Kenntnis, das dem Fahrer gleichzeitig bedeutete, wieder am Steuer Platz zu nehmen.

Als Werkazy einstieg, sagte Osmos zu ihm: »Wir Papiergesichter zeigen uns so gut wie nie in der Öffentlichkeit. Unser Anblick ist den Kalinianern unangenehm, und deshalb schonen wir sie. Ich möchte Sie also bitten, diese Limousine auch dann zu nutzen, wenn Sie nur hundert Meter gehen müssten. Sie wird Ihnen rund um die Uhr zur Verfügung stehen.«

»Ich werde mich bemühen, so unsichtbar wie nur möglich zu sein.«

»Und jetzt schlafen Sie sich aus. Ich hoffe, dass Sie mir schon bald von ersten Erfolgen berichten werden.«

»Das hoffe ich auch. Schon allein deshalb, um wieder Ihren Cognac genießen zu dürfen.«

»Der wartet immer auf Sie.« Osmos verstummte und fragte dann: »Darf ich Ihnen noch etwas Persönliches mit auf den Weg geben?«

»Natürlich.«

»Kennen Sie die Geschichte von dem Mann, der über

einen Abgrund sprang und so viel Kraft besaß, dass er nicht hinabstürzte, sondern weiterflog, bis er die andere Seite des Abgrunds erreichte?«

»Nein, ich glaube nicht.«

»Wissen Sie, ich bin wie dieser Mann. Und jeder, der meinen Sprung gefährden will, wird einen noch größeren Schaden erleiden als der, den er mir zufügen wollte. Ich möchte nicht, dass daran der geringste Zweifel besteht.«

Osmos meinte damit Buscharts Mörder, aber Werkazy hatte das unbestimmte Gefühl, dass darin auch eine versteckte Warnung an ihn enthalten war. Er nickte zum Zeichen dafür, dass er das verstanden hatte. Er zweifelte tatsächlich keinen Moment an Osmos' Entschlossenheit. Genauso wenig wie daran, dass sein Gastgeber zum ersten Mal an diesem Abend ganz aufrichtig zu ihm gewesen war.

KAPITEL 4

Ein Mann, der seinen Koffer nicht allein tragen kann, sollte keine Reise unternehmen

Werkazys Appartement lag in der Nähe des Bahnhofs. Es war in einem kleinen luxuriösen Gebäude, das etwas abseits stand. Der Fahrer parkte vor dem Eingang und stieg aus. Er versicherte sich, dass niemand auf der Straße war, und öffnete Werkazy die Wagentür. Während Werkazy ausstieg, holte der Fahrer das Gepäck aus dem Kofferraum.

»Drinnen erwartet sie der Rezeptionist, der sich um Sie kümmern wird«, sagte der Fahrer. »Er ist Kalinianer, aber an den Umgang mit Papiergesichtern gewöhnt. Er glaubt auch, Sie würden über Kalino einen Bericht anfertigen.«

»Verstehe. Wie alle Kalinianer, nehme ich an?«

»So ist es.« Der Fahrer senkte die Stimme. »Ich hoffe, dass Sie den Mörder von Vizedirektor Buschart schnell finden werden. Er war der harmloseste und netteste Mensch, den man sich vorstellen kann.«

Werkazy wünschte, er wäre selbst so optimistisch. »Wann werden Sie mich morgen abholen?«

»Ich werde da sein, bevor Sie aufwachen. Hier an diesem Eingang warte ich. Übrigens, auf Ihrem Zimmer finden Sie alles, was Sie brauchen. Die Schlaftabletten sind im Nachtkästchen in der obersten Schublade.«

»Schlaftabletten?«

»Nur für alle Fälle. Wir Papiergesichter haben in Kalino

nicht immer den besten Schlaf. Und Sie sind jetzt auch ein Papiergesicht, nicht wahr? Bis morgen.«

»Bis morgen.«

Der Fahrer stieg wieder in die Limousine und fuhr ab.

Werkazy sah ihm nach, bis er um die Ecke gebogen war. Dann betrat er das elegante Foyer. Der Rezeptionist war ein Kalinianer mit kurz geschorenem blondem Haar. Er steckte in einer Uniform, die ihm zu klein war und nur für diesen Anlass angezogen worden zu sein schien. Werkazy blieb vor der Empfangstheke stehen und sagte: »Guten Abend. Mein Name ist Werkazy.«

Der Rezeptionist hob die Hand und unterbrach ihn. »Ich weiß, wer Sie sind. Sie verfassen einen Bericht über Kalino, nicht wahr? Es ist alles schon für Sie vorbereitet.«

Der Rezeptionist öffnete eine Schublade und holte einen zehn Zentimeter langen Glasstab heraus.

»Das ist der Schlüssel zu Ihrem Appartement. Es liegt im obersten Stockwerk und besitzt übrigens eines der wenigen Fenster in Kalino.«

Werkazy nickte und griff nach dem Glasstab. Der Rezeptionist zog sofort die Hand zurück, als wolle er eine Berührung mit Werkazy vermeiden. Er zeigte auf einen Raum am anderen Ende des Foyers, der wie ein Restaurant aussah.

»Da drüben in jenem Saal, wo der violette Schwan hängt, erwartet Sie morgen das Frühstück. Egal, wann Sie aufstehen. Ich richte mich nach Ihnen.«

»Ich bin erleichtert, das zu hören. Danke.«

Werkazys Blick fiel auf ein großes Foto, das über der Rezeption hing. Es zeigte einen jungen Mann, offensichtlich einen prominenten Kalinianer. Werkazy kam dieses Gesicht bekannt vor, aber er wusste nicht, woher.

»Eines wüsste ich gern noch: Wer ist der Mann da auf dem Foto?«

Der Rezeptionist sah ihn verwundert an. »Aber der müsste Ihnen bereits bekannt sein. Sie haben doch gerade eine Audienz bei ihm gehabt. Es ist unser Gründer persönlich.«

»Tatsächlich?« Werkazy betrachtete das Foto genauer. Das Gesicht darauf hatte kaum Ähnlichkeit mit Osmos. Der Mann auf dem Bild war höchstens zwanzig.

»Das ist offenbar schon vor längerer Zeit aufgenommen worden?«

»Nein. Es ist brandneu.«

»Weicht es nicht ein wenig von seinem wirklichen Aussehen ab?«

»Mir war es leider noch nie vergönnt, den Gründer persönlich zu sehen«, sagte der Rezeptionist. »Nur ganz wenige Kalinianer hatten diese Ehre. Deshalb hängt ja sein Foto überall.«

»Natürlich. Wie töricht von mir.«

»Nun, der Schaden ist minimal, wie man in Kalino sagt. Soll ich Ihnen behilflich sein beim Hinauftransport Ihres Koffers?«

Werkazy betrachtete kurz die Oberarme des Rezeptionisten, die die Uniform zu sprengen drohten, und schüttelte den Kopf.

»Danke, das mache ich selbst. Ein Mann, der es nicht schafft, seinen eigenen Koffer auf ein Zimmer zu tragen, soll lieber gleich zu Hause bleiben. Sagt man bei uns.«

»Ein interessanter Ausspruch, wenn auch etwas kryptisch. Sehen Sie diese Tür dort drüben?« Der Rezeptionist zeigte auf den Lift. »Dort ist der Aufzug, der Ihnen erhebliche Hilfe beim Transport leisten könnte.«

»Danke. Ich wünsche Ihnen eine gute Nacht.«

»Bei uns sagt man: eine ausgewogene Schlafperiode.«

»Natürlich. Sie wissen schon, was ich meine.« Werkazy griff nach seinem Koffer und marschierte zum Lift. Unterwegs prägte er sich jedes Detail des Foyers und der Rezeption ein. Kurz bevor er den Lift erreichte, entdeckte er etwas, was ihm ein Lächeln aufs Gesicht zauberte. Es war ein Nebeneingang, der direkt nach draußen führte. Sein Lächeln verkroch sich wieder diskret, nachdem er in den Lift gestiegen war und den Knopf mit der Ziffer 2 gedrückt hatte.

KAPITEL 5

Wie Bruno sich eine Gehaltserhöhung verdiente

Werkazy betrat sein luxuriös eingerichtetes Appartement. Es war über zweihundert Quadratmeter groß und bestand aus mehreren Salons, die mit futuristischen Möbeln und Geräten ausgestattet waren. Das Fenster nahm die ganze Raumbreite ein. Werkazy legte seinen Koffer aufs Bett und ging ins Badezimmer. Dort schaltete sich das Licht von selbst ein, und ein *Brandenburgisches Konzert* von Bach erklang. Jemand hatte seinen Lieblingskomponisten einprogrammiert. Dann entdeckte er eine Badewanne, in der man einen Schwimmwettbewerb hätte abhalten können. Über der Wanne hing ein Fernseher, der sich offenbar akustisch steuern ließ, denn Werkazy sah keine Fernbedienung oder etwas Ähnliches. Er ging zum Waschbecken und drehte das Wasser auf. Dann formte er seine Hände zu einer Schale und spritzte sich wieder und wieder Wasser ins Gesicht. Dieses monotone Ritual half ihm, sich an einem fremden Ort heimischer zu fühlen und die Reisemüdigkeit zu vertreiben. Als es ihm besser ging, trocknete er sich mit dem Handtuch ab und betrachtete sein Spiegelbild.

»Dieser Ort lässt sich mit nichts vergleichen, wo du bis jetzt gewesen bist, Julius«, sagte er. »Deshalb sieh zu, dass du das so schnell wie möglich erledigst und dann Urlaub machst in einem Land, wo es mehr Otard und weniger Spiegel gibt.«

Er sah sich im großen Salon um und entdeckte dabei einen metallischen Kasten, der ihn an eine Minibar erinnerte. Er drückte einen Knauf und öffnete die Tür. Was er sah, verschlug ihm die Sprache.

Die Bar war riesig, aber sie war von oben bis unten voll mit Mineralwasser, Fruchtsäften und Gesundheitsgetränken, die man extra für ihn nach Kalino eingeführt hatte.

»Was für eine Platzverschwendung«, murmelte er. Er griff hinein und versuchte etwas zu finden, in dem sich wenigstens etwas Alkohol befand.

»Darf ich Ihnen behilflich sein?«, fragte plötzlich eine angenehme weibliche Stimme.

Werkazys Hand erstarrte mitten in der Bewegung.

»Sie brauchen keine Angstreaktionen zu zeigen«, sagte die Stimme. »Es ist Ihre Minibar, die Sie hören. Ich bin darauf programmiert, Ihnen bei der Wahl Ihrer Nahrung behilflich zu sein.«

Werkazy zog vorsichtig seine Hand zurück. »Nun, wenn es so ist, hast du vielleicht irgendetwas, in dem sich Alkohol befindet? Es muss nicht viel sein«, sagte er und setzte murmelnd hinzu: »Ich höre mich schon wie ein Bettler an.«

»Bedaure. Alle Getränke sind alkoholfrei, da Alkohol die Motorik sowie das Urteilsvermögen beträchtlich einschränkt.«

Nicht übel, dachte Werkazy, sogar die Bar ist daran interessiert, dass ich den Fall schnell löse. »Dann hätte ich einen anderen Wunsch. Könntest du mir freundlicherweise einen Dreifinger geben.«

»Das ist mir leider nicht möglich. Ein Dreifinger ist in mir nicht vorhanden.«

»Auch kein anderes kalinianisches Getränk?«

»Bedaure. Ich bin nur mit Nahrungsmitteln aus Ihrer Welt gefüllt worden. Kalinianische Nahrung ist den Kalinianern vorbehalten. Sie hingegen gehören zu den Papiergesichtern.«

»Das klingt irgendwie nicht wie ein Kompliment«, murmelte Werkazy und sagte: »Wenn ich dich abschalten will, muss ich da noch etwas extra machen oder einfach die Tür schließen?«

»Schließen Sie einfach die Tür. Ihre Abwesenheit wird jedoch nur von kurzer Dauer sein.«

»Wie bitte? Warum?«

»Aufgrund der Analyse Ihrer Pupillenreflexe und anderer Gesichtsmerkmale schließe ich, dass Sie in naher Zukunft Kontakt zu mir herstellen werden. Womöglich schon in den nächsten vier Stunden.«

Werkazy wollte etwas erwidern, überlegte es sich aber im letzten Moment. Das fehlte noch, dass ich mit einer Minibar zu diskutieren anfange, dachte er und schloss die Tür.

Stille kehrte im Appartement ein.

Zum Glück redet sie nur, wenn sie offen ist, dachte Werkazy und sah auf die Uhr. Dann ging er zu seinem Koffer und holte den Sender aus dem Rasierapparat. Es war höchste Zeit, auszuprobieren, ob er funktionierte.

Werkazy ging zum Fernseher in seinem Schlafzimmer und schaltete ihn ein. Bruno hatte ihm dreimal eingebläut, dass er ein anderes elektronisches Gerät einschalten müsse, bevor er den Sender in Betrieb nehme. Das würde die Strahlung seines Senders tarnen. Auf dem Hauptkanal lief ein Werbeprogramm. Es zeigte eine junge Kalinianerin, die auf einer gelben Matte eine ziemlich komplizierte Übung ausführte.

Werkazy drückte einen kleinen Knopf, und der Sender begann die Verbindung herzustellen. Während Werkazy wartete, betrachtete er die junge Kalinianerin auf dem Bildschirm. Ihr Lächeln schien in ihr Gesicht gemeißelt zu sein, ganz gleich, ob sie gerade einen Kopfstand oder einen Salto machte. Auch war kein Tropfen Schweiß an ihr zu sehen, im Gegensatz zu Werkazy, auf dessen Stirn sich bereits die ersten Schweißperlen bildeten.

Ein paar Minuten waren schon verstrichen, und es passierte noch immer nichts. Erst nach weiteren zwei Minuten rührte sich etwas.

Einen Moment lang hörte er nur Rauschen, bis er plötzlich ganz klar Brunos Stimme vernahm.

»Ich bin's, Julius«, meldete sich sein Partner. »Funktioniert alles mit der Verbindung.«

Auch wenn Werkazy es nie zugegeben hätte, es tat ihm gut, die Stimme seines Partners zu hören.

»So wie es aussieht, ja«, antwortete er. »Scheint, als hättest du doch einen Zauberstab gebastelt. Ich werde es bei deiner nächsten Gehaltserhöhung berücksichtigen.«

»Du meinst meiner ersten. Aber schieß los, viel Zeit haben wir nicht. Wie ist Kalino?«

»Ungefähr so, wie du sagtest. Alle leben glücklich und in guter Form vor sich hin und scheinen nichts anderes zu tun, als sich in Lokalen zu entspannen. Sie haben keinen Stress oder Probleme, und zum Frühstück bekommen alle Nektar und Ambrosia, weshalb sie wie Filmstars aussehen. Über allem wacht Osmos. Ob wie ein Vater oder eher wie ein Gott, lässt sich noch nicht genau sagen. Und ja, beinahe hätte ich es vergessen, die halten sich hier alle für unsterblich. Trotzdem haben wir hier einen Mord«

Sein Partner pfiff leise. »Nicht übel. Julius Werkazy löst

einen Mord unter den Unsterblichen. So etwas hat dir doch in deiner Karriere noch gefehlt.«

»Richtig, nur hat es keinen Unsterblichen erwischt, sondern jemanden vom Personal.«

»Vom Personal? Was denn für ein Personal?«

»Auch im Paradies braucht man ein paar Leute, die die Schrauben ölen und auf alles ein Auge haben. Und einer davon musste dran glauben. Er arbeitete in der Nahrungsfabrik. Sein Name lautete Buschart.«

»Schon notiert. Red weiter.«

»Osmos will natürlich, dass ich den Mörder so schnell wie möglich finde. Aber jetzt kommt es. Ich darf überall suchen, nur nicht unter den Kalinianern. Für Osmos sind sie über jeden Verdacht erhaben. Ich muss mir zuerst die Papiergesichter vornehmen.«

»Ich glaube, mit der Leitung stimmt etwas nicht. Ich habe ›Papiergesichter‹ verstanden.«

»Die Leitung ist in Ordnung. ›Papiergesichter‹ nennt man hier das Personal. Und auch alle anderen, die von draußen kommen.«

»Du meinst Detektive mittleren Alters, die vor einigen Monaten während eines Konzerts in einem Anfall von Midlife-Crisis den großen Spiegel im Konzerthaus zerschlagen haben?«

»Soeben hat sich deine Gehaltserhöhung verabschiedet. Außerdem habe ich fünf Zeugen, dass ich gestolpert bin.«

»Schon gut. Also? Wie wirst du jetzt vorgehen?«

»Ich rede zuerst mit den Papiergesichtern und werde trotzdem ein Auge auf die Kalinianer haben. Aber du musst ein paar Sachen für mich recherchieren, an die ich hier niemals herankomme. Versuch als Erstes etwas über Osmos herauszufinden. Ich glaube nicht, dass du viel über ihn erfahren wirst, aber jede Kleinigkeit ist Gold wert. Irgendetwas stimmt nicht mit ihm. Er redet wie ein Feingeist, hätte mir aber trotzdem beinahe zur Begrüßung die Hand zerquetscht.«

»›Feingeist‹ … ›Hand zerquetscht‹ … ist notiert. Was noch?«

»Finde alles, was du nur kannst, über diesen Buschart heraus. Vor allem, was er gemacht hat, bevor er nach Kalino kam. Tote sind, wie wir ja wissen, die beste Informationsquelle.«

Werkazy konnte hören, wie sein Partner umblätterte. Der Sender funktionierte wirklich ausgezeichnet.

»Und wenn du noch Zeit hast, überprüf das Hotel ›Sandmann‹. Es wird im Bekennerbrief des Mörders erwähnt.«

»Es gab einen Bekennerbrief?«

»Und leider nicht nur das«, gab Werkazy unwillig zu.

»Was meinst du mit ›leider nicht nur das‹?«

»Der Mörder hat bei den Sachen des Toten einen alten Zeitungsartikel hinterlassen über einen ungelösten Kriminalfall von vor elf Jahren. Er kam zu den Akten als der ›Okzitane-Fall‹.«

»Und was hat das mit dir zu tun?«

»Ich war derjenige, der diesen Fall damals untersucht hat. Aus irgendeinem Grund wollte der Mörder, dass *ich* den Buschart-Fall übernehme und niemand sonst. Entweder weil er mich so mag oder weil er ein wenig mit mir spielen will. Beides gefällt mir nicht besonders. Ich frage mich, wie er überhaupt herausfinden konnte, was sich vor elf Jahren abgespielt hat. Es gibt nur zwei Leute, die wissen, was damals vorgefallen ist: Der eine ist tot, der andere bin ich.«

»Hast du das Osmos erzählt?«

»Ich mag etwas aus der Übung sein, aber ich bin noch nicht ganz verblödet. Ich habe ganz brav meinen Mund gehalten.«

»Und Osmos hat sich nicht gewundert?«

»Schon. Aber er weiß es gut zu verbergen. Ich würde sogar sagen, verbergen ist das, was er am besten kann. Und Cognac einschenken. Davon versteht er auch eine Menge. Ob du es glaubst oder nicht, er hatte wirklich einen echten siebzigjährigen ›Bisquit‹. Ich dachte immer, davon gäbe es keinen mehr auf der ganzen Welt.«

»Wenn es so ist, dann habe ich für dich auch etwas. Rat mal, wer hier angerufen hat, gleich nachdem du nach Kalino gefahren bist.«

»Keine Ahnung. Meine Mutter?«

»Besser. Es war Osmos persönlich. Du warst praktisch kaum aus der Tür, als das Telefon klingelte. Er hat sich sehr ausführlich über dich erkundigt. Er wollte alles wissen. Was du vorher gemacht hast und wo du gearbeitet hast. Welche Fälle du gelöst hast. Besonders diejenigen, die schon lange zurückliegen, interessierten ihn. Und dann wollte er noch wissen, ob du unter Höhenangst leidest. Ziemlich interessante Mischung, oder?«

»Kann man sagen. Und was hast du ihm erzählt?«

»Ich habe ihm so viel gesagt, wie nötig war. Und was den letzten Punkt angeht, habe ich gelogen.«

»Vielleicht ist deine Gehaltserhöhung doch noch drin.«

»Julius«, Bruno wurde ernst, »ich will dir nicht vorschreiben, wie du dir dein Bett machen sollst, aber ich würde diesen Osmos richtig unter die Lupe nehmen. Da ist doch was nicht koscher, wenn jemand sich so viel Mühe macht, einen solchen Zirkus wie Kalino zu erschaffen. Das ist mehr als ein Hobby. Da steckt mehr dahinter.«

»Schon möglich. Aber im Augenblick muss ich schauen, dass man *mich* nicht zu sehr unter die Lupe nimmt.« Aber Werkazy wusste, dass Bruno mitten ins Schwarze getroffen hatte.

»Außerdem vergiss nicht, dass du dort ein Fremder bist. Und Fremde brauchen schnell einen Platzvorteil, sonst können sie Bekanntschaft mit einem Gegenstand machen, der härter ist als ihr Kopf.«

»Danke für die Warnung. Aber wenn ich derartige Ratschläge brauche, kann ich auch meine beiden Exfrauen anrufen.«

»Die waren nicht die Dümmsten.«

»Deshalb haben sie mich auch verlassen. Hör zu, wir sollten langsam Schluss machen. Nur eins noch. Ich hatte vorhin ein ziemlich aufschlussreiches Gespräch mit der Minibar.«

»Das ist nichts Neues. Das machst du doch öfter.«

»Ja, nur – diesmal war ich nüchtern. Die sind hier tatsächlich ziemlich hoch entwickelt. Was ist, wenn sie den Sender entdecken?«

»Keine Sorge. Das werden die nicht. Darauf gebe ich dir mein Wort.«

»Ich glaube, ich brauche mehr als dein Wort.«

»Eigentlich wollte ich es dir nicht sagen, aber ich habe dieses Ding nach einer speziellen Anleitung gebaut, die auf Kalinotechnologie basiert.«

Werkazy verschlug es kurz die Sprache. Bruno überraschte ihn immer wieder. Manchmal fragte er sich, ob er ihn wirklich so gut kannte, wie er glaubte.

»Und wie bist du an die herangekommen?«

»Das war eine merkwürdige Geschichte. Jemand hat diese Anleitung an unsere Detektei geschickt. Es war, als wollte dir jemand heimlich helfen.«

»Und wer könnte das sein?«

»Keine Ahnung. Der Absender war anonym. Also, vergiss nicht, was ich gesagt habe. Ich melde mich zur verabredeten Zeit. Bis dahin dürfte ich schon was für dich haben. Bis dann.«

»Bis dann.«

Die Verbindung wurde unterbrochen. Werkazy drückte den Knopf und verstaute den Sender wieder in seinem Rasierapparat. Dann schaltete er den Fernseher aus und murmelte: »Sobald ich zurück bin, muss ich ein paar ernste Worte mit ihm wechseln. Keine weiteren Geheimnisse vor dem Chef.«

Dann stand er auf und sah auf die Uhr. Er war schon seit vielen Stunden auf den Beinen und hätte sich am liebsten sofort hingelegt. Aber schlafen konnte er später noch. Er holte eine Jacke und eine Mütze aus dem Koffer und verließ seine Suite. Es war höchste Zeit für einen kleinen Spaziergang durch Kalino.

KAPITEL 6

Ein Schluck Dreifinger

Als Julius Werkazy kurz darauf das Hotel unbemerkt durch den Hintereingang verließ, dachte er daran, dass Unauffälligkeit der größte Trumpf eines Detektivs war. Aber in Kalino war er ein Papiergesicht und musste etwas dagegen tun. Ein einziger aufmerksamer Blick eines Kalinianers, und er würde sich in den Armen des Perfektionsdienstes wiederfinden. Zum Glück brauchte er für das, was er vorhatte, nicht mehr als eine halbe Stunde. Er wollte an eine Kostprobe kalinianischer Nahrung gelangen, egal, wie winzig sie war.

Als Osmos ihm auf dem Translokationsschirm das Lokal mit den Kalinianern gezeigt hatte, die an ihren Dreifingern nippten, war ihm aufgefallen, dass der Gründer das Bild etwas zu schnell gewechselt hatte. Als er dann noch erfuhr, dass der tote Buschart ein einflussreicher Mann in der Nahrungsherstellung gewesen war, hatten dann bei Werkazy alle Alarmglocken geläutet.

Er wusste auch schon, wie er sich diese Probe besorgen würde: in einem der kalinianischen Entspannungslokale, die er auf dem Hauptplatz gesehen hatte. Auf dem Weg dorthin würde er Kalino mit eigenen Augen begutachten, nicht durch ein überdimensionales Vergrößerungsglas. Nichts geht über die gute alte Wirklichkeit, dachte Werkazy, als er die Straße zum Hauptplatz einschlug. Unterwegs dorthin machte er ein paar Entdeckungen, die er niemals durch den Translokationsschirm von Osmos gemacht hätte: In Kalinos Straßen duftete es! Und zwar nach Lindenblüten. Die Quelle waren blätterlose und auffällig symmetrische Bäume, die im Abstand von zehn Metern aufgestellt worden waren. Sie waren aus einer plastikartigen braunen Masse und dienten zugleich als Straßenlaternen. Unterhalb einer Neonlampe befand sich ein schmaler rechteckiger Spalt, aus dem der künstliche Lindenduft strömte.

Sie parfümieren die Straßen, ohne sich um die Jahreszeiten zu kümmern, dachte er und nahm die kalinianischen Häuser ins Visier. Sie waren alle dreistöckig, und eines sah aus wie die Kopie des anderen. Sie besaßen keine Fenster, und ihre Wände bestanden aus einem eigenartigen Baumaterial, das das Licht der Laternen reflektierte. Marmorne Gehsteige führten zu den Eingangstüren, die jedoch weder Klinken noch Knäufe besaßen, wodurch sie wie Tresortüren wirkten, die man nur unter Gewaltanwendung öffnen konnte. Anscheinend legten die Kalinianer geradezu krankhaften Wert auf ihre Privatsphäre, was in einem merkwürdigen Gegensatz zu ihrer Geselligkeit stand, die sie auf dem Hauptplatz zur Schau stellten.

Zwischen den Häusern gab es in regelmäßigen Abständen kalinianische Geschäfte. Das Leben der Kalinianer war nur auf zwei Bereiche ausgerichtet: Kleidung und Körperpflege. Wo man auch hinsah, gab es Schaufenster mit Fitnessgeräten in jeder Größe und Form oder kalinianische Kleider. An den Ausgängen der Geschäfte waren rätselhafte Konsolen angebracht, die wie medizinische Fingerabdruckgeräte aussahen. Es gab keine Zeitungskioske, Apotheken oder Kinos.

Je näher Werkazy dem Hauptplatz kam, desto reger wurde das kalinianische Nachtleben. Die ersten kalinianischen K-Mobile tauchten auf und fuhren an ihm vorbei. Sie hatten eine futuristische Form und bewegten sich vollkommen lautlos, weshalb Werkazy beim Überqueren der Straße um ein Haar angefahren worden wäre. Das K-Mobil bremste im letzten Augenblick, wobei Werkazy bemerkte, dass auf der Fahrertür das digitale Foto des Besitzers abgebildet war. Darunter standen dessen Körpergröße und persönliche Vorlieben, bis hin zu seinen Lieblingssendungen im kalinianischen Fernsehen. Der Lenker selbst verbarg sich jedoch hinter den getönten Scheiben des K-Mobils, was in einem krassen Gegensatz zu den Offenbarungen auf der Fahrertür stand.

Als Werkazy schließlich den Hauptplatz erreichte, blieb er wie angewurzelt stehen. Nach dem Spaziergang durch die ausgestorbenen Straßen war es fast ein Schock, so viele Kalinianer auf einem Fleck zu sehen. Sie waren überall und sahen aus der Nähe noch besser und athletischer aus als auf Osmos' Translokationsschirm. Die meisten saßen an Tischen, tranken ihre Dreifinger und andere rätselhafte Drinks und waren ausgezeichneter Laune. Wieder stellte sich bei Werkazy der Eindruck ein, dass in dieser allgemeinen Heiterkeit etwas Erzwungenes lag. Es wirkte fast so, als bringe etwas Unsichtbares die Kalinianer dazu, sich fröhlich zu verhalten.

Werkazy sah sich nach einem passenden Lokal um, wo er an die Nahrungsprobe herankommen könnte. Am äußeren Ende des Hauptplatzes machte er ein Lokal aus, das nicht so überfüllt war wie die anderen. Über dem Eingang hing ein Neonschild mit der Aufschrift *Luftwechsel*.

Kein schlechter Name, dachte Werkazy. Er setzte sich die

Mütze auf, die er mitgenommen hatte, und stellte den Kragen seiner Jacke hoch. Es war eine ziemlich provisorische Tarnung, aber manchmal funktionierten provisorische Maßnahmen besser als solche, die man wochenlang ausgetüftelt hatte. Dann überquerte er schnell den Hauptplatz. Kurz bevor er das Lokal betrat, machte er ein paar Atemübungen, um seinen Puls zu beruhigen. Dieser Tipp stammte aus einem Yogabuch, aber offenbar eignet sich Yoga nicht für Detektive, denn sein Puls wurde keinen Deut langsamer.

Das Lokal war geradezu ideal. Es herrschte eine diffuse Beleuchtung. In der Ecke erblickte er einen freien Tisch, steuerte darauf zu und nahm Platz. Niemand hatte ihn registriert. An den drei besetzten Tischen unterhielten sich ein paar Kalinianer und versprühten die übliche Fröhlichkeit. Hinter der Theke mixten zwei Kellner Getränke. Sie trugen violette Kostüme, in denen sie wie austrainierte Zirkuskünstler aussahen.

Werkazy angelte sich eine Menükarte, die auf dem Tisch lag, und öffnete sie. Auf der ersten Seite stand »Flüssigkeiten« und auf der zweiten »Feststoffe«. Bei den Flüssigkeiten wurden Getränke wie »Violette Perspektive«, »Luftwürfel« oder »Weit offene Türen« angeboten. Der »Dreifinger« stand separat ganz unten. Offenbar nahm er so etwas wie einen Ehrenplatz auf der Liste ein. Nirgendwo war ein Preis angegeben. Werkazy schob sich die Mütze noch tiefer ins Gesicht, zog den Kragen auf maximale Höhe und winkte einen Kellner heran.

Einer der beiden kam an Werkazys Tisch. In seinem Gesicht spiegelte sich die allgemeine gute Laune. Allerdings hatten seine Augen etwas Unruhiges, als würden sie nichts finden, worauf sie länger als ein paar Sekunden ruhen könnten.

»Willkommen im *Luftwechsel*«, sagte er. »Möchten Sie etwas Festes oder etwas Flüssiges?«

»Etwas Flüssiges«, antwortete Werkazy, indem er sich bemühte, die kalinianische Redeweise nachzuahmen. »Am liebsten einen Dreifinger.«

»Eine gute Wahl. Nicht originell, aber gut. Und etwas zu essen vielleicht?«

»Nein danke, ich habe keinen Hunger.«

»Also nur Flüssigkeit. Notiere ›Dreifinger‹.« Der Kellner verstummte plötzlich und zeigte auf Werkazys Mütze. »Streifen Sie bitte diese seltsame Kopfbedeckung ab. Sie wissen, dass unsere Gesichter sichtbar sein müssen.«

Werkazy fluchte innerlich. Er war so fixiert darauf gewesen, sein Gesicht zu verbergen, dass er vergessen hatte, wie auffällig seine Kleidung war.

»Tut mir leid. Aber ich würde diese Bedeckung lieber aufbehalten. Ich bin etwas lichtscheu.«

»Lichtscheu? In diesem Lokal?«, erwiderte der Kellner erstaunt und musterte Werkazy genauer. »Was reden Sie da? Stimmt etwas mit Ihrem Aussehen nicht?«

»Eigentlich ist alles in bester Ordnung.« Werkazy schlug kurz seinen Kragen nach unten.

Der Kellner wich einen Schritt zurück, als hätte er einen Geist erblickt. »Sie sind ein Papiergesicht«, flüsterte er entsetzt. »Ich muss Sie bitten, das Lokal auf der Stelle zu verlassen, oder ich werde Sie melden.«

Werkazy musste jetzt alles auf eine Karte setzen, oder sein Ausflug war zu Ende, noch bevor er richtig angefangen hatte.

»Es spricht nichts dagegen, meine Gegenwart zu melden. Doch bevor du hier alle unnötig in Panik versetzt, überleg mal, wie es ein Papiergesicht problemlos in dieses

Lokal schaffen konnte, ohne vom Perfektionsdienst entdeckt zu werden. Also mir fällt nur eine Antwort darauf ein.«

»Sie meinen – dem Gründer ist Ihre Gegenwart hier also bekannt?«, fragte der Kellner leise.

»Mehr als das. Er hat mich hergeschickt. Vor zwei Stunden hat er persönlich seine Hand auf meine Schulter gelegt und gesagt: ›Geh und sieh dich um in Kalino. Du hast meine Erlaubnis dazu.‹«

Werkazy fragte sich, ob er nicht zu dick auftrug. Aber er traf anscheinend einen kalinianischen Schwachpunkt.

»Sie haben den Gründer persönlich gesehen?« Die Irritation in der Stimme des Kellners ging in Bewunderung über.

»So, wie ich dich jetzt sehe.« Werkazy machte eine kleine, effektvolle Pause. »Aber wenn du mir nicht glaubst, ruf den Perfektionsdienst an, um dich zu vergewissern, dass ich die Wahrheit sage.«

Der Kellner kämpfte einen Moment mit sich und sagte dann: »Ich glaube, ich werde davon Abstand nehmen. Aber ich möchte, dass Sie so schnell wie möglich von hier verschwinden. Noch weiß niemand von Ihrer Gegenwart, und das soll auch so bleiben. Panik zu vermeiden gehört zu meinen Pflichten.«

»Es wird keine Panik geben«, sagte Werkazy. »Sobald du mir den Dreifinger gebracht hast, bin ich weg.«

»Er steht sofort in Ihrer Reichweite.« Der Kellner marschierte schnurstracks zur Theke, wo er die Zubereitung des Dreifingers in Angriff nahm.

Jetzt weiß ich, wie sich Frankenstein fühlte, als er unter die Dorfbewohner kam, dachte Werkazy und ließ den Blick diskret durch das Lokal schweifen. Niemand hatte seine

Unterhaltung mit dem Kellner mitbekommen. Nur ein Kalinianer, der allein am Fenster saß und an der allgemeinen Fröhlichkeit nicht teilhatte, sah nachdenklich zu ihm herüber. Werkazy begegnete seinem Blick, worauf der Kalinianer sofort zum Fenster hinaussah. Werkazy fiel auf, dass er die linke Hand ganz unnatürlich unter dem Tisch hielt, als würde er dort etwas verstecken.

Ich sollte hier wirklich nicht länger als nötig bleiben, dachte Werkazy.

»Hier ist Ihr Dreifinger«, riss ihn die Stimme des Kellners aus seinen Gedanken. Der Kalinianer stellte den Drink vor Werkazy ab.

»Sie wissen, wie man das trinkt?«, fragte der Kellner sichtlich nervös.

»Ich nehme an, so wie alles andere auch.«

»Nein, eben nicht. Sie müssen ihn mit diesen drei Fingern anfassen.« Der Kellner machte es diskret vor. »Und dann erst an den Mund führen. Wenn Sie wollen, dass Sie niemand entlarvt, dann halten Sie sich bitte daran.« Der Kellner unterbrach sich und tat etwas Merkwürdiges. Er holte einen kleinen Spiegel aus der Tasche und betrachtete sich darin. Dann atmete er viermal durch die Nase und dreimal durch den Mund.

»Ist alles in Ordnung?«, fragte Werkazy besorgt.

»Das ist Ihretwegen«, erklärte der Kellner. »Eine Stressminderungsübung. Der Gründer rät uns, das zu tun, wenn etwas Unvorhergesehenes passiert.«

Anscheinend hatte die Stressminderungsübung etwas bewirkt, denn der Kellner verschwand hinter der Theke, um einen neuen Drink zu mixen. Er ließ Werkazy aber nicht aus den Augen.

Wenn das gut geht, trinke ich eine Woche lang keinen

Otard, schwor sich Werkazy und nahm das Glas, so wie es ihm der Kellner gezeigt hatte, zwischen drei Finger und betrachtete den Inhalt. Die rötliche Flüssigkeit sah nicht gerade vertrauenerweckend aus, wie ein trüber Natursaft, und roch nach nichts. Plötzlich war eine unnatürliche Ruhe eingekehrt. Alle Kalinianer sahen zu ihm herüber. Offenbar war es in Kalino üblich, dass ein Dreifingertrinker beim ersten Schluck von allen beobachtet wurde. Werkazy prostete den Gästen zu und führte das Glas an die Lippen. Die Kalinianer nickten und wandten sich wieder ihren Unterhaltungen zu. Werkazy nahm einen Schluck und ließ sich den Dreifinger auf der Zunge zergehen. Der Geschmack war nicht gerade umwerfend. Zu süßlich. Trotzdem verspürte er gleich Lust, einen weiteren Schluck zu nehmen. »Nicht so schnell. Dafür kennen wir uns noch nicht gut genug«, murmelte Werkazy. Er musste sich regelrecht zwingen, das Glas wieder abzustellen.

Aus der Innentasche seiner Jacke holte er einen kleinen, länglichen Gegenstand heraus, der wie ein Zahnstocher aussah. Es war eine Minisonde, die blitzschnell chemische Substanzen analysierte. Wenn im Dreifinger auch nur ein Milligramm einer verdächtigen Substanz war, würde diese Sonde sie entdecken. Werkazy tauchte sie vorsichtig in das Glas. Er brauchte nur zu warten, bis sie sich entsprechend verfärbte. Rot deutete auf hochtoxische Substanzen hin, und nach dem Grad der Unverträglichkeit ging die Farbpalette bis Grün, bis zur absoluten Reinheit. Werkazy zog das Glas zu sich heran und ließ den Blick noch einmal durch das Lokal schweifen.

Dabei machte er eine interessante Entdeckung. Jeder Kalinianer besaß eine Art Mobiltelefon, das, statt zu läuten, in allen möglichen Farben aufleuchtete. Sobald das Telefon aufleuchtete, nahm der Angerufene das Gespräch auf eine merkwürdige Art an: Er hielt sich das Telefon nicht ans Ohr, sondern an die Wange. Es sah aus, als würde er sich damit etwas injizieren. Jedenfalls machte der Angerufene kurz danach einen hochzufriedenen und entrückten Eindruck. Werkazy warf einen Blick auf das Foto des Gründers über der Theke. Es war das gleiche Foto, das an der Rezeption hing. Was hast du mir noch alles verschwiegen, Osmos?, fragte er sich.

Das Summen der Sonde rief Werkazy in die Wirklichkeit zurück. Er nahm sie vorsichtig aus dem Glas und betrachtete sie. Im ersten Moment dachte er, sein Sehvermögen spiele ihm in dem diffusen Licht einen Streich. Was er sah, war völlig unmöglich: Die Sonde war pechschwarz. Das hatte er noch nie erlebt. Sie musste defekt sein. Er fluchte leise, denn er wusste, was ihn jetzt erwartete. Er hob das Glas gegen das Licht. Schon beim Anblick der roten Flüssigkeit schnürte sich seine Kehle zusammen. Das hier war gefährlich. Er überwand sich und nahm einen kräftigen Schluck. Der Dreifinger rann seine Kehle hinab, und Werkazy spürte ein leichtes Kribbeln in der Magengegend.

»Mal sehen, wie die Sonde Nummer zwei funktioniert«, sagte er zu sich selbst und winkte den Kellner heran.

»Ich bin fertig«, sagte Werkazy. »Muss ich dafür bezahlen oder sonst etwas tun, was in Kalino üblich ist, bevor man ein Lokal verlässt?«

Er dachte an das Fingerabdruckgerät, das er vorhin im Kleidergeschäft gesehen hatte.

»Ich habe alles für Sie erledigt«, antwortete der Kellner mit gedämpfter Stimme. »Normalerweise hinterlässt man in Kalino seine DNA, damit nachverfolgt werden kann, wo sich ein Kalinianer aufgehalten hat, aber in Ihrem Fall können wir darauf verzichten.«

»Großartig«, sagte Werkazy. »Danke für Ihre Diskretion. Ich verspreche dafür, nie wieder herzukommen.«

»Das ist ein gutes Versprechen.«

Werkazy schob seine Mütze ins Gesicht und erhob sich. Aber plötzlich landete die Hand des Kellners auf seiner Schulter und zwang ihn auf den Stuhl zurück. Es fühlte sich an, als läge ein tonnenschweres Gewicht auf ihm.

»Bewegen Sie sich nicht von der Stelle«, flüsterte der Kellner und zeigte auf den Eingang des Lokals. »Sehen Sie nur, wer da ist.«

Werkazy folgte seinem entsetzten Blick und verstand sofort, was gemeint war.

Vor der Tür hatte gerade eine Perfektionsstreife in einem K-Mobil gehalten. Zwei Beamte waren ausgestiegen und hatten das Lokal betreten. Es waren dieselben Perfektionsdiener, die Werkazy am Bahnhof in Empfang genommen hatten. Sie schienen genau zu wissen, was sie im Lokal suchten. Es war mucksmäuschenstill, und alle blickten die beiden Perfektionsdiener an, die diesen Moment sichtlich auskosteten. Sie ließen ihre Blicke langsam durch das Lokal schweifen und setzten sich schließlich in Bewegung: Sie steuerten genau auf den Tisch zu, an dem Werkazy saß. Der spürte, wie sich die Hand des Kellners auf seiner Schulter verkrampfte. Als die Perfektionsdiener nur noch zwei Meter von Werkazy entfernt waren, schwenkten sie plötzlich nach rechts ab und steuerten auf den Fenstertisch zu, an dem der einsame Kalinianer saß, der Werkazy schon vorher aufgefallen war.

Die Perfektionsdiener blieben an seinem Tisch stehen und sprachen ihn an. Der Kalinianer tat überrascht, aber es war klar, dass er etwas zu verbergen versuchte. Es ergab sich ein kurzer Wortwechsel, den Werkazy nicht verstehen konnte. Dann packte einer der Perfektionsdiener die linke Hand des Kalinianers und hielt sie ans Licht. Daumen, Zeige- und Mittelfinger fehlten. Sie waren wie mit einem Rasiermesser sauber abgeschnitten worden. Ein lautes, entsetztes »Oh!« ging durch das ganze Lokal, wobei unmöglich zu sagen war, ob alle über die Verstümmelung entsetzt waren oder die Tatsache, dass jemand mit einem derartigen Defekt so lange unerkannt in ihrer Mitte hatte bleiben können.

Die beiden Perfektionsdiener ergriffen den Kalinianer und führten ihn zum Ausgang. Plötzlich aber riss er sich los, stieß einen der Perfektionsdiener zur Seite und schrie: »Das ist ein kalkulierbarer Defekt! Das ist ein kalkulierbarer Defekt!«

Dann stürzte er zum Ausgang. Der zweite Perfektionsdiener zog blitzschnell seine Waffe und feuerte. Der Schuss traf den Kalinianer in den Rücken, und er sank zu Boden. Die Waffe schien das Opfer blitzschnell zu lähmen, denn der Kalinianer wurde in wenigen Sekunden steif wie ein Brett. Nur seine Augen, die erschrocken blinzelten, verrieten, dass er bei vollem Bewusstsein war. Werkazy hatte eine solche Waffe noch nie zuvor gesehen. So viel zum Thema »Kalinianer kennen keine Gewalt«, dachte er.

Die beiden Perfektionsdiener hoben den Gelähmten auf, einer an den Füßen, der andere an den Achseln, und trugen ihn aus dem Lokal, wo sie ihn auf den Rücksitz ihres K-Mobils legten.

Im Lokal herrschte noch ein paar Augenblicke vollkommene Stille. Dann begann jemand vorsichtig zu klatschen, und wenig später erklang tosender Applaus, als hätten die

Perfektionsdiener im letzten Moment eine große Katastrophe verhindert.

»Was war das?«, fragte Werkazy den Kellner, der wie angewurzelt neben ihm stand.

»Eine Rückholaktion.« Seine Stimme zitterte, als hätte der Perfektionsdienst um ein Haar ihn selbst abgeholt.

»Eine Rückholaktion?«

»Das war ein Selbstverstümmler. Er hat sich einen körperlichen Defekt zugefügt und nicht gemeldet. Er wird jetzt ins Metazentrum gebracht, wo man eine Korrektur vornehmen wird.«

»Was für eine Korrektur denn?«

Der Kellner sah Werkazy an. »Hören Sie: Ich denke, ich war mehr als kooperativ. Sie sollten jetzt das Lokal verlassen.«

»Nun, ich wollte sowieso gerade gehen«, sagte Werkazy und erhob sich, ohne ein weiteres Wort zu verlieren.

Er manövrierte geschickt durch die Tische hindurch. Sobald er draußen war, wandte er sich nach rechts und lief, so schnell er konnte, um auf dem Heimweg keiner Perfektionsstreife in die Hände zu fallen.

Er war nur noch ein paar Hundert Meter vom Eingang des Appartements entfernt, als sich das Kribbeln im Magen zurückmeldete, das ihn nach dem letzten Schluck des Dreifingers überkommen hatte. Es verwandelte sich langsam in einen stechenden Schmerz, der sich bis hoch zur Brust ausbreitete. Werkazy blieb stehen und stützte sich an der Wand ab. Eine Riesenhand schien seinen Magen zu umschließen. Sein Herz hämmerte wie wild, und er bekam keine Luft mehr. Mit einer Ungläubigkeit, die schon an Belustigung grenzte, stellte er fest, dass er dabei war, sein Bewusstsein zu verlieren. Panik stieg in ihm auf. »Reiß dich zusammen, Julius«, murmelte er. »Hier kann man weder einen Arzt noch einen Krankenwagen rufen.« Buchstäblich im letzten Moment löste sich der Druck, und der Schmerz wurde langsam schwächer. Werkazy machte ein paar Atemzüge, und allmählich ließ auch das Schwindelgefühl nach. Er griff sich an die Stirn. Sie war schweißnass.

»Die erste Sonde mag kaputt sein, aber Sonde Nummer zwei funktioniert einwandfrei«, murmelte er.

Er torkelte langsam in Richtung seines Quartiers. Als er wenige Minuten später am Hintereingang ankam, stellte er fest, dass der Rezeptionist auf seinem Translokationsschirm spielte. Er war so vertieft, als würde er im Kopf die Relativitätstheorie durchrechnen. Werkazy schlich an ihm vorbei, und es gelang ihm, unbemerkt die Treppe hinauf bis in sein Appartement zu kommen. Als Erstes ging er ins Badezimmer und übergab sich. Danach wurde ihm schlagartig besser. Er sah in den Spiegel und sagte zu sich: »Du bist eine erstklassige Sonde, Julius. Aber noch einmal so etwas, und man wird nur noch im Imperfekt von dir sprechen.« Dann trocknete er sein Gesicht ab, warf das Handtuch neben den Spiegel und ging ins Schlafzimmer. Er zog sich aus und legte sich aufs Bett. »Wenigstens brauche ich heute keine Schlafpillen.« Plötzlich tauchte vor ihm wieder das Bild des Selbstverstümmlers auf. Erst jetzt wurde ihm klar, dass die drei abgeschnittenen Finger genau die gewesen waren, mit denen man den Dreifinger-Drink hielt.

Das war der letzte zusammenhängende Gedanke, den Werkazy hatte. Danach drehte sich alles um ihn, und er fiel in einen tiefen Schlaf, der einer Ohnmacht glich.

KAPITEL 7

Ein Frühstück mit Schwan

Als Werkazy erwachte, stand die Sonne schon hoch am Himmel. Ein Blick auf die Uhr sagte ihm, dass er verschlafen hatte. Er richtete sich auf und spürte sofort einen bedenklichen Schmerz in der Magengegend. Vor vielen Jahren hatte ihn jemand mit einem einzigen Hieb in den Magen aus dem Verkehr gezogen. Das war nichts verglichen mit dem, was er jetzt spürte.

Er rappelte sich auf und wankte in Zeitlupe ins Badezimmer. Halb blind ertastete er den Wasserhahn, drehte ihn auf und spritzte sich so lange Wasser ins Gesicht, bis das, was er im Spiegel sah, ihm wieder einigermaßen ähnlich war. Er hatte mal gelesen, dass in kritischen Situationen das Gehirn dem Körper zur Seite springe und ihn mit Hormonen überflute, die Linderung verschafften. Aber sein Gehirn brauchte selber Hilfe. Zurück im Zimmer, spielte er kurz mit dem Gedanken, ein paar Kniebeugen zu machen, entschied sich aber dafür, jetzt lieber nicht mit dem Feuer zu spielen. Er zog sich seine Hose und die Jacke an. Dann schnappte er sich den Umschlag, den er von Osmos bekommen hatte, und sah auf die Uhr. Es war höchste Zeit, im Frühstückssaal zu erscheinen. Ein Detektiv, der so spät aus den Federn kam, machte keinen guten Eindruck. Und ganz besonders nicht an seinem ersten Tag. Dann ging er zur

Appartementtür, die er wegen seiner Kopfschmerzen sehr leise öffnete, um sie anschließend genauso leise wieder hinter sich zu schließen.

Der Lift schien eine Ewigkeit für die zwei Stockwerke zu brauchen. Als Werkazy ausstieg und ins Foyer trat, kam der Rezeptionist auf ihn zu. »Guten Morgen. Haben Sie gut geschlafen?«

»Überraschend gut, würde ich sagen«, erwiderte Werkazy und fügte in Gedanken hinzu: Noch etwas besser, und wir würden dieses Gespräch nicht mehr führen.

»Und dennoch sehen Sie etwas müde aus«, bemerkte der Rezeptionist. »Haben Sie daran gedacht, nach dem Aufstehen Sport zu treiben? Ich habe heute schon sieben Kilometer gejoggt. Das fördert die Durchblutung.«

Werkazy warf dem Rezeptionisten einen kurzen Blick zu, um zu prüfen, ob dieser sich nicht über ihn lustig machte. Aber der Rezeptionist blieb seriös.

»Sie sehen wirklich sehr gut durchblutet aus, gratuliere«, sagte Werkazy. »Ich beschränke meine Sportaktivitäten aber vorerst darauf, den Frühstückssaal aufzusuchen. Ist es weit?«

»Sie haben eine seltsame Auffassung von Distanzen. Es ist gleich im nächsten Raum. Bitte, ich bringe Sie gerne hin.« Der Rezeptionist zeigte auf den Saal am gegenüberliegenden Ende des Foyers und ging voraus.

Werkazy folgte ihm in den Saal, in dem ein großer Tisch stand, der mit Lebensmitteln gedeckt war, die ihm angenehm vertraut vorkamen. Französischer Käse, Butter, Tomaten, Schinken und ein paar Delikatessen, die er sich selber nie leisten könnte.

»Das ist alles für Sie extra eingeführt«, sagte der Rezeptionist.

»Sieht sehr appetitlich aus. Danke.«

»Dann will ich diesem Appetit nicht im Weg stehen. Wenn Sie noch etwas brauchen, rufen Sie mich.« Der Rezeptionist wandte sich zum Gehen. Er fühlte sich sichtlich unwohl im Frühstücksraum.

»Augenblick«, sagte Werkazy, in dem schlagartig der Detektiv erwacht war. »Kommen Sie, greifen Sie doch zu. Es ist genug für uns beide da.«

»Ich bedaure«, sagte der Rezeptionist. »Aber das kommt nicht infrage.«

»Ich verstehe nicht. Sie haben doch nicht etwas gegen Camembert?«

»Ich habe generell etwas gegen Ihre Nahrung. Sie ist für uns absolut unverdaulich.«

»Ich verstehe nicht. Sie haben noch nie einen Käse oder eine Tomate probiert?«

»Nicht einmal gesehen bis jetzt. Und wenn ich nur ein Stück davon kosten würde, hätte das schwerwiegende Folgen für meine körperliche Verfassung.«

»Tatsächlich? Dann will ich Sie nicht länger quälen. Ich nehme jetzt mein Frühstück ein und melde mich dann wieder.«

Der Rezeptionist verließ sichtlich erleichtert den Frühstücksraum. Werkazy sah ihm eine Weile nach. »Sieht aus, als wäre die Kluft zwischen Papiergesichtern und Kalinianern größer, als ich dachte«, sagte er sich und schnitt ein großes Stück Camembert ab. »Du schadest zwar auch meiner Gesundheit, aber ich werde dich jetzt trotzdem verschlingen. Und noch dazu mit dem allergrößten Appetit, dessen ein Detektiv fähig ist, der gestern fast das Zeitliche gesegnet hätte.«

Werkazy schenkte sich einen Tee ein und probierte einen

Schluck. Es war seine Lieblingssorte, ein seltener Darjeeling. Osmos hatte an alles gedacht. Werkazy machte sich ein Brötchen und begann langsam zu kauen. Es gibt Leute, die sich beim Essen nicht konzentrieren können. Werkazys Gehirn hingegen kam erst richtig auf Trab, wenn er etwas aß. Während er sich einen Camembert auf der Zunge zergehen ließ, zog er Osmos' Umschlag aus der Jackentasche. Nacheinander holte er alle Dokumente hervor und breitete sie vor sich aus. Als Erstes knöpfte er sich den Bekennerbrief vor und überflog noch einmal die Zeilen, die der Täter verfasst hatte:

Ich töte einen von Euch, um ein Signal zu setzen, das Ihr viel besser versteht als wir. Dieser Tod ist erst der Anfang. Bald werden weitere folgen. Kalino gehört den Kalinianern.

Er hielt den Brief gegen das Licht. Erst jetzt fiel ihm auf, wie unbeholfen die Schrift war. Wie die eines Kindes. Derjenige, der diesen Brief fabriziert hatte, hatte den Stift nicht mit der Schreibhand, sondern mit der ungeübten Hand geführt. So kam eine Schrift zustande, die sich nicht identifizieren ließ. Werkazy fragte sich, ob die Kalinianer diesen alten Trick kannten. Als Nächstes nahm er sich die vier Fotos vom Tatort vor. Alle waren professionell gemacht. Die ersten zwei zeigten aus verschiedenen Winkeln den Eingang zur Kalinoschlucht, eine rechteckige Öffnung im Felsen, die steil nach unten abfiel. Auf dem zweiten Foto war der Felsvorsprung zu sehen, an dem Buschart das Seil befestigt hatte, um sich in die Schlucht hinabzulassen. Das kurze Seilende war auf dem dritten Foto vergrößert zu sehen. Es war sauber mit einem Messer durchtrennt worden. Buschart musste schon tief unten gewesen sein, als der Mörder es durchgeschnitten hatte. Er hatte also seinem Opfer nicht einmal ins Gesicht sehen müssen. Das wunderte

Werkazy nicht im Geringsten. Im Gegensatz zu dem, was einige Dummköpfe glaubten, waren Mörder keine Romantiker oder Gentlemen.

Auf dem letzten Foto waren Buscharts persönliche Sachen zu sehen: ein Rucksack, ein paar Kletterhaken, ein Helm und seine Schuhe. Die Sachen lagen in der Höhle verstreut herum, was darauf hindeutete, dass der Täter sie durchsucht hatte. Etwas abseits lag Buscharts Uhr, die er vielleicht abgenommen hatte, damit sie beim Abseilen nicht beschädigt wurde. Werkazy betrachtete sie genauer. Die Zeiger standen auf Viertel vor sechs. Leider pflegen im Regelfall Uhren nicht in dem Augenblick stehen zu bleiben, in dem ihr Besitzer stirbt. Diese Uhr zeigte die Zeit an, zu der das Foto aufgenommen worden war. Was Werkazy aber an der Uhr störte, war, dass sie so weit abseits der übrigen Sachen lag. Als hätte Buschart sie absichtlich dort platziert, um etwas zu signalisieren. Werkazy schob das Foto nicht zurück in den Umschlag, sondern steckte es in seine Jackett-tasche. Zum Schluss knöpfte er sich die Liste mit den Papiergesichtern vor, die Osmos für ihn zusammengestellt hatte. Die Reihenfolge schien beliebig, doch Werkazy fiel auf, dass sie sich offenbar an dem Grad des Verdachts orientierte, unter dem die Betroffenen standen.

Ganz oben stand der Rektor des Campus, Samuel Dornort, der laut Geburtsdatum dreiundsiebzig war. Dornort hatte einen beachtlichen wissenschaftlichen Werdegang aufzuweisen und war schon vor seiner Zeit in Kalino führend auf dem Gebiet der Tiefenpsychologie und Verhaltensforschung gewesen. Seit über fünfunddreißig Jahren überwachte er die »Extraktion« der gesamten kalinianischen Population. »Rektor Dornort«, hatte Osmos dazugeschrieben, »ist ein Mitentwickler der Extraktion und wird Ihnen alle diesbezüglichen Fragen beantworten. Er kann Ihnen auch wertvolle Informationen über Buschart geben. Die beiden hatten in der Vergangenheit miteinander zu tun.«

An zweiter Stelle stand der Leiter der Nahrungsfabrik und Chef von Buschart; sein Name lautete Dr. Kliszt. »Dr. Kliszt«, schrieb Osmos, »war ein enger Vertrauter von Buschart. Er weiß praktisch alles über Buscharts Projekte, da er selber an ihnen mitgearbeitet hat. Als Leiter der Nahrungsfabrik wird er Ihnen ausführlich die delikaten Prozesse zur Gewinnung unserer Nahrung erklären. Zögern Sie nicht, ihn nach allem zu fragen.«

Das letzte Papiergesicht auf der Liste war ein Mann mit dem Namen Schrom. »Schrom war Buscharts Fahrer«, teilte Osmos mit, »und er war die letzte Person, die Buschart lebend gesehen hat. Sie finden ihn genauso wie Dr. Kliszt im Piniendistrikt.«

Das war alles. Auf der Liste fehlte nur Werkazys Fahrer. Aber Osmos hatte ihm ja zu verstehen gegeben, dass sein Fahrer »über alle Zweifel erhaben sei«. Das Problem war nur, dass das auf alle zutraf, wenn er sich diese Liste genauer ansah. Keiner von ihnen hatte ein Motiv; es schien auch niemand einen direkten Nutzen von Buscharts Tod zu haben.

Ganz am Ende der Liste wurde noch Buscharts Witwe erwähnt. Neben ihrem Namen stand die Zahl vierundzwanzig. Wahrscheinlich ihr Alter. Darunter eine letzte Notiz von Osmos:

»Alle erwähnten Personen sind über Ihren Besuch sowie dessen Zweck in Kenntnis gesetzt worden. Sie wurden dazu angehalten, Ihnen alle nötigen Informationen zu liefern und Ihre Fragen so ausführlich wie möglich zu beantworten. Was jedoch Buscharts Witwe angeht, so bitte ich Sie, auf einen Besuch bei ihr zu verzichten. Es ist nicht nötig, ihr das Konzept des Todes zu erklären, und daher sollte davon Abstand genommen werden. Jede Befragung könnte sie aus ihrem empfindlichen seelischen Gleichgewicht bringen.«

Der letzte Satz entlockte Werkazy ein Lächeln. »Sie glauben doch nicht, dass ich mir die Gelegenheit entgehen lasse, den ersten Kalinianer, der mit dem Tod konfrontiert wurde, persönlich zu befragen«, sagte er laut vor sich hin.

Er faltete die Liste zusammen und steckte sie wieder in den Umschlag. Dann nahm er einen Schluck Tee und lehnte sich in seinem Stuhl zurück. Mit der Teetasse in der Hand betrachtete er das Bild an der Wand. Ein Schwan segelte über einen endlosen Ozean, was zwar malerisch aussah, aber vollkommener Unsinn war. Schwäne sind Süßwasservögel, weshalb dieser Schwan seinen Platz auf dem Ozean nur der Unkenntnis des Malers verdankte. Trotzdem gefiel Werkazy das Bild. »Man hat uns beide an einen Ort verpflanzt, der uns nicht liegt. Deshalb sollten wir zusehen, dass wir so schnell wie möglich das Ufer erreichen, nicht wahr, mein Freund?«

Er stellte die Tasse ab und sah auf die Uhr. Es war höchste Zeit aufzubrechen. Er nahm noch einen letzten Schluck Tee, stand auf und durchquerte den Frühstückssaal. Im Foyer entdeckte er den Rezeptionisten, wie er hinter der Theke etwas notierte.

Der Rezeptionist erhob sich sofort und lächelte. »Sie gehen schon?«, fragte er. »War das Frühstück nicht in Ordnung?«

»Ganz im Gegenteil, aber auch mein Hunger hat seine Grenzen«, antwortete Werkazy und sah sich um. »Ist die Limousine schon da?«

»Sie wartet vor dem Eingang«, sagte der Rezeptionist. »Soll ich dem Fahrer Bescheid geben, dass Sie gleich erscheinen?«

»Nicht nötig. Ich sage es ihm selbst. Eines interessiert mich noch«, sagte er. »Gab es hier eigentlich schon irgendwelche Gäste vor mir, oder bin ich der erste?«

»Sie sind der erste und der letzte«

»Und der letzte? Woher wissen Sie das genau?«

»Weil der Bericht, den Sie über Kalino verfassen, ewig gültig sein wird, oder glauben Sie, dass sich in hundert Jahren hier etwas ändern wird?«

»So habe ich das natürlich noch nicht betrachtet. Ich sehe mal nach, wo die Limousine bleibt.«

KAPITEL 8

Die Angst der Kalinianer vor einem Nachtfalter

Der Fahrer wartete, bis Werkazy es sich auf dem Rücksitz bequem gemacht hatte, und sagte: »Ich wünsche Ihnen einen guten Morgen!«

»Wir wissen beide, dass der Morgen schon längst vorbei ist. Ich habe leider verschlafen«, antwortete Werkazy.

»Das ist schon in Ordnung. Übrigens, ich soll Sie vom Gründer grüßen. Er wünscht Ihnen für diesen Tag viel Kraft und hofft, dass Sie sich nicht von unwichtigen Details ablenken lassen.«

Einen Moment befürchtete Werkazy, dass der Gründer etwas von seinem nächtlichen Ausflug mitbekommen hatte, aber dann hätte er wohl kaum Grüße durch seinen Fahrer ausrichten lassen.

»Bitte teilen Sie ihm mit, dass ich mit meinen Kräften haushalten werde. So gut, wie ich eben dazu imstande bin.«

»Gern. Und jetzt habe ich Anweisung, Sie zuerst auf den Campus zu Rektor Dornort zu fahren. Und anschließend in den Piniendistrikt.«

Der Fahrer startete den Wagen, und sie fuhren eine Weile schweigend, bis der Fahrer Werkazy wieder ansprach. »Und? Die Pillen haben offensichtlich gewirkt? Ich meine, weil Sie so lange geschlafen haben.«

»Die Pillen?«

»Sie wissen doch, gegen die Schlafstörungen.«

»Ach so, nein. Ich habe was anderes genommen, das genauso gut gewirkt hat.« Werkazy dachte noch einmal zurück an den Geschmack des Dreifingers auf seiner Zunge. Ihm wurde kurz übel.

»Verstehe. Alkohol ist auch ganz gut. Aber man muss ziemlich viel trinken, um in die Federn zu sinken. Ich nehme lieber Schlafmittel. Die wirken am schnellsten.«

Werkazy hörte mit einem Ohr zu, während er auf die vorüberziehenden Häuser blickte. Bei Tageslicht sahen sie Bunkern noch ähnlicher als bei Nacht.

»Eines interessiert mich«, sagte Werkazy, »warum haben die Häuser der Kalinianer eigentlich keine Fenster?« Er war neugierig auf eine Erklärung, die nicht aus Osmos' Mund kam.

»Ich denke, das ist allgemein bekannt. Kalinianer legen viel Wert auf ihre Privatsphäre«, antwortete der Fahrer und fügte leise hinzu: »Aber es gibt noch ein Gerücht. Es ist wirklich bizarr, wollen Sie es hören?«

»Natürlich.«

»Es heißt, die Kalinianer fürchten sich vor Nachtfaltern. Sie haben panische Angst davor, dass einer in ihr Haus fliegen könnte. Angeblich kehrt ein Kalinianer nie wieder in ein Haus zurück, in dem schon einmal ein Nachtfalter gewesen ist. Schöne Geschichte, nicht?«

»Nicht übel. Ist das auch der Grund, warum sie keine Haustiere haben?«

»Nein, die hat der Gründer verboten.«

»Wie sieht eigentlich eine kalinianische Wohnung von innen aus?«

»Sie sind alle sehr schlicht möbliert. Eigentlich sind sie

praktisch leer. Im großen Zimmer stehen in der Regel ein Universalfitnessgerät und eine Art Schrank für die Kleidung. In den anderen Räumen gibt es jeweils einen Bildschirm. Die Kalinianer schlafen auf einem schmalen Bett, das sie dazu zwingt, auf dem Rücken zu liegen. Sie glauben, dass man Gesichtsfalten bekommen könnte, wenn man auf dem Bauch liegt. Aber warum fragen Sie?«

»Ich weiß nicht. Wahrscheinlich, weil ich nie eine von innen sehen werde.«

Werkazy verstummte und sah wieder aus dem Fenster. Die Limousine bog in eine breite Straße ein, die ihm bekannt vorkam. Es war genau dieselbe Straße, die er gestern Nacht entlanggelaufen war. Zu seiner Verblüffung waren alle Geschäfte verschwunden. Sie hatten sich buchstäblich in Luft aufgelöst. Ebenso wie die Lokale wenig später auf dem Hauptplatz. Noch vor einigen Stunden hatte hier das kalinianische Leben getobt, und jetzt war alles wie leer gefegt. Sogar die K-Mobile parkten am Straßenrand, als wären sie im Stich gelassen worden.

»Kommt es mir nur so vor, oder ist Kalino heute wie ausgestorben?«, fragte Werkazy verwundert.

»Nein, Sie sehen schon richtig. Die Kalinianer sind jetzt bei der Extraktion. Sie dauert jeden Tag bis fünfzehn Uhr. In dieser Zeit ist hier alles tot.«

»Sie meinen, alle zweitausend Kalinianer auf einmal?«

»Ja, alle bis auf die Perfektionskräfte. Die haben nie frei.«

»Und was ist mit den Lokalen und Geschäften? Hat man die über Nacht zum Verschwinden gebracht?«

»Sie sind verhüllt. Es gibt eine Substanz, die sie unsichtbar macht, bis sie wieder öffnen.«

»Aber wozu?«

»Kalinianisches Denken. Was nicht gebraucht wird, wird unsichtbar gemacht.«

Die Limousine passierte den Platz und beschleunigte Richtung Süden. Sie fuhren wieder eine Weile schweigend, bis ein großer Gebäudekomplex vor ihnen auftauchte.

»Da wären wir schon. Da ist der Campus«, sagte der Fahrer. Die Limousine bog in eine breite Schotterstraße ein. Auch der Campus sah in natura ganz anders aus als von der Terrasse des Gründers. Er erinnerte an ein Labyrinth, das aus Dutzenden dreistöckiger Gebäude gemacht war. Links und rechts zogen die Gebäude aus Backsteinziegeln an ihnen vorüber. Irgendwann hörte Werkazy auf, sie zu zählen. Jedenfalls war genug Platz darin, um doppelt so viele Menschen unterzubringen, wie in Kalino lebten.

Die Limousine ließ das Zentrum des Campus hinter sich und steuerte auf ein Gebäude zu, das in einem abgeschiedenen Teil des Areals stand. Es erinnerte Werkazy an eine alte Villa aus der Kolonialzeit. Sie hatte eine blau-weiße Veranda, die um das ganze Haus herumlief.

»Das ist die Residenz von Rektor Dornort«, sagte der Fahrer. »Sieht etwas verlassen und heruntergekommen aus. Aber lassen Sie sich davon nicht täuschen. Das ist Absicht. Allein fünf Gärtner sind dafür abgestellt, um diesen Effekt zu erzielen. Diese Villa ist übrigens eines der wenigen Gebäude in Kalino, das Fenster hat.«

»Aber sie scheinen alle aus irgendeinem Grund von innen abgedeckt zu sein«, sagte Werkazy.

»Rektor Dornort will es nun mal so«, meinte der Fahrer, »er ist leider in der letzten Zeit etwas sonderbar geworden. Es liegt an seiner Krankheit, die ihn vor ein paar Monaten befallen hat. Ich gebe Ihnen daher einen Rat: Wenn

Ihnen in seinem Haus etwas Merkwürdiges begegnet, tun Sie einfach so, als würden Sie es nicht bemerken.«

Der Fahrer brachte die Limousine vor einer Steintreppe zum Stehen, die zu einer verzierten Holztür hinaufführte.

»Gehen Sie die Treppe hinauf, und klopfen Sie dreimal lang und dreimal kurz. Das Klopfen ist auch so eine Marotte von ihm. Ich werde hier auf Sie warten. Egal, wie lange es dauert.«

»Einverstanden. Ich versuche aber, mich zu beeilen. Die Kalinianer mögen sich vor Nachtfaltern ängstigen, ich fühle mich unwohl in Räumen mit abgedunkelten Fenstern«, sagte Werkazy.

KAPITEL 9

Werkazy erfüllt sich einen Kindheitswunsch und marschiert durch eine Wand

Werkazy klopfte dreimal lang, dreimal kurz. Anfangs hörte er nichts, aber schließlich vernahm er Schritte. Jemand kam schnell näher, entriegelte die Tür und öffnete sie. Es war eine Kalinianerin. Sie hatte dunkles Haar, das bis auf die Schultern herabfiel. Ihre Kleidung wich von der üblichen Kalinianerkleidung ab. Sie trug eine lange weiße Stoffhose und eine helle Bluse. Interessanterweise zeigte sie nicht die übliche Abneigung gegenüber Papiergesichtern.

»Ich bin Wiweka«, stellte sie sich vor, »die Sekretärin von Rektor Dornort. Bitte kommen Sie herein.«

»Mein Name ist Julius Werkazy. Ich bin der …« Er wollte »Detektiv« sagen, überlegte es sich aber anders und meinte schließlich: »… das Papiergesicht von draußen.«

»Ich weiß, wer Sie sind«, sagte die Sekretärin. »Folgen Sie mir bitte.«

Sie gingen einen Flur im Kolonialstil entlang. Er war mit Holz vertäfelt, auf dem Miniaturen zu sehen waren. In der Mitte des Flurs hing ein eigenartiges Gemälde: Es zeigte ein Haus, das in zwei Hälften geteilt war. Die eine Hälfte brannte lichterloh und war dabei einzustürzen. Die andere Hälfte war völlig intakt.

Die Sekretärin ging an diesem Gemälde achtlos vorbei und führte Werkazy in ein großes Zimmer, das offenbar ihr

Büro war. Bei spärlicher Beleuchtung erblickte er einen Schreibtisch mit einem modernen Computer und ein Regal, in dem sich Akten stapelten. Auf dem Schreibtisch lag ein geradezu grotesk großes Heft.

»Sie arbeiten hier noch auf Papier?«, fragte Werkazy.

Die Sekretärin folgte seinem Blick und lächelte. »Gelegentlich. Warum? Überrascht Sie das?«

»Eigentlich schon. Ich dachte, das Wort ›Papier‹ kommt in Kalino nur in ›Papiergesicht‹ vor.«

»In diesem Haus wird Sie noch einiges überraschen.«

»Noch mehr als eine Kalinianerin, die offenbar keine Scheu hat vor Papiergesichtern? Noch dazu eine sehr attraktive.«

»Ich nehme an, das war ein Kompliment?«

»Da, wo ich herkomme, ganz bestimmt.«

»Ich sage jetzt Rektor Dornort Bescheid, dass Sie da sind. Kommen Sie bitte.«

Werkazy folgte ihr bis zu einer Doppelflügeltür am anderen Ende ihres Büros. Wiweka öffnete sie einen Spaltbreit.

»Sie haben Besuch, Herr Rektor. Das Papiergesicht ist da«, meldete sie und sah Werkazy an. Es kam ihm vor, als habe sie ihn angelächelt.

Eine männliche Stimme antwortete: »Schon gut. Er soll hereinkommen. Wiweka, passen Sie auf die Tür auf, in Ordnung?«

»Selbstverständlich«, antwortete sie und drehte sich zu Werkazy um. »Sie haben es gehört. Der Rektor erwartet Sie. Viel Glück.«

Sie öffnete die Tür gerade weit genug, dass Werkazy eintreten konnte. So, als müsste sie Platz sparen. Werkazy zwängte sich durch die Tür in das Büro des Rektors.

Als er eintrat, sah er im ersten Moment nichts. Vor den Fenstern hingen schwere Vorhänge, die er schon von außen bemerkt hatte. Sobald sich seine Augen an das diffuse Licht gewöhnt hatten, erkannte er an den Wänden ähnliche Miniaturen wie im Flur, nur waren sie kunstvoller und größer. Auch hingen dort einige Urkunden und Porträts von Wissenschaftlern, die Dornort offenbar viel bedeuteten.

An einem riesigen Schreibtisch saß ein kleiner alter Mann, der Werkazy mit einer sonderbaren Intensität betrachtete. Werkazy war diesem intensiven Blick schon einige Male in seinem Leben begegnet und wusste, woher er rührte. Dornort war sterbenskrank.

»Es ist schon interessant«, begrüßte ihn der Rektor mit einer überraschend festen Stimme. »Da reisen Sie so viele Kilometer nach Kalino, um dann in dem merkwürdigen Zimmer eines Mannes zu landen, der nicht einmal fähig ist, Ihnen die Hand zur Begrüßung zu reichen. Ich hoffe, Sie entschuldigen das.«

»Selbstverständlich«, sagte Werkazy, »außerdem bin ich schon sehr freundlich von Ihrer Sekretärin begrüßt worden.«

»Sie meinen Wiweka? Ja, sie ist ein Juwel. Ist Ihnen aufgefallen, dass sie keine Angst vor Papiergesichtern hat?«

»Allerdings. Ist es.«

»Das ist wohl meiner wenig ansehnlichen Erscheinung zuzuschreiben. Sie hat sich in den vielen Jahren so daran gewöhnt, dass sie abgestumpft ist. Aber setzen Sie sich doch bitte.«

Dornort zeigte auf einen Stuhl vor dem Schreibtisch, der extra für Werkazy dort hingestellt worden war. »Wiweka hat diesen Stuhl aus dem Keller geholt. Es ist zwar eine Weile her, dass jemand darauf gesessen hat, aber er wird Sie hoffentlich tragen.«

»Danke sehr«, sagte Werkazy und nahm Platz. Der Stuhl knarzte unter ihm.

»Möchten Sie etwas trinken?«, fragte Dornort und zeigte auf eine Karaffe mit Wasser, die auf seinem Schreibtisch stand.

»Ich habe keinen Durst. Danke.«

»Aber ich nehme einen Schluck.« Dornort griff nach der Karaffe. Seine Hand zitterte leicht, während er das Glas füllte. »Wussten Sie, dass Wasser das Einzige ist, was wir und die Kalinianer gleichermaßen vertragen?«

»Nein, das war mir nicht bekannt.«

»Natürlich nicht. Woher sollte es auch? Sie sind noch zu kurz hier.« Dornort betrachtete Werkazy eingehend. »Erlauben Sie, dass ich Sie mir ein wenig ansehe? Ich habe schon lange niemanden mehr von draußen gesehen.«

Er nahm Werkazys Jacke ins Visier und schüttelte den Kopf. »Nicht an unseren Gesichtern und Ansichten erkennt man, wie schnell die Zeit vergeht, sondern an unserer Kleidung. Trägt man das jetzt draußen?«

Werkazy sah erstaunt auf seine Jacke. »Das hier? Wohl kaum. Ich habe diese Jacke schon seit zehn Jahren.«

»Trotzdem bemerkenswert. Ein ganz anderer Schnitt, eine ganz andere Mode. Es sind immer die Kleinigkeiten, die uns daran erinnern, dass neben der unseren eine ganz andere Wirklichkeit existiert.« Dornort machte eine Geste, als würde er etwas in der Luft durchstreichen. »Aber Sie werden mir gleich einschlafen, wenn ich so weiterrede. Also? Wie kann Ihnen ein Mann helfen, der auf dem Abstellgleis steht und alles nur noch durch ein Fenster zu sehen bekommt?«

»Ich glaube, viel mehr, als er denkt. Ich bin wegen Vizedirektor Buschart hier. Ich habe gehört, dass Sie ihn gut kannten und daher mehr über ihn wissen als sonst jemand.«

Dornort lächelte ironisch. »Die unvermeidliche erste Frage des Ermittlers. Helfen Sie mir ein wenig. Was verstehen Sie unter ›gut‹?«

»Nun, in der Regel ist gut das Gegenteil von schlecht.«

»Dann habe ich ihn gut gekannt. Er war zwei Jahre mein Assistent. Er war ein sehr begabter und wertvoller Mitarbeiter. Er half mir bei der Extraktion und hat selbst einige interessante Simulationen verfasst. Ich kann sie Ihnen gern später zeigen.«

»Sehr gerne. Aber im Moment interessiert mich mehr seine Person. Was war Buschart für ein Mensch?«

»Er war das, was man ausgeglichen nennt. Und wie alle ausgeglichenen Menschen redete er nicht viel. Ich wusste aber, ehrlich gesagt, nie, wo der Mensch endete und der Wissenschaftler anfing. Und meistens hatte ich fast ausschließlich beruflich mit ihm zu tun.«

»Er war also ganz normal, um nicht zu sagen langweilig.«

»Nein, er war bestimmt nicht langweilig. Er redete nicht viel, aber wenn er etwas sagte, dann war es oft sehr originell. Er hatte ein paar interessante Marotten. Ganz zu schweigen von seiner sonderbaren Aversion. Eigentlich war es schon mehr eine Kuriosität.«

»Welche Art von Kuriosität?«

»Er hatte eine starke Abneigung gegen die Farbe Gelb. Er konnte sich in keinem Raum aufhalten, in dem etwas Gelbes war. Und wenn es nur eine Zitrone war. Ich habe ihn einmal gefragt, warum ihn das störe, und er gab mir eine sonderbare Antwort: ›Gelb ist einzig und allein dem Licht vorbehalten. Wir sollten dem Licht Respekt erweisen.‹«

»Interessant. Was meinte er damit? War er religiös?«

»Das glaube ich kaum. Wer ist das heute schon? Sind Sie religiös, Herr Werkazy?«

»Das kommt darauf an, ob ich in einem abstürzenden Flugzeug sitze oder in meiner Lieblingskneipe.«

»Genau das meine ich. Wir sind alle Opportunisten, nicht wahr?«

»Fällt Ihnen noch etwas zu ihm ein, das aus dem Rahmen fiel?«

»Nein. Oder vielleicht eine Kleinigkeit: dass er nie den Namen Kalino aussprach. Er kürzte es ab mit ›K.‹. Er sagte zum Beispiel: ›Heute ist das Wetter in K. besser als gestern.‹ Oder: ›K. hat wieder einen Tag hinter sich gebracht.‹ Das hörte sich so an, als würde ihm das Wort nicht über die Lippen gehen wollen.«

»Sie sagten, dass er hier zwei Jahre gearbeitet hat. Was war dann?«

»Dann ist er in die Nahrungsfabrik gewechselt. Von da an sahen wir uns nur noch sporadisch.«

»Augenblick«, unterbrach Werkazy ihn, als wäre er plötzlich auf etwas gestoßen, das er nicht verstand. »Korrigieren Sie mich, wenn ich mich irre. Aber gehe ich recht in der Annahme, dass Extraktion und Nahrungsfabrik zwei sehr unterschiedliche Forschungsgebiete sind?«

»Das sind sie allerdings. Für die Extraktion ist ein großes Wissen aus der Tiefenpsychologie nötig, in der Nahrungsfabrik hingegen spielt die organische Chemie eine große Rolle.«

»Wie konnte Buschart dann so einfach wechseln?«

»Er war vielseitig begabt. Überraschend vielseitig, würde ich sagen.« Dornort verstummte, und in seinem Gesicht tauchte Verbitterung auf. »Und nicht nur das, leider.«

»Könnten Sie das etwas genauer erläutern?«

»Aber ich bestehe darauf, dass es unter uns bleibt. Es waren insbesondere die Umstände des Wechsels, sie waren alles andere als erfreulich für mich. Es liegt schon eine Weile zurück, aber ich bin noch immer verwundert darüber.«

»Verwundert? Nicht etwa enttäuscht?«

»Man sieht es mir also noch immer an? Gratuliere, Sie haben gute Augen.«

»Eher gute Ohren.«

»In den zwei Jahren, in denen wir hier zusammenarbeiteten, hatte sich zwischen mir und Buschart eine enge Kameradschaft oder sogar Freundschaft entwickelt. Es war ein offenes Geheimnis, dass er irgendwann mein Nachfolger werden würde. Als das Angebot von der Nahrungsfabrik kam, habe ich nur geschmunzelt. Ich wusste, dass Buschart sich in der Extraktion wohlfühlte und sehr loyal war. Sie können sich also meine Verblüffung vorstellen, als er das Angebot der Fabrik annahm. Und nicht nur das. Es schien, als hätte er nur auf dieses Angebot gewartet. Ja, als wäre er überhaupt mit diesem Vorsatz nach Kalino gekommen. Er war auf einmal ein ganz anderer Mensch. Ich erkannte ihn nicht wieder.«

»Was war denn so verlockend an der Nahrungsfabrik?«

»Nun, das weiß hier jeder. In der Fabrik zu arbeiten heißt, die rechte Hand des Gründers zu sein. Die Nahrungsfabrik liegt Osmos am meisten am Herzen. Für Buschart war das die Eintrittskarte in das Machtzentrum von Kalino.«

»Und? Hat es sich ausgezahlt für ihn?«

»Mehr als das. Er ist so etwas wie Osmos' Liebling geworden.«

»Das klingt, als wäre Ihre Beziehung zueinander seitdem abgekühlt.«

»Nun, was soll ich sagen? Sie liegen ganz richtig. Ich habe eine Weile gebraucht, um die Enttäuschung zu verdauen, und ging auf Abstand zu ihm. Und auch er suchte nicht gerade meine Gesellschaft. Irgendwann spielte er für mich keine Rolle mehr. Bis vor drei Tagen, als diese fürchterliche Tragödie passierte. Da kamen die Ereignisse von damals noch mal in mir hoch. Sehen Sie die Vorhänge an den Fenstern? Ich habe sie vor drei Tagen zugezogen. Ihm zu Ehren lasse ich kein Licht herein.«

»Erinnern Sie sich noch daran, wann Sie ihn das letzte Mal gesehen haben?«

»Sicher tue ich das. Das vergesse ich nie. Es war wirklich eine seltsame Begegnung. Manchmal glaube ich, ich hätte das alles geträumt.«

»Inwiefern?«

»Es war drei Wochen vor seinem Tod, in der Villa von Osmos. Es war auf einem Fest anlässlich einer Modifikation von Buschart, die er für die Fabrik entwickelt hat. Ich schnappte gerade auf der Terrasse des Gründers ein wenig frische Luft, als auf einmal Buschart hinter mir stand. Ich hatte ihn schon ein halbes Jahr nicht mehr gesehen und erkannte ihn im ersten Moment kaum. Er war betrunken und wirkte seltsam angeschlagen. Wie ein Mann, der äußerlich immer noch der Alte ist, sich aber innerlich verändert hat. Wir tauschten zuerst ein paar Belanglosigkeiten aus, und er erzählte mir irgendeinen Tratsch aus der Fabrik. Aber dann sah er sich plötzlich um, als wollte er sich überzeugen, dass uns niemand belauschte, und flüsterte mir zu: ›Ich bin kurz davor, etwas zu entwickeln, das alles, was ich gemacht habe, in den Schatten stellen wird. Es wird vieles so sehr verändern, dass ich selber die Folgen noch nicht abschätzen kann.‹«

»Hat er verraten, um was es sich handelte?«

»Nein. Aber als ich wieder ins Haus gehen wollte, packte er mich am Arm, sah mir tief in die Augen und flüsterte: ›Weißt du, warum man einen Sonnenstrahl nie mit der Hand zudecken kann? Weil er immer obenauf kommt. Das ist seine Natur. Und niemand wird etwas dagegen tun können.‹«

»Was meinte er damit?«

»Ich weiß es nicht. Aber je länger ich darüber nachdenke, desto mehr komme ich zu dem Schluss, dass einfach nur der Alkohol aus ihm gesprochen hat.«

Werkazy war schon vielen Leuten begegnet, aus denen der Alkohol gesprochen hatte, sich selbst eingeschlossen. Aber das hier hörte sich anders an. Buschart hatte etwas sehr Konkretes gemeint. Vielleicht sogar etwas, was mit seiner neuesten Erfindung zusammenhing.

»Und was war dann?«

»Dann verabschiedeten wir uns, und ich ging nach Hause. Es war das letzte Mal, dass ich ihn sah. Wenn ich das gewusst hätte, hätte ich mich sicher anders verhalten. Er wirkte verzweifelt an diesem Tag. Wie jemand, der zwischen zwei mächtige Kräfte geraten ist, die ihn langsam zerdrücken.« Dornort verstummte und nahm einen Schluck Wasser.

»Sie haben vorhin erwähnt, dass Buschart an Simulationen gearbeitet hat. Könnten Sie mir erklären, worum es dabei ging?«

»Das könnte ich. Natürlich. Aber ich könnte es Ihnen auch zeigen. Es sei denn …« Dornort lächelte. »Haben Sie Angst vor Geistern?«

»Vor Geistern? Eigentlich nicht. Sie sind mir vielleicht sogar lieber als Wesen aus Fleisch und Blut.«

»Ausgezeichnet«, sagte Dornort und zeigte auf die Wand hinter Werkazy. »Werfen Sie doch bitte einen Blick darauf.« Dann drückte er einen Knopf.

Werkazy drehte sich um. Er blickte auf eine große Wand, die ihm schon vorher aufgefallen war. Sie war vollkommen leer. Die Wand löste sich langsam auf, bis sie völlig durchsichtig war. Ein großer Saal erschien vor Werkazys Augen, in dem in langen Reihen Kalinianer über Translokationsschirmen saßen.

»Das ist das Gebäude F. Sie sehen gerade vierhundertfünfundfünfzig Kalinianer bei der Extraktion«, sagte Dornort.

»Ist das eine Liveübertragung?«

»Nein, es ist viel interessanter. Bitte erheben Sie sich, und treten Sie an die Wand.«

Werkazy gehorchte und näherte sich der Wand.

»Nur zu. Gehen Sie einfach weiter.«

»Ich soll weitergehen? Wohin?«, staunte Werkazy.

»Durch diese Wand. Los. Erfüllen Sie sich einen Kindheitstraum: Marschieren Sie durch eine Wand.«

Werkazy streckte zuerst die Hand aus und spürte einen leichten Widerstand, als würde er etwas Weiches, Geleeartiges durchstoßen. Er schloss die Augen und trat hinüber in den Saal. Es fröstelte ihn. In dem Saal herrschte eine ungewöhnliche Kälte.

»Machen Sie sich wegen der niedrigen Temperatur keine Sorgen«, sagte Dornort, »das ist normal. Es ist eine Folge der Translokation.«

»Der Translokation?«

»Ganz recht. Sie haben soeben eine Distanz von zweieinhalb Kilometern überwunden. Aber keine Sorge. Man kann Sie weder sehen noch hören. Sie könnten einen Stuhl hochheben, und die Kalinianer würden glauben, es sei Zauberei. Gehen Sie jetzt zu einem Kalinianer, und werfen Sie einen Blick auf seinen Bildschirm.«

Werkazy setzte sich in Bewegung. Es fühlte sich etwas eigenartig an, als bewegte er sich in einer dichten, festen Luftmasse. Es roch seltsam metallisch. Werkazy sah einem Kalinianer über die Schulter. Der Bildschirm zeigte den Kalinianer selbst, wie er ein Entspannungslokal betrat und sich an einen Tisch setzte, an dem eine Kalinianerin auf ihn wartete. Plötzlich hielt der Kalinianer den Film an, das Bild erstarrte. Der Kalinianer tippte etwas in die Tastatur.

»Das ist eine unserer Simulationen. Die hier hat sogar Buschart geschrieben. Sie heißt *Freitagabend*.«

»Und was wird hier simuliert?«

»Die Zukunft. Der Kalinianer vor Ihnen übt den heutigen Abend ein, damit er auf jede Überraschung vorbereitet ist. Im Moment simuliert er ein Gespräch mit einer Kalinianerin, die er heute Abend treffen wird. Er tippt jetzt die Sätze ein, die er sagen will. Seine künftige Partnerin sitzt drei Plätze weiter und tippt wiederum ihre Sätze ein. So werden sie beide heute Abend ein reibungsloses Gespräch führen, das in einem Geschlechtsakt endet.«

Werkazy sah hinüber zu der Kalinianerin. Sie war so auf ihren Schirm konzentriert, dass sie nichts um sich herum wahrnahm. Schon gar nicht ihren künftigen Partner.

»Und wozu das Ganze?«

»Es dient der Stressminderung.«

»Stressminderung?«

»Laut Osmos mindert eine vorgelebte Situation den Stresswert um fünfzig Prozent, und daher liegt die Simulation dem Gründer besonders am Herzen. Es gibt in Kalino sogar so etwas wie Stressobergrenzen, vergleichbar mit Grenzwerten bei der Luftverschmutzung.«

Werkazy sah sich um. Hunderte Kalinianer saßen vertieft vor ihren Bildschirmen. Man hatte das Gefühl, dass sie nicht einmal eine Bombenexplosion wahrnehmen würden vor lauter Konzentration.

»Ich glaube, mir ist etwas schwindlig«, sagte Werkazy.

»Sie sollten jetzt langsam zurückkehren. Ihre Körpertemperatur ist wahrscheinlich zu schnell abgesunken. Wir wollen ja nicht, dass Sie in Ohnmacht fallen. Wir müssten dann alles abschalten und Sie dort als reales Wesen herausholen. Da hätten die Kalinianer etwas zum Staunen.«

Werkazy zitterte am ganzen Leib, und seine Finger waren blau angelaufen. Er warf einen letzten Blick auf die Kalinianer und trat wieder auf die Wand zu. Das Gehen fiel ihm immer schwerer, die Luft schien immer dickflüssiger zu werden. Er erreichte die Wand mit letzter Kraft und trat auf ihre andere Seite. Es war, als würde er in eine Sauna zurückkehren.

»Diese Temperaturunterschiede sind wirklich lästig«, sagte Dornort. »Aber glauben Sie mir, irgendwann gewöhnt man sich daran.«

»Müssen Sie das etwa auch machen?«

»Fast jeden Tag. Aber ich spüre diese Kälte nicht mehr. Manchmal glaube ich, ich könnte dort bleiben, und es würde mir nichts passieren. Doch wer würde schon dort bleiben wollen, nicht wahr?«

Werkazy kehrte zu seinem Stuhl zurück, ohne sich zu setzen. »Wäre es Ihnen möglich, mir ein Foto von Buschart zu zeigen? Ich möchte gern wissen, wie er aussah.«

»Das ist leider nicht möglich. Die Fotos von ihm sind vernichtet worden. Gleich nach seinem Tod.«

»Warum das?«

»Eine Anordnung von Osmos. Wenn ein Papiergesicht Kalino verlässt, wird jede Spur von ihm beseitigt. Auch die Fotos. Der Tod gilt als eine Form des Ausscheidens. Osmos meint, wenn ein Papiergesicht zeitlebens in Kalino unsichtbar war, dann soll es das umso mehr sein, wenn es Kalino für immer verlässt.«

»Interessante Worte von jemandem, der überall als Jüngling an den Wänden hängt.«

»Ich teile Ihre Meinung, dass das eine etwas übereilte Maßnahme war. Aber wie Sie sicher schon bemerkt haben, ist der Gründer allmächtig.«

Werkazy glaubte zum ersten Mal einen Anflug von Kritik an Osmos herauszuhören. »Darf ich Ihnen eine letzte Frage stellen? Was stellt eigentlich das Gemälde im Flur dar?«

»Es ist Ihnen also aufgefallen?«, sagte Dornort. »Sie ahnen nicht, wie mich das freut. Es ist mein Lieblingsbild.«

»Aber warum? Es zeigt ein Haus, das brennt.«

»Sehr gut beobachtet. Es ist ein sehr bizarres Motiv. Man könnte es geradezu als die Ankündigung einer bevorstehenden Katastrophe sehen.«

»Einer bevorstehenden Katastrophe? Meinen Sie damit etwas Konkretes?«

»Vielleicht, vielleicht auch nicht. Grübeln Sie ruhig darüber weiter nach. Sie würden mir damit einen großen Gefallen tun. Haben Sie noch Fragen an mich? Langsam muss ich mich wieder meiner Arbeit zuwenden.«

»Nein. Ich habe sowieso schon zu viel von Ihrer Zeit in Anspruch genommen.«

»Aber nein. Ich habe Ihren Besuch sehr genossen. Darf ich Ihnen zum Schluss einen kleinen Hinweis geben? Sie fahren doch anschließend in die Nahrungsfabrik, oder?«

»Richtig.«

»Dann lassen Sie sich doch unterwegs das S-Viertel zeigen. Es könnte Ihnen helfen, das brennende Haus besser zu verstehen.«

»Das S-Viertel?«

»Ganz recht. Das ›S‹ von S-Viertel steht übrigens für ›Sport‹, aber glauben Sie mir, es hat nicht viel mit Sport zu tun. Wenigstens nicht so, wie wir ihn verstehen.«

»Vielen Dank. Vielleicht sehe ich es mir tatsächlich nachher an. Falls ich doch noch eine Auskunft bräuchte, dürfte ich mich noch einmal an Sie wenden?«

»Natürlich. Sie sind in diesem Zimmer immer herzlich willkommen.« Dornort verstummte und erlaubte sich ein Lächeln. »Wissen Sie, dass Sie mich in einem Punkt doch ein wenig enttäuscht haben, Werkazy?« Es war das erste Mal, dass der Rektor Werkazy bei seinem Namen genannt hatte.

»Tatsächlich?«

»Ich hätte erwartet, dass Sie mir vielleicht ein kleines Souvenir von draußen mitbringen. Wir sind hier nicht gerade verwöhnt, was Geschenke angeht. Es hätte meine Laune gehoben.«

»Ein Souvenir?«, staunte Werkazy. »Tut mir wirklich leid, daran habe ich nicht gedacht.«

»Nun, vielleicht lässt sich das noch korrigieren. Vielleicht haben Sie ja in Ihrem Quartier noch etwas. Es kann auch nur eine Kleinigkeit sein. Ich könnte es dann abholen lassen. Geben Sie doch die Adresse Ihres Appartements meiner Sekretärin.«

Endlich begriff Werkazy, worauf Dornort hinauswollte. Er wollte seinen genauen Aufenthaltsort in Kalino erfahren. Aber warum fragt er nicht direkt danach?, dachte er. Werden wir etwa gerade abgehört?

»Natürlich, das mache ich gern«, sagte er. »Ich glaube sogar, ich hätte da etwas für Sie, was Ihnen gefallen könnte.«

Dornort lächelte bereits zum zweiten Mal. »Ich wünsche Ihnen einen aufschlussreichen Tag. Und vergessen Sie nicht, im S-Viertel vorbeizuschauen.«

»Nochmals danke für alles.« Werkazy öffnete die Tür und schloss sie ganz leise hinter sich.

Sobald er draußen war, ging er zu Dornorts Sekretärin, die etwas in ihren Computer tippte. Sie sah zu ihm auf und fragte: »Und, ist Ihr Treffen zufriedenstellend verlaufen?«

»Sehr zufriedenstellend. Rektor Dornort ist ein bemerkenswerter Mann.«

»Das ist er ohne Zweifel. Hat er alle Ihre Fragen beantwortet?«

»Mehr als das. Aber ich hätte auch eine Frage an Sie.«

»An mich?« Wiweka sah ihn mit großen Augen an. »Bitte, fragen Sie.«

»Als ich vorhin hereinkam, hatte ich das Gefühl, dass Sie genau wussten, warum ich hier bin. Stimmt das?«

»Ich habe ein gewisse Ahnung. Warum? Spielt das eine Rolle?«

»Eine große sogar. Nach dem, was ich bis jetzt über Kalinianer weiß, dürften Sie weder den Grund meines Hierseins kennen noch wissen, dass ich ein Papiergesicht bin.«

»So wie es aussieht, ist Ihr Wissen über Kalinianer unvollständig. War das Ihre einzige Frage?«

»Ich habe noch eine. Angenommen, ich würde Sie bitten, mir etwas über Kalino aus der Perspektive der Kalinianer zu erzählen. Würden Sie das tun?«

»Wenn es Ihrer Sache dienlich wäre, durchaus. Aber das ist unmöglich. Papiergesichter und Kalinianer können in Kalino einander nicht begegnen. Das dürfte Ihnen bekannt sein.«

»Davon habe ich gehört. Aber vielleicht könnte man dieses Problem umgehen?«

»Tut mir leid. Ich kann Ihnen nicht folgen.«

»Es gibt bei uns für solche komplizierten Fälle eine bestimmte Vorgehensweise. Man nennt es, die Ereignisse dem Zufall zu überlassen.«

»Dem Zufall überlassen? Von dieser Methode habe ich noch nie gehört. Sie klingt nicht sehr effizient.«

»Darf ich es Ihnen an einem Beispiel zeigen?«

»An einem Beispiel?«

»Haben Sie vielleicht etwas zum Schreiben? Einfach ein Blatt Papier.«

»Natürlich«, sagte sie und schob ihm einen Zettel hinüber.

»Rektor Dornort bat mich gerade eben um die genaue Adresse meiner Unterkunft«, erklärte Werkazy, während er diese notierte. »Ich schreibe sie hier auf und gebe sie in Ihre Hände, damit Sie ihm die Information weiterreichen können. Bei dieser Gelegenheit könnten Sie rein zufällig einen Blick auf den Zettel werfen und sich die Adresse einprägen.«

»Und wenn ich keinen Blick darauf werfen würde? Rein zufällig, versteht sich?«

»Dann werden meine Recherchen, wegen denen ich hier bin, nicht vollständig sein.«

»Ein interessanter Satz, wenn auch unverständlich. Ich

werde Rektor Dornort diesen Zettel weiterleiten. Kann ich Ihnen sonst noch behilflich sein?«

»Danke, ich habe vorerst alles. Jetzt würde ich nur gerne erfahren, wo der Ausgang ist.«

»Er ist da, wo er auch vor einer halben Stunde war. Sie gehen den Flur entlang und biegen rechts ab. Aber werfen Sie die Tür nicht ins Schloss, wenn Sie hinausgehen. Der Rektor ist sehr lärmempfindlich.«

»Sie haben mein Wort darauf. Bis zum nächsten Mal.«

»Auf Wiedersehen.«

Werkazy drehte sich um und marschierte zur Tür. Eine ziemlich freche Person, dachte er. Aber nicht unattraktiv. Das muss man zugeben.

Er machte die Tür so behutsam hinter sich zu, dass selbst er das Einschnappen des Schlosses kaum hörte.

Wiweka prägte sich Werkazys Adresse ein und vernichtete den Zettel.

KAPITEL 10

Das S steht nicht für Sport, aber das A steht sehr wohl für Apotheke

Als wenig später die Limousine langsam vom Campus kurvte, betrachtete Werkazy schweigend die Gebäude, in denen gerade die Extraktion stattfand. Er fand auf einmal, dass von diesen quadratischen, bunkerähnlichen Gebäuden etwas Bedrohliches ausging. Und es lag nicht nur daran, dass sie keine Fenster hatten. Irgendetwas wird hier bald passieren, dachte er. Und ich verwette meine Detektei samt Partner, dass es mit Buscharts Tod zusammenhängt.

»Und? Habe ich zu viel versprochen?«, riss ihn die Stimme des Fahrers aus seinen Gedanken. »Rektor Dornort ist ziemlich sonderbar, oder?«

»Sonderbar, aber auch informativ«, gab Werkazy zu. »Ich habe eine Menge nützlicher Sachen erfahren. Außer einer. Wie steht eigentlich der Rektor zum Gründer?«

»Tut mir leid. Ich habe keine Einsicht in die private Beziehung der beiden. Aber es ist allgemein bekannt, dass der Gründer und der Rektor Kalino gemeinsam erschaffen haben. Sie sind also nicht nur alte Freunde, sondern auch Partner.«

»Tatsächlich? Das ist interessant.«

»Mehr weiß ich leider nicht. Ich nehme jetzt Kurs auf den Piniendistrikt.«

»Einen Augenblick. Ich würde gerne noch einen kleinen Abstecher machen.«

»Einen kleinen Abstecher? Wohin denn?«

»Ins S-Viertel.«

Der Fahrer nahm unwillkürlich den Fuß vom Gaspedal. Die Limousine verlangsamte augenblicklich. »Ins S-Viertel?«, fragte er. »Sind Sie sicher?«

»Warum? Ist das ein Problem?«

»Keineswegs, das S-Viertel liegt nur in der entgegengesetzten Richtung. Obendrein ist es nicht gerade das, was man eine Touristenattraktion nennt.«

»Nun, da ich kein Tourist bin, können wir es riskieren. Außerdem sind wir sowieso schon so spät dran, dass eine halbe Stunde nicht mehr ins Gewicht fällt, was meinen Sie?«

»Natürlich nicht.« Der Fahrer wendete und beschleunigte wieder. »Ich werde mich beeilen. Wir dürften in einer Viertelstunde dort sein.«

»Das ist schnell genug«, bedankte sich Werkazy und sah wieder aus dem Fenster. Während draußen die kalinianischen Häuser immer spärlicher wurden, rief er sich noch einmal den Extraktionsraum in Erinnerung. Er bekam das Bild der Kalinianer nicht mehr aus dem Kopf, die über ihren Simulationen brüteten. Einmal, vor langer Zeit, hatte er auch einmal versucht, einen ganzen Tag nach einem vorgefassten Plan zu leben. Er konnte nicht behaupten, dass er sich dabei entspannt hätte. Im Gegenteil, er war nie zuvor so im Stress gewesen. Egal, wie Osmos die Extraktion nannte, in diesen Gebäuden ging es nicht nur um Stressverminderung. Die Kalinianer studierten bestimmte Handgriffe und Mechanismen ein, um sie im Ernstfall blind zu beherrschen. Sie kamen Werkazy plötzlich vor wie Soldaten, die sich auf einen Krieg vorbereiteten. Nur gegen wen sollten die Kalinianer einen Krieg führen?

»Sehen Sie diesen kleinen Hügel da vorne?«, fragte der Fahrer unvermittelt. Werkazys Blick folgte dem ausgestreckten Zeigefinger des Fahrers. »Dahinten ist schon das S-Viertel.«

Sie blickten in ein kleines Tal. Einen Moment lang glaubte Werkazy, er sei nicht mehr in Kalino. Er sah eine alte kleine Stadt, wie es sie draußen zu Tausenden gab. Diese hier war allerdings längst verlassen und vollkommen verfallen.

»Was ist das?«

»Ein Überbleibsel aus der Zeit vor Kalino«, erklärte der Fahrer. »Hier lebten einmal Papiergesichter. Als Kalino gegründet wurde, mussten sie die Stadt verlassen, und seitdem verfällt sie langsam. Heute sind es praktisch nur noch Ruinen.«

»Fahren Sie bitte hinein. Ich will mir das aus der Nähe ansehen.«

Der Fahrer beschleunigte, und sie schossen auf das Tal zu. Als sie in das S-Viertel einbogen, verlangsamte der Fahrer das Tempo wieder. Die Straße war in einem katastrophalen Zustand, und der Wagen begann zu rumpeln.

»Jedes Mal, wenn ich da bin, bete ich, dass ich mit ebenso vielen Rädern herauskomme, wie ich hineingefahren bin«, sagte der Fahrer. »Glücklicherweise ist das S-Viertel klein. Eine kurze Runde, und wir sind wieder draußen.«

Werkazy ließ das Fenster herunter und sah hinaus. Links und rechts der Straße standen fünfstöckige Mietshäuser, oder was von ihnen noch übrig war. Die Fassaden bröckelten, und die Fenster hatten keine Scheiben mehr. Er erblickte verfallene Läden, über denen verwitterte Aufschriften wie *Apotheke, Obst und Gemüse* oder *Antiquitäten* angebracht waren.

Seltsam, dachte er, genau solche Geschäfte habe ich bei meinem ersten Spaziergang durch Kalino vermisst. Und jetzt sind sie plötzlich da.

Aber das war nicht alles: Der Verfall im S-Viertel wurde offenbar künstlich beschleunigt. Die Spuren waren noch frisch. Mauern waren mit Gewalt eingerissen worden und die Gehsteige vorsätzlich ruiniert. Es sah aus, als könne es jemandem nicht schnell genug gehen, das S-Viertel dem Boden gleichzumachen.

»Irre ich mich, oder hat hier jemand vor Kurzem dem Verfall nachgeholfen?«, fragte Werkazy.

»Nein, Sie sehen schon richtig«, antwortete der Fahrer. »Hin und wieder schauen Kalinianer hier vorbei und spielen ein bisschen.«

»Spielen?«

»Spielen ist vielleicht das falsche Wort. Sie toben sich aus. Dazu gehört natürlich auch, dass sie etwas kaputt schlagen. Aber es sind ja sowieso alles Ruinen. Das kümmert niemanden, und der Gründer erlaubt es.«

»Ich wusste nicht, dass die Kalinianer so zerstörungswütig sind. Sie machen einen so ausgeglichenen Eindruck.«

»Na ja, sie zerstören auch nicht nur. Ein paar Gebäude haben sie stehen lassen oder sogar umgebaut. Sehen Sie da vorne zum Beispiel dieses merkwürdige große Gebäude?« Der Fahrer zeigte auf einen großen Platz, auf den sie zufuhren. »Das haben die Kalinianer umgebaut. In nur vier Wochen. Übrigens, Sie haben Glück. Sehen Sie nur. Der Perfektionsdienst hält gerade seine wöchentliche Übung ab.«

Ein Dutzend Kalinianer kletterte auf einem Gebäude herum, das wie ein überdimensionales exotisches Insekt aussah. Sie alle waren vollkommen nackt. Ihre eingeölten Körper glänzten in der Sonne, als hätte man sie mit Gold überzogen. Aus dem Gebäude ragten zwei Türme, deren Spitzen offenbar das Ziel der Klettertour waren. Überall hingen Seile herunter, die an speziellen Haltegriffen angebracht waren.

»Was machen die denn da?«

»Das ist der kalinianische Kletterturm. Alle Kalinianer kommen regelmäßig her, um zu trainieren. Anfangs wollten sie das ursprüngliche Gebäude auch niederreißen, aber dann kamen sie darauf, dass es sich mit seinen vielen Winkeln und unkonventionell gezogenen Mauern perfekt zum Klettern eignet.«

»Das ursprüngliche Gebäude?« Werkazy horchte auf. »Was war das für ein Gebäude?«

»Eine Kirche.«

Das »S« von S-Viertel steht übrigens für »Sport«, aber es hat nicht viel mit Sport zu tun, fielen ihm Dornorts Worte ein.

»Fahren Sie weiter«, bat Werkazy. »Ich will mir den Rest des Viertels auch noch ansehen.«

Der Fahrer beschleunigte und fuhr die Straße hinunter. Überall bot sich das gleiche Bild: verfallene Geschäfte und Ruinen. Kurz vor dem Ortsausgang tauchte eine frisch errichtete hohe Mauer auf, hinter der sich etwas Wichtiges verbergen musste: Auf der Mauer waren alle zehn Meter Kameras angebracht.

»Halten Sie bitte vor dem Tor dort. Ich würde gerne sehen, was hinter der Mauer liegt.«

Der Fahrer fuhr entlang der Mauer bis zum Tor. Es war geschlossen, aber durch das Gitter konnte man in eine Art

Park hineinsehen, in dem mannshohes Unkraut wucherte. Überall lagen oder standen Steintafeln.

»Ist das etwa ein Friedhof?«, fragte Werkazy.

»Das war ein Friedhof. Hier wurde seit über dreißig Jahren niemand mehr begraben. Noch so ein Überbleibsel aus der alten Zeit.«

»Warum ist der Friedhof dann von dieser neuen Mauer umgeben und wird von Kameras überwacht?«

»Die hat man nach einem bizarren Zwischenfall vor einiger Zeit installiert.«

»Ein Zwischenfall?«

»Anfangs war der Friedhof für die Kalinianer genauso zugänglich wie alles andere im S-Viertel. Sie benutzten ihn als Park und was weiß ich noch alles. Aber dann brach einer von ihnen eine ›steinerne Sitzgelegenheit‹ auf, wie sie die Gräber nannten. Ein Skelett kam zum Vorschein, und der Kalinianer erlitt einen solchen Schock, dass man ihn in das Metamorphosenzentrum zur Korrektur bringen musste. Deshalb ließ der Gründer den Friedhof dichtmachen. Die Kameras laufen seitdem rund um die Uhr.«

Werkazy ließ seinen Blick über den Friedhof schweifen. Er bemerkte plötzlich eine halb verwelkte Nelke im Gras.

»Sind Sie sicher, dass niemand hier war? Das Tor scheint noch vor Kurzem geöffnet worden zu sein.«

»Sie sehen eine Menge«, sagte der Fahrer anerkennend. »Da war jemand. Aber sicher kein Kalinianer.«

»Wer dann?«

»Wir waren es. Die Papiergesichter. Vor drei Tagen. Wir haben für Buschart eine kleine Trauerzeremonie abgehalten.«

»Eine Trauerzeremonie?«

»Na ja. Das waren wir ihm schuldig. Er war der erste

Tote von Kalino. Er bekam sogar ein Symbolgrab, in das alle seine persönlichen Sachen gelegt wurden, die man in der Kalinoschlucht gefunden hatte.«

»Wer war dabei?«

»Ich, Schrom und der Gründer. Nur Dr. Kliszt nicht. Der hatte eine Lungenentzündung. Buscharts Witwe war natürlich auch nicht da. Sie hat sich geweigert teilzunehmen. Sie können sich denken, warum.«

Werkazy schaute durch das Tor. Auf der Hauptallee, die durch den Friedhof führte, lag eine Kerze in einem Aluminiumbehälter. Sie funkelte im Sonnenlicht wie ein Edelstein. Einer der Trauergäste musste sie versehentlich fallen gelassen haben.

»Das reicht fürs Erste. Ich habe genug gesehen«, sagte Werkazy. »Lassen Sie uns in die Nahrungsfabrik fahren.«

»Wie Sie wünschen«, sagte der Fahrer und fuhr los.

Werkazy lehnte sich in den Sitz zurück und schwieg. Nachdenklich betrachtete er die Ruinen des S-Viertels, die an ihm vorbeizogen. Er würde noch einmal herkommen müssen. Nur diesmal allein.

KAPITEL 11

Die Einzigen aus Fleisch und Blut

Der Piniendistrikt trug seinen Namen nicht umsonst. Inmitten einer sanften Hügellandschaft, die Werkazy an die Toskana erinnerte, war er umgeben von alten Pinien, die so dicht standen, dass sie einen ebenso imposanten wie undurchdringlichen Zaun bildeten. Der Distrikt bestand aus zwei ungleich großen Teilen. Im kleineren lag die Nahrungsfabrik. Im größeren fanden sich die Anwesen der Papiergesichter. Entlang einer kleinen Landstraße waren sie aufgereiht wie Perlen auf einer Schnur. Sie hatten zwar nicht die Imposanz der Residenz von Osmos, aber jedes Einzelne von ihnen würde außerhalb von Kalino als Luxusanwesen durchgehen.

Der Fahrer verlangsamte das Tempo ein wenig, damit Werkazy den Anblick genießen konnte: »Das ist unser Reich. Hier wohnen alle Papiergesichter. Ich hoffe, Sie sind wenigstens ein bisschen beeindruckt?«

»Offen gestanden, komme ich, seit ich hier bin, aus dem Staunen nicht mehr heraus.«

Der Fahrer lächelte. »Gleich das erste Anwesen, das der Fabrik am nächsten liegt, gehört Buschart, ich meine, gehörte. Rechts davon finden Sie das Haus von Schrom, dem Fahrer von Buschart. Das letzte in der Reihe gehört mir.«

»Muss ich mich hier an bestimmte Regeln halten?«

»Keineswegs, Sie können sich frei bewegen. Ich bringe Sie jetzt erst einmal zur Nahrungsfabrik.«

Der Fahrer lenkte die Limousine auf eine Straße, die an einem Tor aus blauem Metall endete. Er holte aus dem Handschuhfach ein kleines, rundes Gerät mit drei Knöpfen und drückte einen davon. Das Tor öffnete sich lautlos, und sie fuhren hindurch. Neben dem großen Fabrikgebäude gab es drei kleinere Gebäude, die wie Kopien des großen aussahen. Gleich hinter ihnen ragte ein riesiger Zylinder in die Höhe. Werkazy hatte schon einige gut bewachte Anlagen gesehen, aber diese rangierte ganz oben auf der Betreten-absolut-verboten-Skala. Die Wände der Nahrungsfabrik waren aus massivem Beton und mit einer Substanz bedeckt, die er nicht identifizieren konnte. Vier Lüftungsschächte sorgten für die Frischluftzufuhr und waren symmetrisch an allen Seiten angebracht.

»Sind Sie sicher, dass man hier nur Brot und Milch produziert?«, fragte Werkazy.

»Natürlich«, antwortete der Fahrer lächelnd. »Lassen Sie sich von dem Äußeren nicht täuschen. Das ist kalinianischer Standard. Hat nichts zu bedeuten.«

Seit wann haben dicke Mauern nichts zu bedeuten?, dachte Werkazy.

Die Limousine hielt vor dem Eingang, der aus demselben Metall zu sein schien wie zuvor das Einfahrtstor. Ohne den Motor abzustellen, sagte der Fahrer zu Werkazy: »Ich werde jetzt nach Hause fahren und etwas essen. Danach würde ich dort auf Sie warten. Wäre das für Sie so weit in Ordnung?«

»Genau das wollte ich Ihnen vorschlagen.« Werkazy machte eine ausholende Geste, die das gesamte Gelände einschloss. »Ich kann ja ab jetzt alles bequem zu Fuß erledigen.«

»Nur kommen Sie nicht auf die Idee, eine Abkürzung durch das Grün zu nehmen. Wir haben hier zwar keine Rottweiler, aber dafür gibt es Sensoren, die Alarm schlagen.«

So viel zu den minimalen Sicherheitsmaßnahmen, dachte Werkazy und sagte: »Lassen Sie sich Ihr Essen schmecken. Ich hoffe, es ist nicht kalinianisch.«

»Kalinianisch?«, wiederholte der Fahrer. »Dagegen hätte ich nichts. Aber das geht jetzt nicht mehr.«

»Was meinen Sie damit?«

»Lassen Sie sich das von Dr. Kliszt erklären. Ich habe schon zu viel geplaudert.« Der Fahrer zeigte auf den Eingang zur Fabrik. »Sobald Sie vor die Tür treten, wird sie sich von selbst öffnen. Sie brauchen also nicht zu klopfen wie bei Dornort. Es wird Ihnen hier gefallen, da bin ich sicher.«

»Mir gefällt es schon jetzt ziemlich gut.« Werkazy stieg aus und ging zur Eingangstür, in die ein merkwürdiges Symbol eingraviert war: ein Kreis, der in zwei gleich große Hälften geteilt war. Es kam ihm vor, als hätte er dieses Symbol schon einmal irgendwo gesehen. Aber es fiel ihm nicht ein, wo. Er wusste nur, es war vor langer Zeit und unter sehr angenehmen Umständen gewesen.

Ein verborgener Mechanismus entriegelte die Tür. Es hörte sich an, als würde sich ein tonnenschwerer Safe öffnen. Werkazy begann sich langsam an diese Türen zu gewöhnen. Die Tür glitt zur Seite, und er erblickte zwei menschliche Gestalten, die auf ihn warteten. Im ersten Moment hielt er sie für Perfektionsdiener, aber dann erkannte er, dass es Androiden sein mussten. Ihre Gesichter waren schneeweiß und vollkommen ausdruckslos. Sie steckten in weiten schwarzen Overalls, die im starken Kontrast zur weißen Gesichtsfarbe standen.

»Sind Sie das Papiergesicht Werkazy?«, fragte einer von ihnen.

»Der bin ich.«

»Dann bringen wir Sie jetzt zu Dr. Kliszt. Folgen Sie uns in einem Abstand von maximal drei Metern.«

Ich hatte schon Toaster, die charmanter waren, dachte Werkazy und folgte ihnen.

Die Androiden führten ihn durch einen unterirdischen Gang und blieben vor einer Tür stehen, die ebenfalls aus dem blauen Metall war. Einer der Roboter legte seine Handfläche auf die Tür, die sich sofort öffnete. »Sie sind am Ziel«, sagte er und starrte Werkazy an.

Werkazy wollte spontan Danke sagen, aber dann nickte er nur. Er trat ein und stand plötzlich in einem modernen Büro, in dem ein so grelles Licht leuchtete, dass man ein Staubkorn auf dem Boden hätte sehen können.

Hinter dem Schreibtisch saß ein hagerer rothaariger Mann um die vierzig. Er trug einen weißen Kittel und blickte angestrengt auf seinen Computerbildschirm. Ohne aufzusehen, sagte er: »Ich bin sofort bei Ihnen. Nur noch eine Sekunde.« Er drückte ein paar Tasten, erhob sich dann und kam auf Werkazy zu. »Entschuldigen Sie, dass ich Sie nicht persönlich empfangen konnte. Aber ich hatte noch etwas Wichtiges zu erledigen.« Er reichte Werkazy die Hand. »Ich bin Dr. Kliszt.«

Werkazy hatte schon Tausenden Leuten die Hand gereicht und teilte sie in zwei Typen ein: den einen, der die Hand sofort losließ, und den anderen, der nie wieder loslassen wollte. Dr. Kliszt gehörte zu der ersten Sorte.

»Ich hatte Sie schon früher erwartet«, sagte er. »Ist Ihnen etwas dazwischengekommen?«

»Das kann man sagen«, sagte Werkazy. »Ich habe verschlafen. Seit ich hier bin, schlafe ich wie ein Toter.« Die frechsten Lügen kamen immer am besten an.

»Wirklich?«, staunte Kliszt. »Dann sollten Sie es genießen. Ein guter Schlaf ist nicht zu verachten. Also, wo fangen wir an?« Kliszt wirkte erstaunlich nervös.

»Eigentlich wollte ich mir nur kurz Buscharts Arbeitsplatz ansehen«, sagte Werkazy. »In einer Viertelstunde sind Sie mich wieder los.«

Sein Puls beschleunigte sich nicht einmal für einen Moment, als er diese Lüge aussprach. Wenn er könnte, würde er einen ganzen Tag mit einem Vergrößerungsglas in der Nahrungsfabrik verbringen. Irgendwo in diesen Wänden befand sich mit größter Wahrscheinlichkeit ein direkter Hinweis auf Buscharts Todesursache oder vielleicht sogar auf den Mörder. Darauf hätte Werkazy seine ganze Detektei verwettet.

»Dann schlage ich vor, wir gehen gleich in sein Labor. Dazu müssen wir durch die Produktionshalle A. Das ist der kürzeste Weg.« Kliszt gab den wartenden Androiden ein Zeichen und sagte leise: »Ihr folgt uns.«

Dann führte er Werkazy durch einen Gang zu einer Tür. Er legte die Handfläche darauf, und sie reagierte sofort. Werkazy blickte in eine riesige Werkshalle, die in ultraviolettes Licht getaucht war. Sie wirkte sehr gespenstisch.

»Unser Herzstück. Die Produktionshalle A«, sagte Kliszt nicht ohne Stolz.

Werkazy hatte nicht viele moderne Fabriken gesehen, aber es war unschwer zu erkennen, dass das keine gewöhnliche Fabrik war. Die Produktionshalle A erinnerte an ein voll automatisiertes Labor. Auf einem Fließband fuhren farbige kleine Behälter, die für einen Moment unter einem der an die Decke montierten Bottiche stehen blieben und mit einer Substanz gefüllt wurden. Anschließend sortierten Hunderte von Roboterarmen die Behälter in Kartons. Ein leiser, rhythmischer Lärm erfüllte die Halle.

»Hier wird eine einzigartige Nahrungsform hergestellt, die alles übertrifft, was ein Mensch je geschaffen hat. Sie sind der Erste von draußen, der das zu sehen bekommt.«

»Ich bin beeindruckt«, sagte Werkazy und deutete auf die Fließbandkräfte. Es waren ausschließlich Androiden, ähnlich denen, die sie begleiteten. Nur trugen sie gelbe Overalls.

»Irre ich mich, oder sind wir hier tatsächlich die Einzigen aus Fleisch und Blut?«, fragte Werkazy.

»Nein, Sie irren sich nicht. Hier arbeiten ausschließlich Androiden. Sie sind ganz in die Fabrik integriert, was bedeutet, dass sie sich nur innerhalb dieser Mauern bewegen können. Sollten sie nur einen Schritt außerhalb der Fabrik tun, tritt sofort das Fisch-aus-dem-Wasser-Prinzip ein.«

»Fisch-aus-dem-Wasser-Prinzip?«

»Sie schalten sich automatisch ab. Die Androiden besitzen immerhin beträchtliche physische Kräfte, die die unseren weit übersteigen. Sollte einer defekt sein, könnte das gefährlich werden.«

»Gilt das Fisch-aus-dem-Wasser-Prinzip auch für unsere Begleiter?«

»Für Mischa und Boris? Für die ganz besonders. Sie sind noch weiter entwickelt als die übrigen Modelle.«

»Darf ich fragen, was hier eigentlich produziert wird?« Bevor Kliszt ihn zurückhalten konnte, trat Werkazy auf einen der Bottiche zu. Die beiden Androiden gaben plötzlich ein seltsames zischendes Geräusch von sich. Kliszt brachte sie sofort mit einer diskreten Geste zum Schweigen und stellte sich neben Werkazy. Eine weitere Handbewegung von ihm ließ das Fließband wie durch Zauberei stehen bleiben.

»Entschuldigen Sie, dass ich so unhöflich bin. Ich hätte es Ihnen natürlich erklären müssen. Aber ich bin Besucher einfach nicht gewohnt. In diesem Bottich ist kalinianische Nahrung. Werfen Sie ruhig einen Blick hinein.«

Werkazy beugte sich über den Rand des Bottichs. Er blickte auf eine brodelnde dunkelbraune Brühe. Sie sah nicht sehr appetitlich aus. »Was ist da drin?«, fragte er.

»Raten Sie doch mal.«

»Zwingen Sie mich bitte nicht dazu. Ich sage sicher etwas Unhöfliches.«

»Eine Wildwasserforelle.«

»Ehrlich?« Werkazy warf noch einen Blick in den Bottich. »Also, sie sieht entschieden anders aus als die Forelle, die ich neulich in einem Restaurant gegessen habe.«

»Weil Sie hier bereits ihre Quintessenz sehen. Jedes Nahrungsmittel verfügt nicht nur über Vitamine und lebenswichtige Substanzen, sondern auch über viele Schadstoffe. Diese werden hier entzogen, und so bleibt am Ende nur das Lebenswichtige und Gesunde. Außerdem hat diese Forelle hier noch einen weiteren Vorteil. Sie werden sich niemals an einer Gräte verschlucken.«

»Nennen Sie mich altmodisch«, sagte Werkazy, »aber wenn ich mir diese Brühe ansehe, würde ich lieber die eine oder andere Gräte in Kauf nehmen.«

»Das liegt daran, dass der Mensch ein Augentier ist. Jahrmillionen der Evolution sprechen aus Ihnen, Herr Werkazy. Aber sehen Sie es so: Die Nahrung mag schlecht aussehen, aber jene, die sie zu sich nehmen, dafür umso besser. Das ist ein fairer Preis, würde ich sagen.«

Warum pflegt dann noch immer eine unangenehme

Rechnung aufzutauchen?, fragte sich Werkazy. »Und was ist in den anderen Bottichen?«

»Steaks, Lammfleisch, Nudeln, was immer Sie wollen. Aber ich fürchte, es wird Ihnen auch nicht gefallen. Es sieht alles ähnlich aus. Ich schlage vor, dass wir langsam weitergehen. Buscharts Labor ist dort hinten. Bleiben Sie aber bitte auf dieser Linie. Wir betreten ab jetzt einen sehr gefährlichen Bereich der Fabrik ...« Kliszt zeigte auf eine gelbe Linie, die sich auf dem Boden zwischen den einzelnen Stationen entlangschlängelte. »So wird verhindert, dass Sie in den Wirkungsbereich eines Roboterarms kommen.«

Werkazy folgte Kliszt, während er peinlich genau auf der gelben Line blieb.

Wenig später erreichten sie das Ende der Produktionshalle und betraten ein Labor.

»Hier hat Buschart gearbeitet. Das war sein Reich«, sagte Kliszt.

Werkazy wurde im ersten Moment von großer Enttäuschung ergriffen. Er hatte es sich anders vorgestellt. Das Labor war ein einfacher Raum mit weißen Wänden, ein paar Regalen, einem Schreibtisch und einer Arbeitsplatte, auf der Laborinstrumente standen. In der Mitte dieser Arbeitsplatte thronte ein ähnlicher Roboterarm, wie Werkazy ihn schon in der Halle gesehen hatte. Der Roboterarm schien in einer seltsamen Verrenkung erstarrt, als hätte man ihn mitten in der Arbeit unerwartet ausgeschaltet.

Kliszt ging unter dem Roboterarm hindurch in den hinteren Teil des Labors, und Werkazy folgte ihm. Die beiden Androiden blieben bei der Tür stehen.

»Kommen Sie bitte her. Das müsste Sie interessieren. Das war sein Arbeitsbereich«, sagte Kliszt

Werkazy ließ den Blick über die Arbeitsfläche schweifen. Alle Instrumente waren offenbar gründlich gereinigt worden. Besonders die Reagenzgläser blitzten vor Sauberkeit.

Sieht aus, als wäre hier vor Kurzem über alles ein Staubsauger hinweggefahren, dachte Werkazy und sagte: »Buschart muss ein sehr ordentlicher Mann gewesen sein.«

»Sterilität ist hier nun einmal oberstes Gebot. Daran musste auch Buschart sich halten.« Kliszts anfängliche Nervosität war plötzlich wieder da. Es gab keinen Zweifel, sie musste mit diesem Raum zusammenhängen.

»Woran hat Buschart als Letztes gearbeitet?«, fragte Werkazy.

»An etwas, woran wir uns schon seit langer Zeit die Zähne ausgebissen haben. Es ging um ein Enzym, das es endlich den Papiergesichtern ermöglichen würde, die kalinianische Nahrung zu verdauen. Bis jetzt ist das nicht möglich, weil Komplikationen auftreten.«

»Komplikationen?« Werkazy erinnerte sich wieder an den höllischen Schmerz, den der Dreifinger bei ihm ausgelöst hatte.

»Korrekt. Ohne dieses Enzym kann kein Papiergesicht auch nur daran denken, etwas Kalinianisches zu essen.«

»Wenn Sie ›Papiergesichter‹ sagen, dann meinen Sie die Papiergesichter in Kalino?«

»Eigentlich nicht. Es geht auch um die Papiergesichter draußen.«

»Sie wollten diese Nahrung in die Außenwelt bringen?«

»›Bringen‹ ist das falsche Wort. ›Anbieten‹ wäre richtiger. Als Alternative sozusagen.«

»Halten Sie das für klug?«

»Warum nicht? Sie würde die allgemeine Gesundheit und die physische Verfassung verbessern sowie kleinere körperliche Defekte beseitigen. Ganz abgesehen vom Aussehen. Ich denke, dass einige da draußen nichts dagegen hätten, ihr momentanes Aussehen zu verändern.«

»Also wenn Sie mich fragen, ist das Aussehen meines Essens auch nicht unwichtig.«

Kliszt legte Werkazy beruhigend die Hand auf die Schulter. »Wir reden davon, eine Forelle ohne Gräten zu produzieren, und Sie vermuten dahinter eine Weltrevolution. Aber Ihre Befürchtungen sind sowieso hinfällig. Das Projekt ist zusammen mit Buschart gestorben. Der, der ihn umbrachte, wusste leider genau, was er tat.«

»Ich verstehe nicht ganz.«

»Buschart stand ganz kurz vor dem Durchbruch. Es fehlten buchstäblich nur noch wenige Tage. An dem Nachmittag, als er zur Schlucht aufbrach, sagte er zu mir: ›Noch eine Woche, und du wirst nie mehr fürchten müssen, in deiner Fabrik zu verhungern.‹ Verstehen Sie jetzt das ganze Ausmaß der Tragödie, die uns heimgesucht hat? Wenn er uns wenigstens ein paar Aufzeichnungen hinterlassen hätte. Es ist nichts mehr da.«

Werkazy ließ den Blick durch das Labor schweifen. »Erinnern Sie sich noch, was an dem Tag passierte, als Buschart zur Schlucht aufbrach?«

»Wie könnte ich nicht? Ich habe diesen Tag wohl hundertmal im Kopf ablaufen lassen, um irgendetwas Ungewöhnliches zu finden. Aber ich finde nichts. Wir saßen hier in diesem Büro und gingen die Ergebnisse der letzten Experimente durch. Er war an dem Tag besonders guter Laune und zählte noch all die Zufälle auf, die ihn auf die richtige Fährte gebracht hatten. Dann verabschiedete er sich und verließ das Labor.«

»Und was taten Sie?«

»Ich blieb hier und hielt eine Videokonferenz mit dem Gründer ab, um ihm über unsere Fortschritte zu berichten. Sie dauerte über fünf Stunden. Wir wurden erst unterbrochen von der Nachricht, dass Buschart etwas zugestoßen sei. Der Gründer fuhr dann sofort zur Unfallstelle, und ich blieb in der Fabrik.«

Manchmal muss man die Leute gar nicht nach ihrem Alibi fragen, dachte Werkazy. Sie liefern es von selbst.

»Wer außer Ihnen wusste noch von diesen Donnerstagsausflügen in die Schlucht?«

»Alle, ich meine, alle Papiergesichter. Und Buscharts Frau. Sonst niemand. Außer vielleicht …« Kliszt zögerte und schüttelte dann den Kopf. »Aber nein … das zählt nicht.«

»Was zählt nicht?«

Er zeigte auf die beiden Androiden. »Mischa und Boris wussten davon. Die beiden verfügen über eine höhere Bewusstseinsstufe als die übrigen Modelle. Sie wussten, wer Buschart war und was er hier tat. Aber es wäre absurd, sie zu verdächtigen. Sie würden sich sofort abschalten, wenn sie das Gelände verließen.«

Es sei denn, jemand programmiert sie um, dachte Werkazy und betrachtete die beiden Androiden. Sie standen reglos an der Tür und verfolgten jede seiner Bewegungen mit großer Wachsamkeit.

Werkazy trat an Buscharts Schreibtisch heran. Jemand hatte sehr gründlich aufgeräumt. Außer einem Kalender und einem gerahmten Foto lag darauf nichts herum. »Hatte Buschart keinen Computer?«

»Der Computer wurde entfernt, die Daten auf meinen überspielt und das Gerät anschließend vernichtet.«

Werkazy beugte sich über das Foto auf dem Schreibtisch. Es zeigte eine Kalinianerin, die in die Kamera lächelte.

»Wer ist das auf dem Foto?«

»Das ist Buscharts Frau.«

»Sie ist attraktiv.«

»Die Kalinianer sind nun mal gut aussehend. Nicht zuletzt wegen dieser unappetitlichen Brühen, die Sie so kritisierten.«

Werkazy öffnete die Schublade. Sie war leer. Er sah sich im Labor um. Sein Blick fiel wieder auf den Roboterarm auf der Arbeitsplatte.

»Wozu dient eigentlich dieser Roboter da?«

»Er ist so etwas wie ein Assistent.«

»Warum steht er in dieser merkwürdigen Position? Es sieht aus, als wäre er mitten in einer wichtigen Arbeit plötzlich angehalten worden.«

Kliszts Augenlider flatterten für einen Moment. »Er ist beschädigt. Wir versuchen ihn schon seit Tagen in die ursprüngliche Lage zu bringen. Vergeblich.«

»Und warum?«

»Weil er nur auf die Stimme seines Besitzers reagiert.«

Werkazy trat ganz nah an den Roboterarm. Irgendetwas an der Griffhand ließ ihm keine Ruhe. Der Roboter schien eine verzweifelte Geste zu machen. Vier Finger waren zusammengekrümmt, der kleine Finger stand unnatürlich ab, als wolle er auf etwas zeigen. Werkazy folgte mit dem Blick der Richtung, in die der Finger wies. Auf dieser Stelle der Wand war ein kleiner schwarzer Punkt. Irgendetwas ist hinter dieser Wand, dachte Werkazy, etwas, an das Kliszt nicht herankommt.

Er drehte sich wieder zu Kliszt und produzierte ein Lächeln. »Ich glaube, ich habe jetzt alles, was ich brauche. Sie waren eine echte Hilfe. Ich habe nur noch eine letzte Frage. Sie ist allerdings etwas ausgefallen.«

»Nur zu. Ich bin einiges gewohnt.«

»Das Fehlen des Enzyms, das Buschart finden sollte, ist also verantwortlich dafür, dass die kalinianische Nahrung den Papiergesichtern schaden würde?«

»Korrekt. Es führte im schlimmsten Fall zum Tod.«

»Und woher haben dann die Kalinianer dieses Enzym?«

»Ihr Körper hat es selbst entwickelt. Da sie diese Nahrung von Anfang an zu sich nehmen, wird es auf natürliche Weise von ihrem Körper produziert.«

»Das heißt aber, dass unsere Nahrung den Kalinianern genauso wenig schmeckt wie ihre uns, oder?«

»›Nicht schmeckt‹ ist eine Untertreibung. Sie würden nach dem Verzehr einer einfachen Tomate schwere Verdauungsprobleme bekommen.«

»Das heißt, man müsste für die Kalinianer auch ein Enzym produzieren, damit sie unsere Speisen essen können?«

»Ganz richtig. Die Frage ist nur, wer würde das wollen? Die Kalinianer gewiss nicht.«

»Natürlich nicht«, stimmte Werkazy zu. »Damit würden sie ja praktisch Papiergesichter werden.«

»Richtig. Und das wäre ein enormer Rückschritt. Ich meine aus der Sicht der Kalinianer natürlich.«

»Sie ahnen nicht, wie sehr Sie mir geholfen haben.« Werkazy sah sich noch einmal im Labor um. »Und vielen Dank vor allem für die aufschlussreiche Führung. Ich hätte nicht gedacht, dass Sie sich so viel Zeit nehmen würden. Besonders, wo es Ihnen kürzlich noch so schlecht ging.«

»Schlecht ging?«

»Sie waren krank, wie ich gehört habe. Deswegen konnten Sie nicht zu Buscharts Begräbnis.«

»Ach das«, sagte Kliszt. »Ich leide an einer Immunschwäche, die sich oft zum ungünstigsten Zeitpunkt meldet. Wenn wir das Enzym gefunden hätten und ich kalinianische Nahrung zu mir nehmen könnte, wäre ich sicher dort gewesen.«

Werkazy verneigte sich, was er nur tat, wenn er sehr zufrieden mit sich war. Er zeigte auf die beiden Androiden an der Tür, die ihn nicht aus den Augen ließen. »Diese beiden Burschen sollen bitte da stehen bleiben, wo sie sind. Ich finde schon allein heraus.«

KAPITEL 12

Warum Papiergesichter an die Ereigniskette glauben

Bereits beim Frühstück war Werkazy klar geworden, dass von allen Besuchen, die er zu machen hatte, der bei Buscharts Witwe am riskantesten war. Osmos hatte ihm ausdrücklich nahegelegt, Buscharts Witwe in Ruhe zu lassen, um sie nicht aus ihrem filigranen seelischen Gleichgewicht zu bringen. Werkazy war schon zu lange Detektiv, um nicht zu erkennen, dass dahinter etwas anderes steckte, und entschied daher, dass das Gespräch mit ihr ein paar Unannehmlichkeiten wert war.

Buscharts Haus lieferte erst mal keine großen Überraschungen. Das einzig Ungewöhnliche waren drei komplett verdeckte Fenster im oberen Stockwerk. Werkazy vermutete, dass dahinter Buscharts Arbeitszimmer lag.

Er drückte die Türklingel, und eine seltsame nervöse Melodie erklang.

Eine Weile antwortete nur Stille aus dem Haus, aber dann hörte er Schritte. Ein Schloss wurde entriegelt, und die Tür öffnete sich. Buscharts Witwe sah genauso aus wie auf dem Foto in der Nahrungsfabrik. Sie wirkte sogar noch etwas jünger und war in typischer körperbetonter Kalinomode gekleidet. In der Hand hielt sie eines jener Mobiltelefone, die Werkazy schon am ersten Tag gesehen hatte. Sie musterte ihn und zeigte dann mit dem Telefon auf ihn wie mit einer Pistole.

»Der Gründer hat mir versichert, dass Sie mich in Ruhe lassen würden«, sagte sie. »Und jetzt stehen Sie doch vor meiner Tür.«

»Das liegt daran, dass es auch die Tür Ihres Mannes war. Ich kann Ihnen aber versprechen, dass es nicht lange dauern wird«, entgegnete Werkazy.

Sie sah ihn von oben bis unten an. Es war nicht gerade ein Blick, der freundschaftliche Gefühle ausdrückte. »Da Sie nun mal den ganzen Weg auf sich genommen haben, kommen Sie herein. Gehen wir am besten gleich in den Salon. Soviel ich weiß, ist es bei Papiergesichtern nicht üblich, Probleme im Stehen zu besprechen.«

Sie ließ die Tür einfach offen und ging zurück ins Haus. Werkazy folgte ihr in den Salon. Es war ein großer Raum, der erstaunlich karg eingerichtet war. Es gab eine Art Couch, wie Werkazy sie noch nie gesehen hatte, und einen Tisch, der aus violettem Glas bestand. Ansonsten sah er nur einen riesigen Translokationsschirm an der Wand und mehrere Fitnessgeräte. Das Haus hatte etwas beklemmend Leeres. Wie mochte sich wohl Buschart hier gefühlt haben?, dachte Werkazy.

»Wenn Sie dann mal mit Ihrem Schauen fertig sind, können Sie Platz nehmen.« Die Witwe setzte sich und zeigte auf das andere Ende der Couch. Sie tauschte ihr Mobiltelefon gegen ein Glas, das auf dem Tisch stand. Es war mit einem rubinfarbenen Getränk gefüllt. Werkazy erkannte es sofort. Es war ein Dreifinger.

»Wollen Sie auch etwas trinken? Ich habe Wasser da.«

»Im Moment nicht, vielleicht später.«

»Wie Sie meinen. Also, was genau wollen Sie von mir?«

»Vor allem möchte ich Ihnen mein Beileid aussprechen.«

»Ihr was?«

»Mein Mitgefühl. Wegen dem, was mit Ihrem Mann passiert ist.«

Werkazy hätte nur zu gerne das Wort »Tod« benutzt, aber er behielt es lieber für sich.

Sie winkte ab: »Das müssen Sie nicht. Der Gründer hat mir erklärt, was geschehen ist. Mein Mann ist verschwunden und kommt nicht wieder. Der Gründer hat gesagt, für Papiergesichter ist das normal. Irgendwann verschwinden sie und sind darauf vorbereitet. So ist es doch, oder?«

»Ob wir wirklich darauf vorbereitet sind, weiß ich nicht«, antwortete Werkazy, »aber sagen wir so, wir haben uns mehr oder weniger damit abgefunden.«

»Danke für die Lehrstunde. Und was wollen Sie jetzt genau von mir wissen?«

»Mich interessiert vor allem eins. Wie kam Ihre Ehe zustande?«

»Was ist daran so interessant?«

»Ihre Ehe ist ungewöhnlich. Soweit ich weiß, gibt es in Kalino nichts Vergleichbares. Erinnern Sie sich noch daran, wann Sie Buschart kennengelernt haben?«

»Warum sollte ich nicht? Ich bin Kalinianerin, wir haben ein brillantes Gedächtnis. Es passierte auf den Tag genau vor einem Jahr, einem Monat und drei Wochen.«

»Verstehe. Und wie passierte es genau?«

»Der Gründer hat uns zusammengebracht. Es gab ein Treffen zu Ehren Buscharts, der gerade in der Nahrungsfabrik anfing. Alle Papiergesichter waren geladen. Und zwei Kalinianer, die das Privileg genießen, im Unterhaltungssektor mitzuhelfen. Darunter ich. Ich habe Buschart von Anfang an uninteressant gefunden. Abgesehen von ihrem Aussehen, haben wir Kalinianer noch eine gewisse Abneigung gegenüber der Mentalität der Papiergesichter. Und mein Mann war diesbezüglich ein sehr typisches Papiergesicht.«

»Inwiefern?«

»Papiergesichter sind unentschlossen. In den einfachsten Angelegenheiten fällen sie eine Entscheidung, die sie dann wieder ändern. Buschart bildete da keine Ausnahme. Wenigstens redete er nicht viel.«

»Und trotzdem sind Sie ein Paar geworden.«

»Jeder weiß, dass Kalinianer eine starke Anziehung auf Papiergesichter ausüben. Bei Buschart war es genauso. Er fühlte sich sehr zu mir hingezogen.«

»Und was hat Ihnen an ihm gefallen?«

»Nichts. Und sehr bald wurde auch klar, dass das Ganze ein Missverständnis war. Ich hoffte anfangs, dass aus Buschart wenigstens in gewisser Hinsicht ein Kalinianer werden könnte. Fürs Äußerliche war es zu spät, aber ich dachte, ich könnte ihn dazu bringen, die Dinge auf kalinianische Art zu sehen. Aber aus einem Papiergesicht kann man keinen Kalinianer machen. Papiergesichter sind extrem unflexibel. Außerdem haben sie überaus störende Charaktereigenschaften. Und Buschart hatte eine Menge davon.«

»Welche denn zum Beispiel?«

»Wo soll ich anfangen?« Sie unterbrach sich kurz, um einen Schluck Dreifinger zu nehmen. »Da wäre zum Beispiel die Sturheit. Und dann diese Neigung, am falschen Ort Zeit zu verschwenden.«

»Am falschen Ort Zeit zu verschwenden?«

»Buschart litt an Schlaflosigkeit, weigerte sich aber, Tabletten zu nehmen. Stattdessen stellte er sich ans Fenster und starrte hinaus. Wenn man ihn fragte, wozu das gut sein solle, gab er nur Unsinn von sich. Zum Beispiel, dass er sich vorzustellen versuche, wie es wäre, blind zu sein. Das müsste wohl so ähnlich sein, wie in die Dunkelheit zu starren. Immer wieder stellte er sich diese überflüssige Frage. Ich zog aus unserem Schlafzimmer aus, weil es nicht zu ertragen war.«

»Warum trennten Sie sich nicht, wenn es so merkwürdig war, mit ihm zu leben?«

»Unsere Beziehung war zu einem Symbol geworden. Besonders dem Gründer bedeutete das viel. Also einigten sich Buschart und ich darauf, dass wir nach außen die Fassade aufrechterhalten wollten. Aber in Wirklichkeit lebten wir hier wie zwei Fremde in diesem komischen Haus.« Sie verstummte und nahm einen Schluck. »Genügt Ihnen das?«

»Ja, natürlich. Erinnern Sie sich vielleicht noch an den Tag, als er zur Schlucht aufbrach?«

»Sicher, aber wozu wollen Sie das wissen?«

»Es ist unter uns Papiergesichtern üblich, dass wir die Ursache dafür finden wollen, wenn einer von uns verschwindet – ich meine, auf die Art wie Buschart. Deshalb versuchen wir die Gründe dafür einzukreisen wie ein Raubtier seine Beute.«

»Ich verstehe kein Wort.«

»Wir glauben an die Ereigniskette. Wenn wir sie rückwärts bis zum Anfang verfolgen, können wir den finden, der sie in Gang gesetzt hat.«

»Sehen Sie, das ist das, was ich meine. Ihr Papiergesichter redet immer um die Sache herum. Wer soll schon hinter dieses Chaos in euren Köpfen kommen?«

»Beschreiben Sie mir einfach den Morgen, an dem er zur Schlucht aufbrach.«

»Es war kein Morgen, sondern ein Nachmittag. Und es war so wie immer. Er packte seine Ausrüstung zusammen, holte sich eine Flasche Wasser und sagte dann zu mir, dass er zur Schlucht fahren wolle.«

»Hat Sie das eigentlich nie gewundert? Diese Angewohnheit, die Schlucht aufzusuchen?«

»Nein. Ich verstand es. Offen gesagt, das war noch das Einzige, was ich verstand.«

»Sie verstanden es?«

»Wir Kalinianer mögen Sport. Dass er in diese Schlucht hinabkletterte, statt wie wir im S-Viertel den Kletterturm zu benutzen oder sich ein Aktivitätsgerät zu kaufen, war für mich zwar lächerlich, aber es war nachvollziehbar. Wenn Buschart sich dort austoben wollte, dann sollte es mir recht sein.«

»Waren Sie selbst schon mal dort?«

»Auf keinen Fall. Kalinianer finden diesen Ort abstoßend.«

»Warum?«

»Ich werde Ihnen darauf nicht antworten. Und ich rate Ihnen, nicht nachzufragen, denn sonst beenden wir dieses Gespräch. Ihre zehn Minuten sind ohnehin längst um.«

Werkazy sah auf die Uhr. »Soviel ich weiß, gehen unsere Uhren genauso wie kalinianische. Wir haben noch drei Minuten. Was passierte, als er zur Schlucht aufgebrochen war?«

»Nichts. Er fuhr zur Schlucht und kam nicht wieder. Und am Abend klopfte jemand an die Tür. Ich dachte, es sei Buschart. Aber es war der Gründer. Er kam persönlich vorbei, um mir zu sagen, dass Buschart verschwunden sei und ich mich darauf einstellen solle, dass er nicht wiederkomme. Als ich fragte, warum, sagte er, ich solle mich jetzt lieber fragen, ob sein Zimmer leer geräumt werden oder so bleiben solle, wie es ist. Ich habe sein Zimmer am nächsten Tag leeren lassen und die Fenster abgedichtet. Von seinen persönlichen Sachen ist nur noch dieses Bild an der Wand übrig.«

Sie zeigte auf ein kleines Aquarell, das Werkazy übersehen hatte. Es zeigte einen Hund, der unter einem Sternenhimmel stand und hinaufblickte. Der Hund sah wie ein Mensch aus, der in ein Tier verwandelt worden war.

»Ich habe nie verstanden, warum Papiergesichter sich an solchen Bildern begeistern. Und speziell dieses Bild ist besonders lächerlich, das Motiv macht überhaupt keinen Sinn.«

»Wir haben eine Schwäche für Lebewesen, die unter Schlafstörungen leiden. Ich habe vom Gründer gehört, dass Sie einen Brief bekommen haben.«

»Sie meinen dieses komische Schreiben, das ich nach Buscharts Verschwinden erhalten habe?«

»Genau. Man nennt es einen ›Bekennerbrief‹. Haben Sie ihn noch?«

»Eigentlich wollte ich ihn längst wegschmeißen. Warten Sie einen Moment.«

Sie berührte den violetten Glastisch, und eine kleine Schublade glitt heraus. Darin lag der Bekennerbrief. Sie überreichte Werkazy das zerknitterte Papier. Er erkannte sofort die Handschrift wieder.

Auf dem Blatt stand:

Ich musste Ihren Mann beseitigen, um Ihnen einen Gefallen zu tun. Er war ein Feind Kalinos. Sie werden die positiven Folgen meiner Tat bald zu spüren bekommen.

Und dann kam ein PS, das aus vier Ziffern bestand: 1745.

»Darf ich das Blatt behalten?«, fragte Werkazy.

»Nehmen Sie es, sonst schmeiße ich es weg. Ich verstehe sowieso nicht, was diese Nachricht bedeutet. Warum soll sein Verschwinden für mich ein Gefallen sein? Mir ist schleierhaft, warum man mir so etwas überhaupt schickt.«

In diesem Moment läutete das Mobiltelefon der Witwe. Und zwar auf die gleiche lautlose Weise, die Werkazy schon vor zwei Tagen in Kalino beobachtet hatte. Dieses begann in unterschiedlichen Farben zu leuchten. Buscharts Witwe nahm es in die Hand, aber statt zu reden, legte sie es an die Wange und vergaß für einen Moment alles um sich herum. In ihrem Gesicht stand pures Glück. Dann legte sie auf und sah wieder zu Werkazy.

»Ihre Zeit ist um«, sagte sie und zeigte auf die Uhr.

»Ich bin ohnehin schon fertig. Vielen Dank für Ihre Geduld. Übrigens, was ist das für ein Gerät, das Sie sich gerade an die Wange hielten?«

»Das ist ein Gerlan. Wieso?«

»Ich habe so etwas noch nie gesehen.«

»Das glaube ich. Der Gerlan besitzt eine Funktion, die sehr beliebt ist. Man nennt sie ›die sympathische Unterbrechung‹.«

»Sympathische Unterbrechung?«

»Der Gründer fand heraus, dass die meisten Telefongespräche in Kalino eigentlich nur einem Zweck dienen: sich zu vergewissern, dass jemand am anderen Ende der Leitung ist. Und so kam er auf die Idee der sympathischen Unterbrechung. Wenn man angerufen wird, spürt man den Anrufer durch einen speziellen Sensor, der im Telefon eingebaut ist. Es ist, als berührte man gewissermaßen einen lebendigen Kalinianer, ohne überhaupt das Haus zu verlassen. Ich hatte auch gerade eine Berührung.«

»Mit wem?«

»Mit mir selbst. Man kann sich auch selbst anrufen. Das ist sehr angenehm.«

»Sie sagen, es war die Idee des Gründers?«

»Fast jede Erfindung hier ist von ihm.«

»Ich wusste nicht, dass er so vielseitig ist.«

»Er ist nicht nur vielseitig, er ist etwas Besonderes. Wenn alle Papiergesichter wären wie er, würde unser Zusammenleben ganz anders aussehen. Ich habe jedenfalls die Ehre, mit ihm in direktem Kontakt zu stehen. Das ist ein seltenes Privileg. Ich werde ihm anschließend auch von unserem Gespräch berichten.«

»Ich verstehe und bin Ihnen sehr dankbar, dass Sie Ihre Abneigung gegen mich für kurze Zeit abgelegt haben«, sagte Werkazy. »Ich hätte eine letzte Bitte. Ich habe schrecklichen Durst. Könnte ich vielleicht doch ein Glas Wasser haben?«

»Wie? Jetzt wollen Sie auf einmal doch eins? Verstehen Sie jetzt, was ich meinte, als ich sagte, ihr Papiergesichter seid fürchterlich unentschlossen?«

»Ich verstehe Sie besser, als Sie glauben. Und ich muss mich für meine Unentschlossenheit entschuldigen. Aber wir können nun einmal nicht anders.«

»Schon gut. Ich bringe Ihnen etwas zu trinken.«

Sie stand auf und verließ den Salon. Werkazy war mit einem Sprung am Fenster und öffnete es einen Spaltbreit. Er war gerade wieder auf seinem Platz, als Buscharts Witwe mit einem Glas Wasser erschien. »Hier. Trinken Sie.«

»Danke.« Werkazy nahm das Glas aus ihrer Hand und trank einen Schluck. Dann stellte er es ab und sagte: »Das nennt man bei uns ›Rettung in letzter Minute‹. Vielen Dank. Ich habe Sie schon zu lange belästigt.«

»Einen Augenblick noch«, sagte die Witwe plötzlich,

»nützt es Ihnen vielleicht etwas zu wissen, dass Buschart einen Tag vor seinem Verschwinden Besuch hatte?«

»Besuch? Von wem?«

»Ich habe ihn nicht gesehen, weil sie sich im Keller trafen. Keller sind sehr beliebt bei Papiergesichtern. Buschart und der Besucher sprachen leise, aber sehr intensiv. Das Wort ›Schlucht‹ ist ein paarmal gefallen.«

»Und Sie haben den Besucher nicht gesehen?«

»Nein, aber ich habe die Stimme gleich erkannt. Es war Schrom.«

»Buscharts Fahrer?«

»Wie viele Schroms gibt es denn sonst hier?«

»Danke, das ist eine sehr brauchbare Information. Eine letzte Frage: Haben Sie sich inzwischen angewöhnt, einem Papiergesicht zum Abschied die Hand zu geben?«

»Nein. Aber ich habe festgestellt, dass Papiergesichter sich gerne zum Abschied ›Glück‹ wünschen. Ich verstehe zwar nicht, warum, aber ich tue Ihnen gerne diesen Gefallen und wünsche Ihnen Glück.«

Sie verabschiedeten sich voneinander, und Buscharts Witwe warf die Tür ins Schloss. Werkazy wartete ein paar Augenblicke, bis sich ihre Schritte entfernt hatten, dann lief er um das Haus herum zu dem Fenster, das er eben geöffnet hatte. Er hörte, wie die Witwe das Zimmer betrat, sich auf das Sofa setzte und auf dem Gerlan eine Nummer wählte.

»Ich bin es«, meldete sie sich. »Ja, er ist gerade weg. Er ist ein typisches Papiergesicht und gefällt mir nicht. Natürlich. Ich werde mich an die Anweisungen halten. Selbstverständlich. Ja, ich komme wie immer um die gleiche Zeit.«

KAPITEL 13

Ein aufschlussreiches Bier und kein Gramm kalinianischer Technik

Schrom, das letzte Papiergesicht auf Osmos' Liste, wohnte zehn Minuten zu Fuß vom Haus der Witwe entfernt. Schroms Haus war bescheidener als die der anderen Papiergesichter und so gebaut, dass man es nur durch einen Garten erreichen konnte.

Werkazy trat an die Tür und drückte die Klingel. Sie gab keinen Ton von sich. Er drückte noch einmal und wartete wieder vergeblich auf ein Geräusch.

»Die können Sie drücken, solange Sie wollen«, hörte er plötzlich jemanden hinter sich sagen. Werkazy drehte sich um und sah einen Mann in ölverschmiertem Overall. Er war um die fünfzig, klein gewachsen, aber kräftig gebaut. Er hatte ein offenes, breites Gesicht, das man häufig bei Menschen antrifft, die physisch arbeiten und überzeugt davon sind, dass Lebensprobleme sich ebenso leicht wie technische Defekte beheben lassen.

»Ich bin Schrom. Ich habe schon auf Sie gewartet«, stellte er sich vor und hob seine beiden Hände, die genauso ölverschmiert waren wie seine Kleidung. »Tut mir leid, dass ich Ihnen nicht die Hand geben kann, aber ich bin gerade dabei, etwas zu reparieren.«

»Ist schon in Ordnung. Ich gewöhne mich gerade daran, keine Hände mehr zu schütteln.«

»Würde es Ihnen etwas ausmachen, mich in die Werkstatt zu begleiten? Dort können Sie mich so lange mit Fragen löchern, wie Sie wollen, und ich mache inzwischen mit meiner Arbeit weiter.« Schrom zeigte zur Sonne. »Und außerdem bin ich etwas lichtscheu, wenn Sie wissen, was ich meine.«

Werkazy erlaubte sich ein Lächeln. Wenn er etwas getrunken hatte, blieb er auch lieber in geschlossenen Räumen.

Die beiden Männer gingen um das Haus herum und stiegen die Stufen zum Keller hinab.

»Nur erschrecken Sie nicht. Ich habe hier schon lange keine Besucher mehr gehabt«, warnte ihn Schrom und öffnete die Tür, die, verglichen mit den Türen in der Nahrungsfabrik, wie ein Relikt aus alten Zeiten wirkte.

Werkazy blickte in eine große Werkstatt, wie er sie gar nicht in einem so kleinen Haus vermutet hätte. Links und rechts an den Wänden hingen Hunderte Werkzeuge. Einige waren filigran, andere so einfach, als kämen sie aus einer früheren Epoche. Offenbar war die Werkstatt auch so etwas wie eine Wohnung. In einer Ecke befand sich ein Tisch mit vier Holzstühlen. Daneben standen ein Kühlschrank und sogar eine Couch. In der Mitte der Werkstatt parkte eine Limousine. Es war die gleiche wie die, mit der Werkazy den ganzen Tag herumgefahren wurde. Allerdings musste sie vor Kurzem einen Unfall gehabt haben. Sie hatte einen tiefen Kratzer an der linken Seite und eine kräftige Delle in der Fahrertür.

»Da staunen Sie, was? Wir haben zwei davon«, erklärte Schrom. »Die hier steht unter meinem Kommando. Hören Sie, warum nehmen Sie sich nicht einfach einen der Stühle, und ich sorge für was Trinkbares?«

Schrom holte zwei Flaschen Bier aus dem Kühlschrank und stellte sie auf den Tisch. Er schob eine hinüber zu Werkazy.

»Zum Wohl«, sagte er. »Das ist echtes Bier. Kein Kalinozeug.« Schrom ging mit gutem Beispiel voran und nahm einen Schluck.

Werkazy probierte auch einen kleinen Schluck. Es war tatsächlich echtes Bier. Werkazy zeigte auf die Werkstatt. »Ich dachte, Sie seien Buscharts Fahrer. Aber wie es aussieht, machen Sie noch einiges mehr.«

»›Mehr‹ ist gut. Ich bin das Mädchen für alles. Wenn irgendwo auch nur eine Schraube rausfällt, klingelt das Telefon. Vor allem bei mechanischen Sachen. Die Kleenex können zwar blitzschnell auf der Tastatur tippen und einen Bildschirm bedienen, aber sie haben keine Ahnung davon, wie man einen Scheibenwischer auswechselt. Ohne mich würden sie auf dem Boden sitzen, weil sie keine Ahnung haben, wie man einen kaputten Stuhl zusammenschraubt.«

»Die Kleenex?«

»So nenne ich die Kalinianer. Meine kleine Rache für das ›Papiergesicht‹.« Schrom nahm wieder einen Schluck von seinem Bier. »Ich weiß, dass Sie hier sind, um mit mir über Buschart zu reden. Aber bevor wir loslegen, hätte ich eine Frage an Sie. Geht das in Ordnung?«

»Natürlich.«

»Sie waren doch gerade bei dieser Klapperschlange, oder?«

»Sie meinen die Witwe von Buschart?«

»Genau. Ich wette, dass sie keine Nettigkeiten über mich erzählt hat. Wenn es nach mir ginge, brauchen Sie den Mörder Buscharts nicht weiter zu suchen. Sie haben ihn schon gefunden.«

»Sie meinen, sie hat ihn umgebracht?«

»Ich weiß, wie das klingt. Aber sehen Sie es mal so: Was hat Buschart das Leben gekostet? Die Ausflüge in die Schlucht. Und wer hat ihn gezwungen, dort hinzufahren? Einzig und allein diese Klapperschlange.«

»Sie hat behauptet, Buschart sei hingefahren, um Sport zu treiben.«

»Das ist eben typisch Kleenex. Das ist der größte Quatsch, den ich je gehört habe. Buschart fuhr hin, weil er sich nicht mit ihr in einem Raum aufhalten wollte. Kleenex und Papiergesichter passen überhaupt nicht zusammen. Und nur in der Kalinoschlucht ist man vor denen sicher. Das weiß doch jeder.«

»Was meinen Sie damit, man ist nur in der Kalinoschlucht vor den Kalinianern sicher?«

Schrom schüttelte den Kopf und lachte verächtlich. »Unglaublich. Sie haben es Ihnen nicht gesagt? Nicht mal Kliszt?«

»Nun sprechen Sie endlich!«

»Die Schlucht ist nicht irgendein Ort. Das ist die tote Ecke von Kalino. Dort funktioniert nichts, was auch nur ein Gramm kalinianischer Technik in sich hat. Es liegt an dem Gestein da oben. Es blockiert elektromagnetische Wellen. Nicht mal dieses idiotische Gerlantelefon, mit dem sie sich dauernd anrufen, funktioniert dort oben. Deshalb meiden die Kleenex diesen Ort wie die Pest. Für die hört Kalino im Tal davor auf. Aber darüber redet man hier nicht gern. Niemand will zugeben, dass die kalinianische Technik doch nicht so großartig ist. Trinken Sie nur, ich habe den ganzen Kühlschrank voll davon. Erst letzte Woche habe ich Nachschub geholt.«

Werkazy nahm einen Schluck Bier, das ihm immer besser schmeckte. Er blickte hinüber zu der beschädigten Limousine. »Ist das der Wagen, mit dem Sie Buschart zur Schlucht gefahren haben?«

»Ganz recht. Und zwar Woche für Woche. Seit Jahren.«

»Hatte der kürzlich einen Unfall? Die Schäden sehen frisch aus.«

»Und ob der einen hatte. Kommen Sie, ich zeige Ihnen mal etwas wirklich Kurioses. Nehmen Sie ruhig das Bier mit.«

Schrom erhob sich, und Werkazy folgte ihm mit der Flasche in der Hand.

»Sehen Sie mal hier.« Schrom zeigte auf die hintere Tür. Sie war eingedrückt, als hätte eine riesige Faust sie getroffen. »Aber das ist nichts verglichen damit.« Er wies auf den Motorraum. »Werfen Sie doch mal einen Blick darauf.«

Werkazy beugte sich über die offene Motorhaube und erblickte eine leere Stelle neben dem Motorblock.

»Hier war die Ersatzbatterie. Sie ist weg. Es sieht so aus, als hätte sie jemand einfach herausgerissen. Mit bloßer Hand. Das muss ein Riese gewesen sein.«

»Wie ist das passiert?«

»Tja. Da fragen Sie den falschen Mann.«

»Augenblick. Sie sind doch Buscharts Fahrer, oder?«

»Gewöhnlich ja. Aber nicht an jenem Tag.«

»Ich verstehe nicht ganz.«

»Ich wurde buchstäblich in letzter Minute zurückgepfiffen und musste plötzlich in die Nahrungsfabrik, weil dort ein Generator ausgefallen war. Kliszt rief mich an und sagte, ich solle sofort kommen.«

»Und Sie gingen hin, statt Buschart zu fahren?«

»Na klar. Was hätte ich sonst tun sollen? Aber als ich dort ankam, stellte sich heraus, dass der Schaden ziemlich harmlos war. Ich machte, so schnell es ging, und war dann in einer halben Stunde schon wieder zurück. Aber da war die Limousine mit Buschart bereits weg.«

»Was heißt ›weg‹?«

»Mein Ersatzfahrer hat sie sich geschnappt. So läuft es bei uns. Wenn ich nicht kann, springt er ein.«

»Dieser Ersatzfahrer, hat er auch einen Namen?«

»Natürlich. Alle haben hier einen. Laszlo.«

»Ist er ein Kalinianer?«

Schrom sah Werkazy groß an. »Nein, ganz und gar nicht. Sie kennen ihn übrigens auch ganz gut. Sie fahren schon seit Tagen mit ihm herum. Er ist Ihr Chauffeur.«

Werkazy nahm einen ordentlichen Schluck Bier.

»Na also«, sagte Schrom. »Das Bier schmeckt Ihnen doch. Bis jetzt haben Sie nur daran genuckelt, und ich habe schon gefürchtet, Sie trinken nur aus Höflichkeit mit mir.«

»Ich mache viele Dinge aus Höflichkeit, aber Trinken gehört nicht dazu. So wie es aussieht, bin ich Ihnen jetzt ein Bier schuldig. Um nicht zu sagen, eine ganze Kiste.«

»Klingt gut. Bier ist sehr gesund. Und womit habe ich das verdient?«

»Weil Sie mich soeben daran erinnert haben, dass ich mir noch einen Ort ansehen muss, den ich um ein Haar ausgelassen hätte. Das Problem ist nur, dass ich es machen muss, solange es noch hell ist.« Werkazy erhob sich und stellte seine Flasche ab.

»Was, Sie wollen schon gehen? Wir haben uns noch gar nicht richtig unterhalten. Ich dachte, Sie erzählen mir den neuesten Tratsch von draußen. Gibt es irgendwelche neuen Skandale?«

»Es gibt praktisch nichts anderes. Danke für das Bier.

Das war das aufschlussreichste Bier, das ich seit Langem getrunken habe.«

»Na, jedenfalls hat es Ihren Kreislauf in Schwung gebracht. Vorhin sahen Sie noch ganz blass aus, und jetzt hat Ihr Gesicht richtig Farbe gekriegt.«

»Das liegt nicht nur am Bier, fürchte ich.«

Werkazy ging zur Tür.

»Warten Sie noch einen Augenblick!«, rief Schrom ihm hinterher. Er ging an ein Regal und nahm etwas aus einer Schachtel heraus. Es war eine kleine Trillerpfeife aus Silber. Er drückte sie Werkazy in die Hand.

»Was ist das?«

»Ein kleiner Glücksbringer. Sollten Sie in Gefahr sein, blasen Sie einfach kräftig hinein. Die Kleenex sind dagegen allergisch.«

Werkazy betrachtete Schrom mit ungläubigem Lächeln. Aber Schrom meinte es offenbar ganz ernst.

»Nehmen Sie sie ruhig. Sie können jede Hilfe brauchen, die Sie kriegen können. Schon als ich Sie das erste Mal sah, wusste ich, dass Sie es hier nicht leicht haben würden.«

»Sie haben mich schon einmal gesehen? Wo denn?«

»Ich bin nicht nur der Fahrer, sondern auch der Maschinist in Kalino. Ich habe die Lokomotive gefahren, die Sie hierhergebracht hat. Also stecken Sie die Pfeife lieber gut ein. Die Kleenex sind überall und warten nur darauf, uns aufzufressen, verstehen Sie?«

»Nein, nicht ganz.«

»Das werden Sie noch. Früher, als es Ihnen lieb ist. Sind Sie wirklich sicher, dass Sie kein zweites Bier für den Weg möchten?«

KAPITEL 14

Ein Abstecher mit Höhenangst

Als Werkazy die Limousine erreichte, die vor Laszlos Haus wartete, kam Laszlo sofort heraus und öffnete ihm die Tür. Werkazy bedankte sich mit einem Nicken und machte es sich auf dem Rücksitz bequem.

»Sie waren länger weg als erwartet«, sprach ihn der Fahrer an, während er den Motor startete. Er war sichtlich nervös. »Gab es irgendwelche unvorhergesehenen Zwischenfälle?«

»Nein, im Gegenteil. Es lief alles besser, als ich dachte. Lassen Sie uns erst einmal hier verschwinden, dann unterhalten wir uns weiter.«

Werkazy wollte erst aus dem Piniendistrikt raus, bevor er ihn zur Rede stellte.

»Natürlich. Wie Sie wünschen.« Laszlo gab Gas, und die Limousine setzte sich in Bewegung. Sie fuhren langsam durch den Piniendistrikt.

Werkazy beobachtete, wie die Häuser der Papiergesichter in umgekehrter Reihenfolge an ihm vorbeizogen. Zuerst das bescheidene Haus von Schrom, dann das protzige Haus von Buscharts Witwe, dann Dr. Kliszts, schließlich die Nahrungsfabrik.

Als das Tor vor ihnen auftauchte, holte der Fahrer, ohne die Fahrt zu verlangsamen, die Fernbedienung heraus und drückte den Knopf. Das Tor öffnete sich, noch bevor sie auf hundert Meter herangekommen waren. Die Limousine fuhr hindurch und bog in die Zufahrtsstraße ein. Laszlo verstaute die Fernbedienung wieder und drehte sich zu Werkazy um.

»Wo fahren wir jetzt hin? Ich nehme an, in Ihr Quartier?«

»Ja, aber vorher machen wir noch einen Abstecher.«

»Noch einen Abstecher? Ich verstehe. Sie wollen dem Gründer Bericht erstatten. Ich nehme sofort Kurs auf sein Anwesen.«

»Ich dachte eigentlich an einen kurzen Besuch in der Kalinoschlucht.« Werkazy machte eine Pause. »Es sei denn, Sie haben etwas dagegen, Laszlo?«

Der Fahrer verstummte. Seine Hände umklammerten so fest das Lenkrad, dass die Knöchel weiß wurden. »Schrom«, fluchte er leise. »Ich hätte es wissen müssen. Wie haben Sie ihn zum Reden gebracht? Haben Sie ihm ein Bier ausgegeben?«

»Eigentlich war es umgekehrt. Und es war ein aufschlussreiches Bier. Es machte mir zwei Dinge klar: dass Schrom ein umgänglicher Bursche ist, der gerne redet beim Trinken, und dass Sie eine Kunst überhaupt nicht beherrschen, die er im kleinen Finger hat.«

»Was für eine Kunst?«

»Die Kunst, im richtigen Moment den Mund aufzumachen. Jeder hier hat dank dieser Kunst ein Betonalibi. Nur Sie nicht. Wenn man bedenkt, dass Sie mir die ganze Zeit verschweigen, dass Sie Buschart als Letzter lebend sahen, bin ich versucht, Sie gleich jetzt zum Gründer zu bringen und mein Honorar abzuholen.«

Laszlo schwieg und biss sich auf die Unterlippe. »In

Ordnung«, sagte er schließlich. »Ich werde Ihnen alles erzählen. Aber Sie müssen mir versprechen, dass nichts, was ich sage, diese Limousine verlässt.«

»Das können Sie gern schriftlich haben.«

Laszlo sah sich um, als fürchtete er, dass jemand ihn belauschen könnte. »Das Wichtigste zuerst. Ich habe nichts mit Buscharts Tod zu tun. Und geredet habe ich deshalb nicht, weil man es mir verboten hat.«

»Wer hat es Ihnen verboten?«

»Raten Sie mal. Er!« Laszlo zeigte mit dem Finger zum Himmel. »Gott persönlich.«

»Ich verstehe. Weiter bitte.«

»Wissen Sie, an dem Tag sind eine Menge merkwürdiger Dinge passiert, und einige Leute haben sich wirklich sehr sonderbar benommen.«

»Dann schlage ich vor, Sie nehmen jetzt Kurs auf die Kalinoschlucht und erzählen mir unterwegs alles der Reihe nach.«

Laszlo nickte und bog zur Kalinoschlucht ab. Eine Weile schwieg er, als sammle er alle Erinnerungen, die er von diesem Tag in seinem Kopf finden konnte. Es mussten einige sein, denn erst als die Limousine sich einem Wald näherte, begann er zu reden.

»Wie gesagt: Es war ein ganz seltsamer Tag. Im Nachhinein habe ich sogar das Gefühl, dass einiges davon geplant worden war.«

»Geplant?«

»Von oben. Wie nach einem Drehbuch. Allerdings nach einem bizarren Drehbuch. Ich weiß nicht, ob Sie mich verstehen.«

»Das Verstehen hebe ich mir für später auf. Jetzt höre ich einfach nur zu.«

»Es begann damit, dass ich mittags plötzlich in den Piniendistrikt kommen sollte. Ich sollte Schrom vertreten, weil der verhindert war. Irgendwas war in der Fabrik kaputtgegangen. Ich bekam Anweisung, Buschart abzuholen und ihn zu seinem üblichen Kletterausflug in die Schlucht zu fahren.«

»Von wem kam dieser Befehl? Vom Gründer?«

»Nein, von Dr. Kliszt.«

»Von Kliszt? War das üblich?«

»Sehr unüblich. Es hat mich auch gewundert. Alles wird normalerweise direkt an den Gründer geleitet, und der entscheidet dann. Jedenfalls holte ich den Wagen von Schrom ab, der sich auch ein bisschen wunderte, und fuhr dann zu Buschart.«

»Und wie reagierte Buschart?«

»Er ließ sich nichts anmerken. Er stieg einfach ein. Aber als ich losfahren wollte, passierte noch etwas Sonderbares. Buscharts Frau, die normalerweise unsichtbar ist, tauchte aus dem Haus auf und gab Buschart etwas, das ich nicht genau sehen konnte. Es war ein kleiner Gegenstand, den er in den Rucksack steckte. Dann winkte sie sogar dem Wagen nach. Emotionen zu zeigen ist für einen Kalinianer genauso wahrscheinlich, wie Wasser anzuzünden. Und noch etwas fiel mir auf. Sie hatte keine Schuhe an. Kalinianer ziehen sich sogar Schuhe an, wenn sie nur zwei Meter gehen müssen, wissen Sie?«

»Nein, das wusste ich nicht.«

»Jedenfalls fuhren wir dann los, und ich dachte nicht weiter darüber nach. Wir fuhren eine Weile, und Buschart schwieg die ganze Zeit über. Aber kurz bevor wir zur Schlucht kamen, stellte er mir eine Frage: ›Was würden Sie tun, wenn ein unheilbar Kranker Sie um Hilfe bitten würde?

Würden Sie sein Leid verkürzen oder nach einer Heilung suchen und damit riskieren, dass der Kranke qualvoll stirbt, bevor Sie die Medizin gefunden haben?‹ Ich sagte, dass ich das Leiden verkürzen würde, worauf er meinte, dass er genauso denke. ›Sind Sie etwa krank?‹, fragte ich ihn, und er darauf: ›Ganz im Gegenteil, mein Freund, es ging mir nie besser.‹ Und dann waren wir auch schon am Ziel. Ich parkte kurz vor der Schlucht, weil der Wagen dann nicht mehr weiterfahren kann.«

»Wegen der elektromagnetischen Störungen?«

»Sie wissen also davon? Ja, ab einem bestimmten Punkt funktioniert dort nichts mehr. Man muss den Rest zu Fuß gehen. Buschart nahm seinen Rucksack, der mir ziemlich voll vorkam, und sagte: ›Holen Sie mich in drei Stunden wieder ab.‹ Und dann ging er los.«

»War das normal? Ich meine, dass Sie ihn wieder abholen kamen?«

»Ganz und gar nicht. Normalerweise wartete der Wagen immer an der Schlucht auf ihn. Aber an diesem Tag wollte Buschart ganz allein sein. Ich dachte mir nichts dabei. Es war mir sogar recht, weil ich noch mal nach Hause wollte. Aber wenn ich bedenke, dass ich vielleicht den Mörder gesehen hätte und es verhindert …«

»Vielleicht, vielleicht auch nicht. Und was war weiter?«

»Wie verabredet, kam ich drei Stunden später zurück. Buschart war noch nicht da, also wartete ich eine Weile im Wagen. Nach einer halben Stunde fing ich an, mir Sorgen zu machen, und kletterte zum Eingang der Schlucht. Er war nirgendwo zu sehen. Ich dachte zuerst, wir hätten uns verfehlt, aber das ist unmöglich, weil es nur einen einzigen Pfad dorthin gibt. Und dann sah ich seine Sachen. Sie lagen überall verstreut herum. Ich wurde unruhig. Irgendetwas

Unheilvolles lag in der Luft. Schließlich bemerkte ich das durchgeschnittene Seil. Ich geriet in Panik und griff sofort nach dem Telefon, um den Gründer anzurufen. Aber das funktionierte ja nicht. Also lief ich zurück zum Wagen und fuhr, so schnell es ging, zum Anwesen des Gründers. Unterwegs kam ich kurz von der Straße ab und beschädigte dabei den Wagen. Aber ich schaffte es irgendwie anzukommen, stürmte in das Haus des Gründers und erzählte ihm, was passiert war.«

»Und wie reagierte er?«

Laszlo schwieg, als sei ihm plötzlich etwas unangenehm. Dann sagte er: »Den Umständen entsprechend.«

»Laszlo, lügen Sie mich nicht an. Das haben Sie schon einmal getan.«

»Der Gründer war nicht wiederzuerkennen. Er schrie mich an, ich sei ein Idiot, Buschart allein zu lassen.«

»Aber warum? Das Ganze war doch nicht Ihre Schuld.«

»Das sagte ich ihm auch. Woraufhin er noch wütender wurde. Ich habe ihn noch nie so gesehen. Das war beunruhigend. Und er wirkte weniger betroffen als vielmehr wütend, so als wäre …«, Laszlo suchte nach dem richtigen Wort, »… als wäre Buschart ihm entkommen.«

»Entkommen?«

»Ich weiß, wie sich das anhört, aber ich schwöre, ich bilde mir das nicht ein. Ich hatte für ein paar Augenblicke eine Riesenangst vor Osmos. Nach einem Moment war er aber wieder der, den wir alle kennen: gefasst und souverän. Er entschuldigte sich bei mir und verständigte den Perfektionsdienst. Aber der konnte nur noch den Tod von Buschart feststellen. Der Gründer war wieder freundlich und zuvorkommend, so als wollte er damit vergessen machen, wie er sich noch kurz zuvor benommen hatte. Ich tat, als wäre nichts passiert. Aber ich hatte immer noch vor Augen, wie er mich angeschrien hatte.«

»Und dann?«

»Dann fuhr ich nach Hause, nahm zwei Schlaftabletten und versuchte einzuschlafen. Aber es gelang mir nicht. Ich konnte nicht glauben, dass es ausgerechnet Buschart erwischt hatte. Andererseits …«

»Andererseits?«

»Andererseits war Buschart die leichteste Beute für jemanden, der ein Papiergesicht beseitigen wollte. Man brauchte nur ein Messer, um das Seil zu durchtrennen, und die Information, wo er sich am Donnerstag aufhielt. Und das war ja kein großes Geheimnis.«

»So ist es mit Geheimnissen.« Werkazy nickte. »Kaum eines ist eines.«

Laszlo verstummte und sah in den Rückspiegel. »Und was ist jetzt mit mir? Meine Aussichten sind nicht allzu gut, nicht wahr?«

»Ich würde sagen, besser als noch vor Kurzem. Aber Sie sollten sich trotzdem wünschen, dass ich den wahren Mörder finde.«

»Wenn ich mehr tun kann, sagen Sie es mir! Ehrlich. Ich muss blind gewesen sein, dass ich nicht sah, wie es um mich steht. Übrigens, sehen Sie, da vorn? Das ist sie. Die Schlucht von Kalino.«

Als Werkazy hinaufsah, traute er seinen Augen nicht. Er erblickte einen zerklüfteten Berg, der aus nacktem Fels bestand. Der Gipfel sah aus wie eine Pyramide. An seiner westlichen Seite waren stufenartige Vorsprünge, die bis zum Gipfel führten. Es wirkte, als sei der Berg künstlich erschaffen worden.

»Das ist wahrscheinlich die skurrilste Schlucht der Welt.

Man muss zuerst auf den Gipfel klettern, um den Eingang zu erreichen«, sagte Laszlo.

Plötzlich erschütterte eine Vibration die Limousine, und die Anzeigen am Armaturenbrett fielen aus.

»Wir haben gerade die elektromagnetische Barriere durchfahren. Weit kommen wir nicht mehr.«

Sie rollten noch bis zum Fuß des Berges aus. Die Limousine blieb stehen, und beide Männer stiegen aus. Laszlo zeigte hinauf zu den Stufen, die zum Gipfel führten. »Wir brauchen zwanzig Minuten bis zum Eingang der Schlucht. Ich schlage vor, Sie halten sich dicht hinter mir.«

»Nein, Sie bleiben bitte hier. Ich gehe allein«, widersprach Werkazy.

»Allein? Sind Sie sicher? Das ist ein gefährlicher Aufstieg, vor allem für einen Fremden.«

Werkazy sandte Laszlo einen kurzen Blick, der so eindeutig war, dass der Fahrer zurücktrat und ihm den Weg frei machte.

»Wenn ich nicht in einer Stunde zurück bin, holen Sie mich.«

»In Ordnung. Aber passen Sie auf sich auf. Ich will nicht schon wieder derjenige sein, der jemanden zum letzten Mal lebend gesehen hat.«

»Das ist ein Argument. Ich werde aufpassen. Sie haben mein Wort«, sagte Werkazy und begann mit dem Aufstieg. Der Weg war schmal und steil, er vermied es, nach unten zu sehen.

Oben angekommen, brauchte er ein paar Minuten, um zu Atem zu kommen, und noch etwas länger, um das Zittern in den Beinen zu beruhigen. Dann sah er sich um und stellte fest, dass die Kalinoschlucht ganz oben auf der Liste der bizarrsten Orte rangierte, die er jemals gesehen hatte.

Vor ihm lag eine flache, ovale Felsterrasse, die an einer Wand endete. In der Wand gab es eine Öffnung, die fast vollkommen quadratisch war. Werkazy überquerte die Terrasse und näherte sich dem dunklen, bodenlosen Schacht. Er atmete ein paarmal durch und trat an den Rand. Dann nahm er einen Stein und warf ihn in die Schlucht. Er lauschte eine Weile, aber er hörte keinen Aufprall. Erleichtert wich er wieder zurück. Sein Herz hämmerte, und ihm war schwindlig. »Verfluchte Höhenangst«, murmelte er. »Würde sie gleich gegen Schuppen und Gastritis tauschen, wenn ich nicht wüsste, dass die sowieso bald von selbst kommen.« Er drehte sich um und suchte nach der Stelle, wo Buschart das Seil festgemacht hatte, und fand sie zwei Meter weiter. Es war ein Felsvorsprung, der wie ein steinerner Pflock aussah.

Werkazy überlegte, wie es an jenem Tag abgelaufen sein könnte: Buschart kam gegen drei Uhr am Nachmittag an, befestigte das Seil und begann hinunterzuklettern. Anfangs lief alles wie gewohnt, aber irgendwann spürte er eine Vibration am Seil. Er hielt es zunächst nur für einen heftigen Windstoß oder für eine Verschiebung in der Verankerung, aber als die Vibration nicht aufhörte, begann er wieder nach oben zu klettern, wodurch er fatalerweise seine Fallhöhe noch vergrößerte. Dann spürte er, wie das Seil in seinen Händen nachgab und er zu fallen begann. Als er auf dem Boden aufkam, musste er sofort tot gewesen sein. Der Mörder überzeugte sich, dass aus der Schlucht keine Geräusche mehr nach oben drangen, und durchsuchte Buscharts Sachen.

Werkazy holte das Tatortfoto aus seiner Innentasche. Darauf waren Kletterhaken, Ersatztaschenlampe und ein paar Kleidungsstücke zu sehen. Wieder fiel ihm die Uhr auf. Sie lag verdächtig weit von den übrigen Sachen entfernt. Die Zeiger standen auf Viertel vor sechs. Werkazy stutzte. Er hatte diese Uhrzeit schon einmal irgendwo gesehen. Noch vor Kurzem. Er kramte in seinen Taschen und holte den Brief an die Witwe heraus. Da war es, das Postskriptum. Es lautete 1745. 17.45 Uhr. Die Zeit auf Buscharts Uhr.

»Vielleicht denke ich ja die ganze Zeit in die falsche Richtung«, murmelte Werkazy. »Vielleicht hat der Mörder nichts gesucht, sondern etwas hinterlassen.«

Er sah noch einmal auf das Foto, und plötzlich ergab alles einen Sinn. Die Uhr gehörte nicht Buschart, sondern dem Mörder. Er hatte sie absichtlich liegen lassen. Die Frage war nur, warum? Werkazy ließ den Blick über die Landschaft schweifen und stieß einen Seufzer aus. Was hast du hier nur gesucht, Buschart? Eine Flut von Ideen stürmte auf ihn ein, aber keine einzige ergab wirklich einen Sinn. Und als er fühlte, dass er mit dem Kopf gegen eine Wand lief, kam ihm eine Idee, die alles mit einem Schlag erklärte. Aber sie war so absurd, dass er sie sofort wieder fallen ließ. Du solltest jetzt langsam zu deinem Appartement zurückfahren und dich aufs Ohr legen, Julius, dachte er, du fängst schon an zu phantasieren. Und das ist kein gutes Zeichen.

»Ihnen kann man wirklich nicht trauen«, hörte er plötzlich jemanden sagen. Er drehte sich erschrocken um und erblickte Laszlo, der direkt hinter ihm stand und mit einem seltsamen Gesichtsausdruck zum Eingang der Schlucht blickte.

»Was machen Sie hier?«, fragte Werkazy. »Sollten Sie mich nicht in einer Stunde holen?«

»Aber das tue ich doch.«

»Unsinn. Ich bin gerade eben hier angekommen.«

»Dann sehen Sie mal auf die Uhr.«

Werkazy blickte auf die Uhr und staunte. Laszlo hatte recht. Er war schon fast eineinhalb Stunden hier.

»Sie sind nicht der Erste, der darauf hereinfällt«, sagte Laszlo. »Die Zeit vergeht hier oben wie im Flug. Das ist auch so eine Eigenart dieser Schlucht.« Er zeigte zum Himmel. »Wir sollten jetzt wirklich los. Noch scheint die Sonne, aber es wird gleich dunkel werden. Und dann wird der Abstieg gefährlich.«

»Einverstanden. Gehen Sie bitte voraus. Ich folge Ihnen.«

Eine Viertelstunde später erreichten sie den Wagen und stiegen ein.

Laszlo startete den Motor, aber er fuhr nicht gleich los, sondern drehte sich zu Werkazy um. »Was war da oben eigentlich los?«, fragte er. »Sie sahen aus, als hätten Sie einen Geist gesehen.«

»Vielleicht habe ich das auch.«

»Und, hat der Geist etwas gesagt?«

»Ja, dass ich schnell zu meinem Appartement fahren und mich hinlegen soll. Ansonsten würde er mir meine Privatlizenz entziehen.«

KAPITEL 15

Ein Mann soll seinen Horizont erweitern, auch wenn er dabei Milch trinken muss

Als Werkazy wenig später in seinem Appartement ankam, machte er zwei Entdeckungen: eine erfreuliche und eine weniger erfreuliche. Weniger erfreulich war, dass jemand in seiner Abwesenheit seine Sachen durchsucht hatte, erfreulich war, dass derjenige den Sender nicht gefunden hatte.

Warum durchwühlen Auftraggeber immer die Sachen des Detektivs, wenn sie ungeduldig werden?, fragte er sich und ging ins Badezimmer. Er drehte das Wasser auf und schaute sich im Spiegel an. »Kommt es mir vor, oder wirst du hier mit jedem Tag um ein Jahr älter? Sobald du zurück bist, kaufst du dir gleich eine Gesichtscreme und eine Flasche Otard. Damit siehst du zehn Jahre jünger aus. Und wenn nicht, dann fühlst du dich wenigstens so. Alle Fachleute schwören auf diese Mischung.«

Werkazy warf das Handtuch aufs Waschbecken und marschierte zurück in sein Zimmer. Er zog sich seinen Schlafanzug an und öffnete die Minibar.

»Ich bin erfreut, Sie wiederzusehen«, wurde er freundlich begrüßt.

»Das beruht auf Gegenseitigkeit«, sagte Werkazy und sah sich unschlüssig in den Fächern um.

»Wie kann ich Ihnen behilflich sein?«

»Du könntest den Mörder von Buschart finden. Das wäre eine große Hilfe.«

»Bedaure. Das übersteigt meine Programmierung.«

»Genau wie meine.« Werkazy griff hinein und knöpfte sich die unterschiedlichen Getränke vor. »Bist du sicher, dass du nichts Brauchbares hast? Nicht einmal eine Flasche Weißwein?« Meine Güte. Ich fange schon an zu betteln, dachte er.

»Bedaure, nein. Aber Sie können ruhig alles wählen, was sich in meinem Inneren befindet.«

»Wenn das so ist, gehe ich aufs Ganze«, sagte er und holte eine Flasche Milch heraus. »Schlimmer kann es sowieso nicht werden.«

»Gratuliere. Ausgezeichnete Wahl. Milch ist ein überaus nahrhaftes Produkt, welches …«

Werkazy machte die Tür zu und legte sich aufs Bett. »Ein Mann muss seinen Horizont erweitern, auch wenn er dabei draufgeht.« Er öffnete die Milchflasche, nahm einen kleinen Schluck und horchte eine Weile darauf, was seine Eingeweide zu diesem ungewohnten Getränk sagen würden, aber er spürte keinen gravierenden Protest.

Im Liegen ließ er den ganzen Tag noch einmal Revue passieren und stellte sofort eine interessante Regelmäßigkeit fest: Egal, wo er vorbeigeschaut hatte, ob es bei Dornort, im S-Viertel oder in der Nahrungsfabrik gewesen war, er hatte überall für jede Antwort ein neues Rätsel aufgetischt bekommen. Er hatte zwar erfahren, dass Dornort nichts mit Buscharts Tod zu tun hatte, aber wusste dafür nicht, warum Dornort ihm den Besuch im S-Viertel so sehr ans Herz gelegt hatte, geschweige denn was die angekündigte Katastrophe und das brennende Haus bedeuteten. In der Nahrungsfabrik hatte er herausgefunden, dass Kliszt so locker mit der Wahrheit hantierte wie ein Jongleur mit Tennisbällen. Andererseits schien sich Kliszt in der eigenen Fabrik vor etwas zu fürchten. Und dann war da noch Buscharts Witwe, die für ihren Gründer offenbar einiges tun würde, vielleicht sogar morden. Doch als Kalinianerin hatte sie keine Ahnung, wie man jemandem eine Wunde beibrachte oder ihn sogar tötete. Die einzigen Lichtblicke des Tages waren Schrom und die Sekretärin Dornorts, Wiweka. Schrom sagte die Wahrheit und hatte gutes Bier. Wiweka war zwar ziemlich frech, aber nicht so krankhaft auf Kalino fixiert wie die übrigen Kalinianer. Außerdem hatte sie, soweit Werkazy es beurteilen konnte, schöne Beine. Und er gehörte definitiv zu der Gruppe Männer, die als Erstes auf Beine schauten. Er hatte irgendwo gelesen, dass sich Männer in zwei Gruppen einteilen ließen. In der einen waren Detektive mit einem Alkoholproblem; die standen auf Beine. In der anderen die – und das war die Mehrheit, die Muttersöhnchen –, die auf Brüste fixiert waren. Er nahm noch einen Schluck Milch und seufzte: »Wenn nicht bald ein Wunder passiert, das alles klärt, springe ich noch aus dem einzigen Fenster von Kalino. Oder, noch schlimmer, ich sterbe an einer Milchvergiftung.«

Er nahm die Fernbedienung vom Nachttisch und schaltete den Fernseher ein. Im Hauptprogramm ging gerade eine kalinianische Show zu Ende, die den Titel *172 Stunden und 1 Minute* trug. Die Moderatorin erinnerte ihn an Wiweka. Sie gratulierte gerade dem Sieger, einem blassen Kalinianer, während eine Assistentin ihm mit einem Gerät, das wie ein überdimensionaler Föhn aussah, eine Art Stempel auf den rechten Oberarm drückte.

Nicht übel. Die tätowieren sich vor laufenden Kameras, dachte Werkazy und nahm einen weiteren Schluck Milch, die ihm langsam zu schmecken begann. Die Wiweka-Moderatorin rief dem jubelnden Publikum zum Schluss zu, dass Kalino in einer Woche schon einen neuen Sieger erwarte. Der aktuelle Sieger umarmte sie darauf und küsste sie auf den Mund, was sie bereitwillig zuließ.

Ob ich auch mal so etwas gewinne?, fragte sich Werkazy und stellte die Milchflasche ab. Ein leises Summen rief ihn in die Wirklichkeit zurück. Es war der Sender. Werkazy stellte den Fernseher leise und wälzte sich vom Bett. Dann holte er den Rasierapparat und daraus den Sender hervor und drückte den Knopf, um die Verbindung herzustellen. Nach anfänglichem Rauschen kam laut und deutlich Brunos Stimme durch: »Julius, bist du das? Ich versuche dich schon seit fünf Minuten zu erreichen!«, rief er aufgeregt. »Warum gehst du nicht dran?«

»Entschuldige. Ich bin kurz vor dem Fernseher eingenickt.«

»Du bist nach Kalino gefahren, um fernzusehen? Ist der Fall so langweilig?«

»Nein, aber das hiesige Fernsehen wächst mir allmählich ans Herz. Warum rufst du jetzt schon an? Wir hatten doch Mitternacht ausgemacht, oder?«

»Ich habe ein paar Neuigkeiten, die dich interessieren dürften. Ich fange mit der Nachricht des Tages an: Dein Auftrag in Kalino ist kein Geheimnis mehr. Jemand hat heute früh durchsickern lassen, dass es in Kalino einen Mord gegeben hat. Dein Foto ist sogar in der Zeitung. Wie vor elf Jahren, erinnerst du dich?«

»Natürlich erinnere ich mich. Und wer steckt dahinter? Weiß man das schon?«

»Natürlich nicht. Sicher ist bisher nur, dass der Anruf direkt aus Kalino kam. Ich fürchte, du musst dich darauf gefasst machen, dass Osmos jetzt noch mehr Druck ausüben wird.«

»Das fürchte ich auch. Hast du auch gute Nachrichten für mich? Zum Beispiel etwas über Buschart?«

»Na, was glaubst du denn? Eine Menge: Er studierte an der besten Universität des Landes Tiefenpsychologie, promovierte sehr bald und machte einige bedeutende Entdeckungen. Natürlich bekam er die besten Angebote aus der Wirtschaft. Dann machte er zunächst einen Doktor in Chemie, was wohl heißt, dass er ein ziemlich kluger Bursche war. Doch jetzt kommt das Beste: Er war schon immer an Kalino interessiert. Er hatte sich jahrelang darum beworben, dort arbeiten zu dürfen. Nur haben die ihn nicht genommen, erst vor vier Jahren und zwei Monaten war es so weit. Plötzlich war er willkommen. Sobald er dort aber angekommen war, hörte man nichts mehr von ihm. Privat war er ein unbeschriebenes Blatt. Keine Kinder, keine Beziehungen vor Kalino. Scheint in dieser Hinsicht so ziemlich das Gegenteil von dir zu sein.«

»Das ist nicht schwer. Hast du ein Foto von ihm auftreiben können?«

»Ja, aber es ist schon älter, an die sieben Jahre.«

»Das ist besser als das, was ich hier habe. Beschreib ihn mir.«

»Da weiß ich was Besseres. Richte den Sender auf eine weiße Fläche.«

Werkazy gehorchte, und aus einer winzigen Öffnung auf der Stirnseite des Senders kam ein Lichtstrahl und projizierte ein Bild auf die Wand seines Zimmers. Werkazy erblickte einen Mann von Mitte dreißig. Er stand in einem Labor und hielt eine Urkunde in den Händen, die er aus

Scherz zerreißen wollte. Er lächelte, aber es war das Lächeln eines Mannes, der weiß, dass er viel zu selten lächelt. Sein Gesicht war oval, er trug kurz geschorenes Haar, war früh ergraut und besaß dennoch eine jugendliche Ausstrahlung. Es war das Gesicht eines Mannes, von dem man niemals hätte annehmen können, dass er bereits tot war. Aber das traf auf die meisten Toten zu.

Das Bild begann zu flackern und verschwand wieder.

»Was hast du noch?«, fragte Werkazy.

»Du hast mich gebeten, etwas über das ›Sandmann‹-Hotel herauszufinden. Dann hör jetzt gut zu, es wird mysteriös. Zuerst fand ich nirgendwo den Namen eines solchen Hotels. Aber dann stieß ich in einem alten Verzeichnis auf den Namen ›Sandmann‹, ein Hotel im Norden. Früher hieß es ›Okzitane‹ und gehörte zu den Okzitane-Laboren. Mysteriös, was?«

»Würdest du freundlicherweise aufhören, dauernd ›mysteriös‹ zu sagen? Es ist langsam überhaupt nicht mehr mysteriös. Der Mörder gibt mir bloß noch einmal zu verstehen, dass er von dem ›Okzitane-Fall‹ weiß.«

»Und das ist nicht mysteriös? Wie du meinst.«

»Erzähl mir lieber etwas über Osmos. Hast du über ihn etwas herausgefunden?«

»Ja, nämlich dass er nicht wirklich existiert. Jeder kennt seinen Namen, aber sobald du dich nach ihm erkundigst, gibt es nichts über ihn. Eines aber habe ich doch auftreiben können. Bei der Geburtsurkunde wird die Sache wieder mysteriös, Verzeihung, geheimnisvoll. Wie alt sieht er aus, was sagtest du?«

»Wie fünfzig, maximal fünfundfünfzig.«

»Also, laut Urkunde muss er über neunzig sein. Wenn nicht älter. Eigentlich müsste er schon tot sein.«

»Er ist nicht tot. Er hat den festesten Händedruck, den ich seit Jahren habe ertragen müssen.«

»Verstehe. Aber jetzt du. Hast du irgendwelche Fortschritte gemacht?«

»Allerdings. Ich weiß zum Beispiel, dass meine Höhenangst noch schlimmer ist als vor einem Jahr. Und dass Osmos sich ziemlich gut mit der Witwe von Buschart versteht. Aber am interessantesten war es in der Nahrungsfabrik. Ich habe zum ersten Mal eine Forelle ohne Gräten gesehen.«

»Kein schöner Anblick, nehme ich an.«

»Ungefähr so wie die Brühe, die du einmal von dem billigen Kettenrestaurant hast kommen lassen.«

»Das war vielleicht ein dunkler Tag für meinen Magen.«

»Und das ist nicht alles. Die wollten kalinianische Nahrung exportieren. Damit alle etwas mehr wie Kalinianer aussehen und weniger wie Papiergesichter. Zum Glück hat es jemand in letzter Minute verhindert.«

»Dreimal darf ich raten.«

»Genau: der Mörder von Buschart. Buschart nämlich war drauf und dran, ein Enzym zu entwickeln, das es den Papiergesichtern ermöglichen würde, kalinianische Nahrung problemlos zu verdauen.«

»Dann ist der Mörder so eine Art Wohltäter?«

»Und das ist noch nicht alles. Er legt mir dauernd Hinweise vor die Füße. Ich werde das Gefühl nicht los, dass er mich zwingen will, so viel wie möglich von Kalino zu sehen.«

»Und wozu?«

»Ich weiß es nicht. Aber eines ist sicher: Der Mord an Buschart hat mir Türen in Kalino geöffnet, von denen niemand draußen wusste, dass es sie überhaupt gibt. Die Nahrungsfabrik, das S-Viertel und die Kalinoschlucht sind nicht unbedingt Sehenswürdigkeiten, die du in einem Reiseprospekt angeboten bekommst.«

»Na schön. Aber bevor du endgültig in Begeisterung für diesen Mörder ausbrichst, vergiss nicht, dass man dich das letzte Mal, als der Mörder dir Hinweise hinterließ, gerade noch in einem Stück gefunden hat.«

»Das war nur ein Unfall. Und ich bin selbst daran schuld gewesen.«

»Darüber gehen die Meinungen der Chirurgen bis heute auseinander. Aber ich will dir jetzt keine Predigt halten, es ist dein Körper, den sie demnächst aus irgendeinem Loch ziehen werden. Jetzt habe ich zum Schluss noch einen Leckerbissen für dich. Es geht wieder um Buschart. Willst du es hören?«

»Natürlich. Schieß los.«

»Bevor Buschart nach Kalino zog, verschwand er für ein halbes Jahr von der Bildfläche. Er war wie vom Erdboden verschluckt. Niemand wusste, wo er war. Und dann tauchte er plötzlich wieder auf. Und sagte, er hätte Urlaub gemacht.«

»Ein halbes Jahr lang?«

»Es kommt noch besser. Er war gar nicht weg, sondern hatte sich ein kleines Labor auf dem Land gemietet und dort Experimente durchgeführt. Er erforschte … warte einen Moment, ich habe es mir notiert … ›Reversible Prozesse der Telomerase in biologischen Organismen‹.«

»Übersetzung, bitte!«

»Er wollte wissen, ob man verhindern kann, dass der Körper altert.«

»Und?«

»Ich habe einen alten Bauern aufgetrieben, der Buschart regelmäßig Lebensmittel und Zeitungen brachte. Er behauptete, dass Buschart gegen Ende seines Aufenthalts in großer Feierlaune war und dass er ihm eine merkwürdige Frage gestellt habe: ›Wenn Sie die Wahl hätten, einen unheilbar Kranken sterben zu lassen oder ihm unnötig Hoffnung zu machen mit einer Medizin, die es nicht gibt – wofür würden Sie sich entscheiden?‹ Der Bauer verstand nur Bahnhof, aber er hat sich die Frage gemerkt.«

»›Einem unheilbar Kranken Hoffnung zu machen‹, sagst du? Genau so hat er sich ausgedrückt?«

»Ja. Ich habe dreimal nachgefragt. Du weißt, die Landbevölkerung ist nicht gerade die hellste, aber wenn die sich was merkt, dann richtig.«

»Eine ähnliche Frage hat er seinem Fahrer gestellt. Ein paar Stunden später war er tot.«

»Ich will mich nicht in deinen Job einmischen, Julius, aber könnte es sein, dass er etwas gegen das Älterwerden gefunden und es nach Kalino gebracht hat? Dann versorgte er den Gründer damit, bis der irgendwann genug hatte und er dran glauben musste.«

»Könnte sein, könnte aber auch nicht sein«, sagte Werkazy ausweichend. »Sonst noch irgendwelche Leckerbissen, die du dir bis zum Schluss aufgehoben hast?«

»Nur noch ein großer Haufen Rechnungen. An denen kannst du knabbern, wenn du zurückkommst.«

»Na prima. Dann eins noch. Ich möchte, dass du morgen den ganzen Tag über sendebereit bist.«

»Wieso?«

»Weil mir mein Gefühl sagt, dass es bald losgeht. Also, bleib auf Empfang.«

»Als ob ich jemals nicht auf Empfang wäre. Und du vergiss nicht: Wenn du dem Mörder gegenübertrittst, wird er sicher in einer besseren Form sein als du.«

»Das ist nicht schwer. Aber danke trotzdem, dass du mich ständig daran erinnerst.«

»Das liegt daran, dass ich immer noch nicht die Hoffnung aufgegeben habe, dass du heil zurückkehrst. Auch wenn ich daran inzwischen schwere Zweifel habe. Gib acht, wo du demnächst hintrittst.«

»Ich versuche es. Bis morgen.«

Die Verbindung wurde beendet. Werkazy starrte eine Weile nachdenklich auf den Sender und legte ihn dann vorsichtig zurück in die Schublade. Bruno hatte ausgezeichnete Arbeit geleistet. Er hatte an einem Tag mehr herausgefunden als er selbst in der ganzen Zeit, die er in Kalino war. Die Nachricht über Buscharts Forschungen zur Telomerase war sehr wertvoll, ebenso die über das »Sandmann«-Hotel.

Werkazy holte den Zeitungsausschnitt mit seinem Foto aus dem Umschlag. Elf Jahre lag der »Okzitane-Fall« schon zurück, und er konnte sich immer noch an alles erinnern, als wäre es gestern gewesen.

Er war damals in diesem Laborkomplex für die Sicherheitsmaßnahmen verantwortlich gewesen. Eines Nachts, bei einem Rundgang durch das Gebäude, machte er einen schrecklichen Fund: Ein junger Laborant lag tot an seinem Arbeitsplatz. Er sah aus, als sei er bei lebendigem Leib verbrannt. Sein Körper war auf die Größe eines Kindes zusammengeschrumpft. Neben dem Toten lag ein Reagenzglas mit einer seltsamen Substanz. Sie war fest wie ein Gel und schimmerte bläulich im grellen Neonlicht des Labors. Als Werkazy das Reagenzglas vorsichtig in die Hand nahm, begann sich die Substanz zu verändern. Sie stieg langsam aus dem Glas empor. Während er die Substanz betrachtete, wurde die Tür hinter ihm lautlos geöffnet, und zwei Männer betraten das Labor. Sie waren überdurchschnittlich groß und trugen sonderbare weiße Hauben, die wie vom Ku-Klux-Klan aussahen.

Einer der Männer ging auf Werkazy zu und versuchte ihn mit einem Schlag aus dem Verkehr zu ziehen. Werkazy schleuderte reflexartig dem Angreifer die blaue Substanz ins Gesicht. Augenblicklich fraß sie sich in dessen Gesicht hinein und floss blitzschnell am ganzen Körper herab. Sie war auf einmal überall. Der Mann öffnete den Mund, um zu schreien, brachte aber keinen Laut heraus. Die Substanz zerfraß seine Kleidung, unter der ein nackter Körper hervorkam, der aussah, als sei er verbrannt. Das Ganze hatte sich blitzschnell und in absoluter Stille abgespielt. Der zweite Mann sprang daraufhin auf Werkazy zu und schlug ihm gegen die Brust. Der Schlag war so stark, dass er Werkazy den Atem nahm. Der zweite Schlag traf ihn am Kopf. Werkazy spürte einen stechenden Schmerz, alles wurde dunkel, und er verlor das Bewusstsein. Als er eine Viertelstunde später zu sich kam, waren beide Leichen verschwunden. Ebenso das Reagenzglas mit der blauen Substanz. Und das Labor war gründlich gereinigt worden, als wäre dort nie jemand gewesen.

Genauso wie gestern das Labor von Buschart, dachte Werkazy und betrachtete noch einmal das Foto, das ihn vor den Okzitane-Laboren zeigte. Er stand im Freien, nur in einem Hemd bei Minusgraden, und versuchte ins Objektiv zu lächeln. Links hinter ihm war ein kleines Gebäude, das ihm bis jetzt nicht aufgefallen war. Er hielt das Foto ganz nah an die Augen und versuchte den Schriftzug auf dem Dach zu entziffern. Er lautete »Sandmann«-Hotel. Daneben war ein kleines Logo: ein Kreis, der in zwei Hälften geteilt war. Sein Puls beschleunigte sich – dasselbe Logo hatte er am Nachmittag an dem Gebäude der Nahrungsfabrik gesehen.

»Die beiden Täter waren Kalinianer«, stieß er hervor, »und die Okzitane-Labore gehörten Osmos.« Er faltete den Zeitungsartikel sorgfältig zusammen, steckte ihn in den Umschlag zurück und legte sich aufs Bett.

Das ist also die Botschaft, die mir der Mörder die ganze Zeit zukommen lassen will, überlegte er. Ich arbeite für einen Mann, der mich vor elf Jahren töten wollte.

Werkazy starrte die Decke an und dachte eine Weile über seine Entdeckung nach. Dann nahm er einen letzten Schluck aus der Milchflasche und murmelte: »Langsam fürchte ich, dass es mir doch nicht vergönnt sein wird, an einer Milchvergiftung zu sterben. Jemand hat mit mir ganz andere Pläne.«

KAPITEL 16

Nicht jede Simulation endet mit einem Geschlechtsakt

Julius Werkazy stand oben an der Kalinoschlucht, die man durch ein kleines rechteckiges Tor betreten konnte, und entschied, wer eintreten durfte und wer nicht. Hin und wieder klopfte jemand an das Tor, und Werkazy betrachtete den Bittsteller genau, bevor er eine Entscheidung traf. Wieder hörte er ein Klopfen und öffnete das Tor. Aber niemand war da. Trotzdem klopfte es weiter. »Das ist doch lächerlich«, sagte sich Werkazy. »Die Ursache ist weg, aber das Problem ist immer noch da.«

In diesem Moment wachte er auf. Er öffnete die Augen und begriff, dass das Klopfen von der Tür seines Appartements kam. Er machte das Licht an und sah auf die Uhr: kurz nach drei in der Nacht. Werkazy stieg leise aus dem Bett und schlich zur Tür. Er öffnete und spähte hinaus – und hätte alle möglichen Leute erwartet, aber nicht die Person, die jetzt vor ihm stand: Wiweka.

»Darf ich hereinkommen?«, flüsterte sie und sah sich um, als würde sie verfolgt. »Ich habe mir große Mühe gegeben, nicht entdeckt zu werden, und möchte, dass es so bleibt.«

»Natürlich. Kommen Sie herein«, sagte Werkazy und hielt ihr die Tür auf. Wiweka betrat das Zimmer und sah sich unschlüssig um, wo sie sich setzen sollte; sie entschied sich aber, stehen zu bleiben. Im Gegensatz zu ihrer letzten Begegnung trug sie einen eng anliegenden Sportdress, der ihre Beine noch durchtrainierter erscheinen ließ.

»Ich bin durch den Hintereingang hereingekommen und habe nicht viel Zeit«, erklärte sie.

»Das ist kein Grund, sich nicht trotzdem zu setzen. Möchten Sie vielleicht etwas trinken?«

»Ich bleibe lieber stehen. Und was das Getränk angeht, so sollten Sie wissen, dass ich Ihre Nahrung nicht vertrage. Und schon gar nicht diese merkwürdige Flüssigkeit in der Flasche da drüben.« Sie zeigte auf die Milchflasche auf seinem Nachttisch.

»Offen gestanden, ich auch nicht. Womit kann ich helfen?«

»Sie können mir helfen, indem Sie mir jetzt aufmerksam zuhören. Ich habe eine Botschaft von Rektor Dornort für Sie.«

»Eine Botschaft? An mich?«

»Sehen Sie hier noch jemand anderen in diesem Raum? Ich nicht.«

»Bitte, ich bin ganz Ohr.«

»Rektor Dornort möchte sich noch einmal mit Ihnen treffen. Diesmal allerdings an einem Ort, wo Sie sich ungestört unterhalten können. Er wird die Translokation seiner Person an einen geheimen Ort in Kalino vornehmen. Und zwar morgen. Es wäre gut, wenn Sie dort erschienen. Es ist sehr dringend.«

»Natürlich, ich werde kommen. Wenn es allerdings so dringend ist, warum hat er sich nicht hierher materialisiert?«

»Weil man eine Translokation in Ihr Quartier entdecken würde. Sie werden überwacht.«

»Überwacht? Dessen war ich mir nicht bewusst.«

»Sie sind sich offenbar vieler Dinge nicht bewusst.«

»Das ist auch wieder wahr. Und wo soll das Treffen stattfinden?«

»Im S-Viertel. In der Nähe des Kletterturms. Es gibt dort eine Apotheke. Es ist sehr wichtig, dass Sie pünktlich um 10.50 Uhr erscheinen. Sie dürfen auf keinen Fall mit der Limousine kommen, Sie müssen zu Fuß gehen. Es darf keine Zeugen geben.«

»Das wird nicht leicht sein. Die Straßen sind voller Perfektionsdiener.«

»Der Rektor hat für den morgigen Tag alle Kalinianer auf den Campus beordert. Auch die Perfektion. Sie werden also unbemerkt das S-Viertel erreichen können.«

»Und der Gründer? Er hat doch ein Auge auf alles.«

»Der Gründer ist um diese Zeit im Metamorphosenzentrum und vollbringt eine interne Zeremonie. Sein Auge auf alles, wie Sie es nennen, ist nicht aktiv.«

»Ich verstehe.« Werkazy sah Wiweka von oben bis unten an. »Sie sind wirklich gut informiert.«

»Ich weiß so viel, wie ich wissen muss. Was soll ich dem Rektor sagen?«

»Sagen Sie ihm, dass ich komme. Ich werde pünktlich sein.«

»Das sollten Sie auch. Der Rektor lässt Ihnen ausrichten, dass Sie dieses Treffen keinesfalls auf die leichte Schulter nehmen sollten. Eine große Verantwortung lastet auf Ihnen.«

»Was meint er damit?«

»Ich weiß es nicht. Er spricht manchmal in Rätseln, und niemand versteht ihn. Aber er ist ein kluger Mann, ich würde auf ihn hören.«

»Das werde ich. Werden Sie auch dort sein? Ich meine, Sie sind immerhin seine Sekretärin.«

»Rektor Dornort hat schon ein paarmal versucht, mir den Humor der Papiergesichter näherzubringen. Ich fand seine Worte jedes Mal unverständlich, und in Ihrer Version wirkt er noch ein wenig bemühter.«

»Bemüht? Wirklich?«

»Wenn Sie sich morgen nur halb so viel bemühen, unbemerkt am Rezeptionisten vorbeizukommen, bin ich beruhigt. Bei ihm ist nämlich Vorsicht angebracht. Er ist vom Perfektionsdienst.«

»Vom Perfektionsdienst? Sind Sie sich da wirklich sicher?«

»Hundertprozentig sicher. Ich hatte vor einem halben Jahr mit ihm eine kurzfristige Partnerschaft. Daher weiß ich, dass er Perfektionsdiener ist und eine hohe Stelle innerhalb der Hierarchie innehat.«

»Sie hatten eine Affäre mit dem Rezeptionisten?«, fragte Werkazy und neigte den Kopf leicht zur Seite. »Wie klein Kalino doch ist.«

»Ich weiß nicht, was das Wort ›Affäre‹ bedeutet oder warum Sie Kalino als klein bezeichnen. Aber die Partnerschaft mit dem Rezeptionisten war nichts Ungewöhnliches. Sie entsprang einer üblichen Simulation, wie sie regelmäßig durchgeführt wird.«

»Hochinteressant. Eure kalinianischen Partnerschaften sind etwas, das ich noch nicht ganz durchschaue. Wie läuft das Ganze eigentlich ab?«

»Hat Rektor Dornort Ihnen das nicht umfassend erklärt?«

»Nicht ganz. Außerdem ist es etwas anderes, es aus dem Mund einer Kalinianerin zu hören.«

»Im Grunde ist es ganz einfach. Wenn wir einen Partner benötigen, begeben wir uns in den Extraktionsraum und suchen uns den aus, der gerade verfügbar ist. Es gibt immer ein großzügiges Angebot an Partnern beiderlei Geschlechts. Wenn uns der Partner zusagt, führen wir eine Simulation durch, die mit einem Geschlechtsakt endet.«

»Wirklich? So einfach ist das?«

»So einfach ist das. Darf ich jetzt im Gegenzug Ihnen eine Frage stellen?«

»Bitte, nur zu.«

»Welche Art von Simulation durchlaufen Sie draußen, bevor es zum Geschlechtsakt kommt?«

»Das ist wirklich eine gute Frage.« Werkazy sah überrascht zur Wand, als müsse er sich konzentrieren. »Eigentlich gar keine.«

»Keine Simulation? Das ist schwer vorstellbar. Und es funktioniert trotzdem?«

»Öfter, als man glaubt; einige Männer würden allerdings sagen, nicht oft genug.«

»Das ist eine unverständliche Aussage. Vielleicht sollten Sie sie so umformulieren, dass ich sie auch verstehe.«

»Simulationen sind bei uns gänzlich unbekannt. Besonders Papiergesichterfrauen hätten wohl etwas dagegen. Unsere Frauen sind, wie sie selbst oft behaupten, gerne spontan. Es ist schon schwer genug, mit ihnen einen einfachen Besuch in einem Lokal zu planen, geschweige denn etwas zu simulieren.« Werkazy fügte mit einem Anflug von Verbitterung hinzu: »Aber wenn sie dann den richtigen Partner gefunden haben, kommen sie aus dem Planen praktisch nicht mehr heraus.«

»Ist das nicht unlogisch?«

»Wem sagen Sie das. Und ob.«

»Das würde bedeuten, dass Papiergesichterpartnerschaften nicht von langer Dauer sind.«

»Komischerweise nicht unbedingt. Es gibt etwas, das die Papiergesichter mehr untereinander verbindet, als sie glauben. Wir nennen es ›Erfahrung‹.«

»Erfahrung? Dieses Wort habe ich in diesem Zusammenhang noch nie gehört.« Wiweka verstummte und dachte nach. »Ich muss jetzt wirklich zurück. Aber bevor ich gehe, habe ich noch eine Bitte. Sie ist ein bisschen ausgefallen.«

»Ausgefallene Bitten sind bei uns draußen eine Spezialität.«

»Darf ich kurz Ihr Gesicht berühren? Es ist so …«, sie suchte nach dem richtigen Wort, »… so zerknittert.«

»Muten Sie sich da nicht zu viel zu?«

»Ich werde versuchen, mich zu überwinden.«

»Dann habe ich nichts dagegen.«

Sie hob langsam ihre Hand und berührte seine rechte Wange. Sie zuckte in einem ersten Reflex der Abneigung zurück. Aber dann überwand sie sich und wiederholte die Bewegung. Sie fuhr die Konturen seines Mundes entlang bis zu der Narbe unterhalb der linken Wange, die sich Werkazy in der Kindheit zugezogen hatte. Dann zog sie ihre Hand zurück. »Danke. Es war sehr aufschlussreich.«

»Für mich ebenfalls.«

»Sie sollten nicht alle Kalinianer in einen Topf werfen. So sagt man das doch bei Ihnen, oder?«

»Ja, das sagt man so. Aber warum sollte ich alle Kalinianer in einen Topf werfen?«

»Ich weiß nicht. Vielleicht aufgrund Ihrer Erfahrung? Ich wünsche Ihnen jedenfalls für morgen viel Glück. Der Rektor hält viel von Ihnen. Enttäuschen Sie ihn nicht.« Dann schlüpfte sie, ohne sich umzudrehen, lautlos hinaus.

Werkazy schloss die Tür ab. Er ging ins Bad und sah in den Spiegel. Er betastete die Stelle, die Wiweka berührt hatte. »Ihr Gesicht ist … so zerknittert«, sagte er zu sich. »Es hat ja auch schon eine Menge erlebt. Ein paar Todesfälle von Leuten, die mir sehr nahestanden, eingeschlossen.«

Er ging zurück ins Schlafzimmer und legte sich schlafen. Wieder hatte er einen Traum. Doch er war um vieles logischer als der, aus dem Wiweka ihn geweckt hatte.

KAPITEL 17

Wie fängt man eine tätowierte Fliege?

Am nächsten Morgen wachte Werkazy für seine Verhältnisse erstaunlich früh auf. Er blieb auch nicht länger als nötig im Bett und ging gleich ins Bad, um schnell die Morgentoilette hinter sich zu bringen. Danach versuchte er sogar ein paar Liegestütze, aber nach dem fünften murmelte er: »Wir wollen den Tag nicht mit einem Schlaganfall beginnen.« Ein Blick auf die Uhr sagte ihm, dass ihm noch eine Stunde bis zum Geheimtreffen mit Dornort blieb. Zeit genug für ein Frühstück.

Als er wenig später angezogen und frisch rasiert ins Foyer trat, verwickelte er den Rezeptionisten in ein kurzes Gespräch und fragte ihn, wie er es schaffe, die ganze Nacht aufzubleiben, ohne auch nur eine Spur Müdigkeit zu zeigen. Der Rezeptionist gab zu, dass er sehr wohl zwischendurch einschlafe, besonders in der letzten Nacht sei das der Fall gewesen. Während der Rezeptionist wie ein Wasserfall redete, betrachtete Werkazy ihn diskret von oben bis unten. Er musste neidlos anerkennen, dass der Rezeptionist sich in einer körperlichen Verfassung befand, von der er weit entfernt war, ja, in der er sich sein ganzes Leben wohl nicht befunden hatte. Zum ersten Mal bemerkte er auf der linken Hand des Rezeptionisten eine kleine tätowierte Fliege. Das ist die erste Fliege, die ich in Kalino sehe, dachte er, und die kann nicht fliegen. Dann ging er in den Frühstückssaal.

Das Frühstück war zwar nicht so frisch wie am Vortag, aber das machte ihm nichts aus. Werkazy aß mit dem stoischen Gleichmut einer Maschine, die möglichst viel in ihrem Inneren unterbringen muss, und dachte noch einmal an Wiwekas Nachtbesuch. Von allen Fragezeichen beschäftigte ihn eines am meisten: Warum war sie so an der Außenwelt interessiert? Und daran, was ein Papiergesicht von draußen über sie dachte? Das passte nicht zu dem, was er bis jetzt über Kalinianer erfahren hatte.

Seine Gedanken wurden plötzlich vom Rezeptionisten unterbrochen. Der betrat mit ernstem Gesichtsausdruck den Frühstückssaal. Er hielt feierlich einen Gerlan in der Hand, der weiß pulsierte, und überreichte ihn dem Detektiv. »Es ist für Sie. Der Gründer persönlich.«

Werkazy nahm den Gerlan, der sich erstaunlich angenehm anfühlte, und sagte: »Werkazy am Apparat.«

»Ich hoffe, Sie haben ausgezeichnet geschlafen«, begrüßte ihn Osmos. Seine Stimme klang wie die eines Teenagers. Nicht nur sein Gesicht blieb fotogen, auch seine Stimme wurde durch die Telefonleitung verjüngt.

»So gut es eben ging. Danke der Nachfrage.« Werkazy spürte, dass sich hinter Osmos' harmloser Bemerkung ein sachlicher, vielleicht sogar schärferer Ton ankündigte, der nichts Gutes verhieß.

»Ich wünschte, dieser Anruf geschähe aus reiner Höflichkeit«, sagte Osmos. »Doch leider ist es nicht so. Es haben sich ganz neue Umstände in unserem Fall ergeben, über die ich dringend mit Ihnen reden muss.«

»Umstände? Welcher Art?« Werkazy versuchte möglichst teilnahmslos zu klingen.

»Das möchte ich lieber unter vier Augen mit Ihnen besprechen. Ich werde demnächst in Ihrem Quartier erscheinen und möchte Sie daher bitten, dort auf mich zu warten und einstweilen nichts zu unternehmen.«

Das ist nichts anderes als eine höfliche Umschreibung für Hausarrest, dachte Werkazy.

»Natürlich. Wann werden Sie da sein?«

»In zwei Stunden.«

Zwei Stunden, dachte Werkazy, das war mehr als genug, um sich mit Dornort zu treffen und unbemerkt zurückzukommen.

»Ich freue mich, Sie zu sehen«, sagte er. »Ich hoffe, Ihr Besuch hängt nicht damit zusammen, dass ich gestern ein paar Orte aufgesucht habe, ohne vorher Ihre Erlaubnis einzuholen. Ich hätte natürlich vorher fragen sollen.«

»Ihre Umtriebigkeit hat mich tatsächlich überrascht. Nicht unbedingt positiv. Das S-Viertel kann ich ja verstehen, aber der Besuch bei Buscharts Witwe war gänzlich unnötig. Sie hätten mich wirklich darüber informieren sollen.«

»Tut mir leid. Witwen sind nun mal eine wertvolle Informationsquelle.«

»Nun, das spielt jetzt keine Rolle. Es ist ohnehin etwas vorgefallen, das dem Ganzen eine neue Richtung gibt und von essenzieller Bedeutung für den weiteren Verlauf Ihrer Arbeit in Kalino ist. Wir sehen uns in zwei Stunden. Und jetzt geben Sie bitte den Hörer zurück an den Rezeptionisten.«

Werkazy nahm den Gerlan vom Ohr und reichte ihn weiter. Der Rezeptionist ergriff ihn, als wäre er sehr zerbrechlich, und hielt ihn sich ans Ohr. Er hörte eine Weile konzentriert zu und nickte eifrig. »Natürlich. Das wird kein Problem sein. Ich kümmere mich um unseren Gast. Selbstverständlich, es ist mir eine Ehre, helfen zu können. Auf Wiederhören!«

Dann schaltete er den Gerlan aus und sagte zu Werkazy: »Der Gründer bat mich, Sie in Ihr Appartement zu bringen und darauf zu achten, dass Sie sich darin wohlfühlen.«

»Schließt dieses Wohlfühlen auch ein, dass Sie mich ständig beobachten?«

»Keineswegs. Sie sollen lediglich keine Störungen von außen erfahren.«

»An Ihnen ist wirklich ein erstklassiger Diplomat verloren gegangen.«

»Ich hoffe, dass ein Diplomat etwas Gutes ist.«

»Das kommt immer drauf an, für welches Land man arbeitet.«

Werkazy nahm ein Sandwich und wickelte es in eine Serviette ein. Dann erhob er sich und schob den Stuhl zurück. Als er den fragenden Blick des Rezeptionisten auffing, sagte er: »Immer wenn ich eure kalinianischen Fernsehprogramme sehe, bekomme ich Hunger. Ich habe keine Ahnung, warum.«

»Weil sie so unterhaltsam und informativ zugleich sind«, erwiderte der Rezeptionist überzeugt. »Wenn Sie nichts dagegen haben, begleite ich Sie jetzt zur Tür.«

»Überhaupt nicht.« Werkazy steckte sein Sandwich ein und machte sich auf in sein Appartement. Der Rezeptionist folgte ihm wie ein Schatten. Als sie oben ankamen, sperrte Werkazy die Tür auf und wandte sich noch einmal an den Rezeptionisten, der gegenüber der Tür Stellung bezog. »Sie wollen wirklich die ganze Zeit vor meiner Tür warten?«

»Natürlich. Das macht mir nichts aus. Ich kann vierundzwanzig Stunden auf einer Stelle stehen, ohne mich zu rühren.«

»Der Gründer muss sehr stolz auf Sie sein.«

»Mit Stolz hat das nichts zu tun. Ich erfülle nur eine wichtige Pflicht.«

»Darf ich Sie noch etwas fragen? Kennen Sie eigentlich eine Kalinianerin namens Wiweka?«

»Ja, sie ist die Sekretärin von Rektor Dornort unten auf dem Campus.«

»Korrekt. Ich habe über fünf Ecken gehört, dass Sie mit ihr eine Simulation durchlaufen haben.«

»Das habe ich. Aber seitdem habe ich bereits elf weitere Simulationen mit anderen Kalinianerinnen durchlaufen, und ich kann mich nur noch ungenau an die Wiweka-Simulation erinnern.«

»Tatsächlich? Vielen Dank für die Auskunft«, nickte Werkazy und schloss die Tür. »Elf Simulationen, und er kann sich kaum noch daran erinnern«, murmelte er. »Ich dachte, Kalinianer hätten ein fotografisches Gedächtnis.« Er ging zum Fernseher und schaltete ihn so laut ein, dass man ihn durch die Tür hören konnte. Dann setzte er sich aufs Bett und aß in aller Ruhe sein Sandwich. Zehn Minuten später öffnete er die Tür einen Spaltbreit. Der Rezeptionist war verschwunden. Wahrscheinlich benutzte er unten seinen Gerlan.

»Manchmal kann auch ein Papiergesicht von einem Gerlan profitieren«, sagte Werkazy und schloss leise die Tür hinter sich. In wenigen Sekunden war er wieder im Foyer und schlich an der Rezeption vorbei. Er hätte sich seine Vorsicht sparen können: Der Rezeptionist war so auf seinen Gerlan konzentriert, dass er sogar eine Explosion nicht bemerkt hätte. Wenige Sekunden später war Werkazy auf der Straße.

KAPITEL 18

Freund von Lidwink

Sobald Werkazy auf der Straße stand, wurde ihm klar, dass er ein schwerwiegendes Problem hatte. Bis zum Treffen mit Rektor Dornort blieben ihm nur noch anderthalb Stunden, und er würde es unmöglich rechtzeitig zu Fuß schaffen. Sogar wenn er ein Langstreckenläufer wäre, würde die Zeit nicht reichen. Er sah sich um. Die Straßen waren wie leer gefegt. Überall standen K-Mobile herum, die nach kalinianischer Art aufs Geratewohl am Straßenrand abgestellt worden waren. Mal sehen, ob ich noch Auto fahren kann, dachte Werkazy und ging zu einem der K-Mobile. Es sah aus wie eine große Seifendose auf Rädern, und auf der Fahrertür war das Foto des Besitzers. Es zeigte einen lächelnden, blonden Kalinianer, der Lidwink hieß. Lidwink vergötterte den *Luftwürfel* und war bereits einmal Sieger der *172 Stunden und 1 Minute*-Show gewesen.

»Du hast so ein hilfsbereites Gesicht, Lidwink«, sagte Werkazy. »Ich muss mir kurz dein K-Mobil ausleihen.«

Er drückte auf die Tür, und sie hob sich nach oben wie der Flügel eines Vogels. Werkazy stieg ein und erblickte ein Armaturenbrett, das wie das Kontrollpult eines Atomkraftwerks aussah. Als er das Lenkrad umfasste, ertönte eine sanfte männliche Stimme: »Willkommen in meinem Inneren. Würden Sie sich bitte identifizieren, bevor Sie mich in Gang setzen?«

Werkazy entdeckte über seinem Kopf eine Art Lautsprecher. »Ich soll mich identifizieren?«, wiederholte er. »Darf ich fragen, warum?« Wenn man Zeit gewinnen wollte, waren alle Fragen zugelassen. Auch die weniger intelligenten.

»Weil Sie nicht mein Besitzer sind. Wie lautet Ihre Bezeichnung?«

»Meine Bezeichnung? Wie wäre es mit: ein Freund von Lidwink.«

Das K-Mobil verarbeitete seine Antwort. »Willkommen in meinem Inneren, Freund von Lidwink«, sagte die Stimme. »Womit kann ich dienen?«

»Ich möchte eine Spazierfahrt machen.«

»Natürlich. Ist Ihnen das Ziel bekannt, Freund von Lidwink? Oder handelt es sich um eine Adrenalinrunde?«

»Nein, keine Adrenalinrunde. Ich möchte das S-Viertel besuchen.«

»Verstanden. Ich leite den Start ein.« Eine kurze Vibration ging durch das K-Mobil, und unter der Haube wurde ein leichtes Summen hörbar.

Werkazy wischte sich den Schweiß von der Stirn und murmelte: »Und da soll Bruno noch mal sagen, ich verstehe nichts von Technik.«

»Soll ich die Strecke bestimmen, oder möchten Sie das übernehmen, Freund von Lidwink?«, fragte das K-Mobil, als sie sich in Bewegung setzten.

»Nein, danke, das mach ich schon.«

»Wie Sie wünschen. Zu Ihrer Information: Die augenblickliche Außentemperatur beträgt zweiundzwanzig Grad Celsius.«

»Das ist zur Abwechslung mal eine gute Nachricht«, sagte Werkazy. Er stieg vorsichtig auf das Gaspedal und nahm Kurs auf das S-Viertel. Er hatte keine Ahnung, wie viele Pferdestärken dieses Gefährt hatte – falls es überhaupt so etwas hatte –, aber ziemlich schnell wurde ihm klar, dass er in einem Rennwagen saß. Er versuchte das Gaspedal so sanft wie möglich zu bedienen, und dennoch fuhr er mit beunruhigend schnellem Tempo. Werkazy bog in eine breite Straße ein, auf der er schon am Vortag mit der Limousine gefahren war, und kurvte durch eine Reihe kleinerer Straßen, bis er endlich auf die Straße traf, die zum S-Viertel führte. Obwohl sie leer und breit war, hatte er alle Mühe, den Wagen in der Spur zu halten. Das K-Mobil neigte dazu, in den Kurven immer wieder auszubrechen.

»Sie haben eine unruhige Fahrweise«, bemerkte das K-Mobil. »So werden wir das Ziel nur mit dreißigprozentiger Wahrscheinlichkeit erreichen. Vielleicht sollte ich Ihnen Musik vorspielen, um Ihr Zentralnervensystem zu tonisieren, Freund von Lidwink?«

»Ich glaube, ich würde jetzt Stille bevorzugen. Und zwar absolute Stille«, sagte Werkazy.

»Verstanden.«

Er konzentrierte sich wieder auf die Straße und bekam das K-Mobil langsam besser unter Kontrolle. Als das S-Viertel vor ihm auftauchte, beherrschte er das Fahrzeug so weit, dass er sich den einen oder anderen Blick durch das Seitenfenster erlauben konnte. Er fuhr am Kletterturm vorbei, der diesmal einsam und verlassen dastand, und bog in die Gasse ein, in der die Apotheke lag. Fünfzig Meter weiter brachte er das K-Mobil zum Stehen.

»Ich gratuliere, Freund von Lidwink. Sie haben das Fahrtziel erreicht«, sagte das K-Mobil und schaltete den

Motor ab. »Viel Spaß in Ihrem Entspannungslokal. Ich werde hier auf Sie warten.«

»Das hat noch nie ein Auto zu mir gesagt«, meinte Werkazy und stieg aus. In wenigen Sekunden erreichte er die Apotheke und öffnete die Eingangstür. Ein Geruch aus alten Kräutern und Arzneimitteln kitzelte seine Nase. Langsam erkannte er in der Dunkelheit die Apothekenregale, auf denen staubige Gefäße und Krüge standen. Im hinteren Teil des Raumes entdeckte er eine kleine Wendeltreppe, die in den Keller hinabführte. Von unten kam ein schwacher Lichtschein. Werkazy tastete nach dem Geländer und begann Stufe für Stufe hinabzusteigen, bis er das Ende der Treppe erreicht hatte. Er ging auf den schwachen Lichtschein zu, der unter einer massiven Tür hervorsickerte. Er suchte nach einer Klinke oder einem Griff, aber es gab nichts.

Plötzlich sagte jemand auf der anderen Seite der Tür: »Sie müssen nur gegen die Tür drücken. Sie wird nachgeben.« Es war die Stimme von Rektor Dornort. Sie klang merkwürdig verzerrt.

Werkazy stemmte sich gegen das Türblatt, bis es tatsächlich nachgab, und trat in einen quadratischen Raum, dessen Boden und Wände mit einer silbernen Schicht bedeckt waren. Sie funkelte im schwachen Licht einer Glühbirne, die von der Decke herabhing. In der Mitte des Raumes standen ein einfacher Tisch und zwei Stühle. Daneben wartete Dornort, genauer gesagt seine Translokation. Sein Körper wurde immer wieder durchsichtig, um sich gleich darauf wieder zu verdichten. Das erklärte seine seltsam verzerrte Stimme.

»Wie Sie sehen, bin ich nicht wirklich hier«, begrüßte ihn Dornort. »Aber wer kann das schon ehrlich von sich behaupten, nicht wahr?« Er zeigte auf einen der Stühle.

»Nehmen Sie bitte Platz. Im Gegensatz zu mir ist er absolut echt.«

Werkazy setzte sich. Der Stuhl knarrte bedenklich unter ihm.

Dornort nahm ebenfalls Platz. Es schien, als würde er auf seinem Stuhl schweben. »Ich bin mehr als erfreut, Sie wiederzusehen. Ich hoffe, es gab unterwegs keine Probleme? Oder Zeugen?«

»Nein, ich habe niemanden gesehen.«

»Dann lassen Sie mich Sie kurz ansehen, bevor wir zur Sache kommen.«

Dornort neigte den Kopf zur Seite und betrachtete Werkazy. »Irre ich mich, oder sehen Sie müder aus als bei Ihrem ersten Besuch?«

»Nein, Sie sehen schon richtig. Kalino hält mich ganz schön auf Trab. Es ist wie ein ausgetrockneter Brunnen. Man gräbt und gräbt, und es kommt wenig dabei zutage.«

Dornort erlaubte sich ein kurzes Lächeln. »Ich weiß genau, was Sie meinen. Es ist immer dasselbe, nicht wahr? Sobald man anfängt, Wissen anzuhäufen, büßt man die Frische ein. Wie es aussieht, kann man eben nicht beides auf einmal haben.« Er zeigte auf den Raum. »Hier können Sie aber ein wenig verschnaufen. Das ist so etwas wie mein Privatkeller. Diese silberne Schicht verhindert, dass uns jemand belauscht. Außerdem macht sie mich sichtbar und lässt nicht zu, dass ich erfriere.«

»Wollen Sie damit sagen, dass man uns beim Treffen in Ihrer Residenz belauscht hat?«

»Belauscht und gefilmt. Osmos hatte uns ständig auf seinem Translokationsschirm. Zu diesem Zweck allein hat er diese genialen Geräte erfunden. Aber ich nehme an, dass Sie darauf schon von selbst gekommen sind.«

»Ich hatte einen Verdacht, der sich langsam in Gewissheit verwandelte.«

Dornort lächelte. Er sah aus, als würde er seine Gedanken sammeln, um das, was er zu sagen hatte, so klar und deutlich wie nur möglich zu formulieren. »Sie fragen sich sicher, warum ich Sie hergebeten habe. Nun, als Erstes möchte ich mich bei Ihnen entschuldigen.«

»Entschuldigen? Wofür?«

»Dafür, dass ich Sie falsch eingeschätzt habe. Als Sie zu mir ins Büro kamen, wirkten Sie auf mich wie ein übereifriger Ermittler, der von A nach B fährt, ohne nach links oder rechts zu schauen. Jemand, der die kleinen Unebenheiten in der Landschaft ignoriert und so das Wesentliche verpasst. Kurz gesagt, ich hielt Sie für einen Mann, der sich gerade mal für den Stuhl interessiert, auf dem er sitzt.«

»Und was hat Sie dazu bewogen, Ihre Meinung zu ändern?«

»Ich habe Sie in den letzten Tagen beobachtet. Ich weiß zwar immer noch nicht, wie Ihr Vorname lautet, dafür aber weiß ich inzwischen, dass Sie sich keineswegs auf eingefahrenen Bahnen bewegen. Die Strecke von A nach B liegt Ihnen ganz und gar nicht, und Sie haben einen begrüßenswerten Hang zur Anarchie.«

»Haben Sie mir nachspioniert?«

»Habe ich Sie treffend charakterisiert?«

»Meine zweite Ehefrau würde da noch ein paar weniger lobenswerte Eigenschaften hinzufügen, aber im Großen und Ganzen liegen Sie richtig. Aber warum erzählen Sie mir das jetzt?«

»Weil es höchste Zeit ist, Ihnen zu erklären, weswegen Sie wirklich hier sind.«

»Ich dachte, ich bin hier, um Buscharts Mörder zu fangen?«

»Das ist, was Sie glauben sollten. Aber das ist nicht der wahre Grund.«

»Tatsächlich? Und was ist dann der wahre Grund?«

»Das lässt sich am besten mit einem Märchen erklären.«

»Mit einem Märchen? Ich bin ganz Ohr.«

»Es geht um zwei Freunde, die vor langer Zeit, sagen wir vor dreißig Jahren, eine Vision hatten. Sie wollten ein Haus bauen, wie es vorher noch keines gegeben hatte. Sie gingen mit Begeisterung an die Arbeit, und als das Haus fertig war, suchten sie sich Bewohner, die ihrer Meinung nach in dieses Haus passten. Eines Tages aber brach in diesem Haus ein seltsamer Brand aus. Es entstand kein Sachschaden, man sah den Brand nicht einmal, aber mit den Bewohnern ging etwas Eigenartiges vor sich. Sie wurden paranoid, begannen sich selbst zu verstümmeln, und einige von ihnen sprangen sogar aus den Fenstern in den sicheren Tod. Die beiden Freunde forschten nach der Ursache und fanden sie schließlich: Nicht das Haus war schuld, sondern ihre Vision. Sie war es, die in Wirklichkeit brannte, denn sie war überheblich, egoistisch und rücksichtslos. Da sagte der ältere Freund zum jüngeren: Wir müssen das Haus wieder einreißen, sonst werden wir bald alle Bewohner auf dem Gewissen haben. Der Jüngere lachte nur und sperrte den anderen in ein Verlies. Er hätte ihn auch beseitigt, wenn der andere nicht ohnehin schon so schwer krank gewesen wäre, dass sein Tod nur noch eine Frage der Zeit war. Sobald der Jüngere sich seines Feindes entledigt hatte, beschloss er, das Haus nicht nur zu behalten, sondern es noch auszubauen. Er wollte, dass die ganze Welt ihn dafür lobte, was er eigentlich niemals hätte tun dürfen.«

»Ich nehme an, das Haus ist Kalino, und der jüngere Freund heißt Osmos, oder?«

»Ganz recht. Aber das Märchen geht noch weiter. Als Osmos dachte, er hätte auf ganzer Linie gesiegt, geschah ein Wunder: Ein geheimnisvoller Ritter erschien am Horizont und versetzte ihm einen empfindlichen Schlag. Er tötete seinen wertvollen Gehilfen.«

»Ich würde zwar den Mord an Buschart nicht als Wunder bezeichnen, aber reden Sie bitte weiter.«

»Osmos machte sich auf die Suche nach diesem Ritter, aber er fand ihn nicht. Dennoch sind die Tage dieses Ritters gezählt. Er hält sich irgendwo in Kalino versteckt, denn er kann nicht nach außen flüchten. Wenn er nicht bald Hilfe bekommt, wird er für seine Tat mit dem Leben büßen müssen.«

»Nun, er hat immerhin einen Mord begangen.«

»Einen Mord, ganz recht«, wiederholte Dornort. »Aber wie definiert man einen Mord? Als Auslöschung lebendiger Materie, die ein Bewusstsein besitzt. Tiere werden täglich geschlachtet, hat man aber jemals ernsthaft den Metzger als Mörder bezeichnet? Nein, im Gegenteil. Wir alle lieben diese pausbackigen Burschen in ihren blutigen Schürzen. Doch wenn jemand dabei ist, menschliches Bewusstsein unwiederbringlich auszulöschen, indem er es in ein abstruses Haus einsperrt, kommt niemand auf die Idee, es Mord zu nennen. Man tarnt es als Lebensstil, Zeitenwende oder, wie in unserem Fall, als Kalino.«

»Ich glaube, ich ahne, worauf Sie hinauswollen. Und ich weiß nicht, ob mir das gefallen wird.«

»Ich will nur auf eines hinaus: Ihren Horizont erweitern.«

»Ich war bis jetzt mit meinem Horizont durchaus zufrieden.«

»Missverstehen Sie mich bitte nicht. Ich will Sie nicht beleidigen. Ich möchte bloß, dass Sie eine komplexere Rolle spielen als die Ihnen von Osmos zugedachte.«

»Ich war mir gar nicht bewusst, dass Osmos mir eine Rolle zugedacht hat.«

»Natürlich hat er. Und keine besonders löbliche. Sie sind nur aus einem einzigen Grund hier: Sie sind ein Köder, um den Mörder Buscharts aus seinem Versteck zu locken. Osmos kommt nicht an ihn heran, weil er sein Versteck nicht kennt. Aber er weiß, dass zwischen Ihnen und dem Mörder eine Verbindung besteht. Sobald der Mörder mit Ihnen Kontakt aufnimmt, wird Osmos einschreiten und kurzen Prozess mit ihm machen.«

»Und seit wann weiß Osmos, dass der Mörder mir Hinweise hinterlässt?«

»Von Anfang an. Seitdem er die Zeitung mit Ihrem Foto unter den Sachen Buscharts gefunden hat. Osmos ist nicht dumm, glauben Sie mir. Ihre Rolle war bereits fertig geschrieben, bevor Sie überhaupt in Kalino ankamen. Und sobald Sie diese Rolle erfüllen, bekommen Sie von Osmos ein großzügiges Honorar und werden nach Hause geschickt. Osmos wird dann sogar nach außen verkünden, was für einen erstklassigen Job Sie geleistet haben. Und während Sie nach Hause fahren, wird er den Mörder foltern und liquidieren.«

»Warum erzählen Sie mir das alles?«

»Ich glaube, das wissen Sie. Weil jetzt der Moment gekommen ist, in dem Sie sich entscheiden müssen, welche Rolle Sie spielen wollen. Bleiben Sie Osmos' Köder, oder wollen Sie eine Rolle übernehmen, in der mehr Platz für Ihre eigenen Entscheidungen ist?«

»Sie verlangen von mir, mich gegen Osmos zu stellen? Zugegeben, ich bin kein großer Fan von ihm. Aber ich bin auch kein Fan des Mörders. Buschart mag Osmos' Mann gewesen sein, aber er war facettenreicher, als ich anfangs angenommen habe. Je mehr ich von ihm erfahre, desto weniger kann ich mich für den Mörder erwärmen.«

»Ich fürchte, Sie müssen mehr als sich nur für ihn erwärmen. Sie müssen ihm helfen.«

Werkazy machte eine Handbewegung, als müsse er ein heranfahrendes Auto anhalten. »Zum Glück habe ich keinen blassen Schimmer, wo der Mörder sich aufhält, noch wer er ist. Die wenigen Indizien und Spuren reichen höchstens für ein weiteres Märchen. Und es ist das erste Mal in meiner Laufbahn, dass ich froh bin, keine Ahnung zu haben, wo ich suchen soll.«

»Und damit kommen wir zum anderen Grund unseres Treffens.« Dornort zeigte auf den Tisch, an dem beide saßen. »Öffnen Sie die Schublade, bitte.«

Werkazy griff nach der Schublade und zog sie auf. Darin lag ein verschlossener weißer Umschlag. »Was ist das?«

»Wiweka hat diesen Brief an dem Tag, an dem Buschart starb, in der Hauspost gefunden. Er kam zur gleichen Zeit wie die anderen Bekennerbriefe. Ich habe ihn die ganze Zeit vor Osmos versteckt.«

»Und was hat das mit mir zu tun?«

»Er ist an Sie persönlich adressiert.«

Werkazy nahm den Umschlag aus der Schublade. Es stand tatsächlich sein Name drauf. Hingekritzelt in der unverkennbaren linkischen Schrift des Mörders.

»Keine zehn Pferde bringen mich dazu, diesen Umschlag aufzumachen.«

»Wenn es so ist, dann habe ich mich vielleicht doch geirrt.«

»Worin?«

»Vielleicht sind Sie doch kein richtiger Detektiv. Ich dachte, Sie seien jemand, der die Struktur der Ereignisse erkennen will und nicht einfach nur mit den Ereignissen schwimmt. Jetzt, wo Sie die einmalige Gelegenheit dazu haben, kneifen Sie. Dieser Brief könnte Sie nicht nur zum Mörder führen, sondern Ihnen Fragen beantworten, die Sie beschäftigen, seit Sie in Kalino ausgestiegen sind. Wollen Sie sich das wirklich entgehen lassen?«

Werkazy blickte auf den Umschlag. Er grübelte eine Weile und steckte den Umschlag in die Tasche.

»Eine kluge Entscheidung«, sagte Dornort. »Sie werden sie nicht bedauern.«

»Ich bedaure sie jetzt schon. Ist das alles? Oder gibt es noch etwas, das ich sofort entscheiden muss?«

»Das wäre alles. Ich habe nur noch eine Bitte an Sie. Sie ist persönlicher Natur.«

»Persönlicher Natur?«

»Osmos wird bald hinter meine Rolle in dieser ganzen Geschichte kommen, und ich möchte ihm den kleinen Triumph nicht gönnen, sich an mir zu rächen. Ich habe bereits Vorkehrungen getroffen, um aus dem Leben zu scheiden. Sobald diese Übertragung beendet ist, werde ich alles Nötige diesbezüglich veranlassen. Aber jene, die mir nahestanden, werden seine Hand zu spüren bekommen. Und Osmos kann sehr rachsüchtig sein. Würden Sie sich um Wiweka, meine Sekretärin, kümmern?«

»Wer? Ich?«

»Sie hat seit Ihrem Besuch einige Male Ihren Namen fallen lassen. Sie scheint Ihnen aus irgendeinem Grund zu vertrauen.«

»Das ist schmeichelhaft, aber wie kann ich ihr schon helfen? Meine Möglichkeiten in Kalino sind sehr begrenzt.«

»Wenn Sie diesen Brief öffnen, könnte sich vieles ändern. Auch Ihre Möglichkeiten.«

Werkazy sah kurz auf die Wand hinter Dornort und nickte dann. »Ich kann nichts versprechen, außer dass ich mein Möglichstes tun werde.«

»Ich danke Ihnen.« Plötzlich überschlug sich die Stimme von Dornort, und mit seinem Gesicht passierte etwas Eigenartiges. Seine Konturen verschwammen für einen Moment, und es sah aus, als würde er zerfallen. »Wenn man vom Teufel spricht. Ich fürchte, Osmos versucht bereits, Zugriff auf meine Translokation zu nehmen.«

Rektor Dornort betrachtete mit einer gewissen Belustigung, wie sein virtueller Körper unvollständiger wurde. Zuerst löste sich seine rechte Hand auf und verschwand für wenige Augenblicke. Dann war es sein Bein und schließlich sein Kopf.

»Es ist schon verblüffend, wie diese mangelhafte Translokation meinen wahren Zustand wiedergibt. Es fehlt nur noch, dass ich wahre Schmerzen empfinde.« Dornort erhob sich oder, besser gesagt, das, was von ihm noch übrig war.

»Ich wünschte, ich könnte Ihnen die Hand geben, Werkazy, aber leider bin ich nur noch ein Geist. Wenn es mehr Leute Ihres Schlages gäbe, wäre hier einiges anders gelaufen.«

»Julius. Das ist mein Vorname. Julius.«

»Ein guter Name. Er passt zu Ihnen.« Dornort lächelte. »Also, Julius. Ich gebe Ihnen den Rat, sich zu beeilen. Osmos wird schon sehr bald dahinterkommen, welche Rolle Sie in dieser Sache spielen. Vielleicht weiß er es schon. Sie haben nicht mehr viel Zeit.«

»Als ob ich die jemals gehabt hätte«, murmelte Werkazy.

»Und jetzt treten Sie bitte zwei Schritte zurück. Die Trägerwelle beginnt zu fluktuieren. Leben Sie wohl, Julius!«

»Leben Sie wohl, Rektor«, sagte Werkazy und ging auf Abstand.

Die Translokation Dornorts begann sich langsam aufzulösen. Am Ende schwebte nur noch sein lächelndes Gesicht in der Luft. Dann zerfiel sein Kopf in tausend kleine Lichtpunkte, die zu Boden sanken.

In der Luft hing ein eigenartig fader Geruch, der sich aber schnell verflüchtigte. Werkazy sah sich um und ging zur Tür. Er stemmte sich gegen sie, aber sie wollte sich nicht öffnen. Erst beim dritten Versuch gelang es ihm. Gerade im letzten Augenblick. Denn gleich darauf begann sich die silberne Schicht von den Wänden zu lösen. Sie rieselte wie Staub herunter und löste sich dann endgültig auf. Von ihrem Treffen war nicht die kleinste Spur übrig geblieben.

KAPITEL 19

Der Kompass liegt im Grab

Als Werkazy vor die Apotheke trat, musste er kurz warten, bis seine Augen sich wieder an das Tageslicht gewöhnt hatten. Er suchte Schutz im Schatten eines verfallenen Mietshauses und ließ dann den Blick über das S-Viertel schweifen. Der Punkt, den er schon seit einiger Zeit hatte kommen sehen, war da: der Punkt, an dem sich die Ereignisse auf magische Art beschleunigten und sich zu verselbstständigen drohten. Sosehr Werkazy diesen Punkt fürchtete, so sehr zog er ihn auch an. Es wird Zeit, dass der Köder zur Tat schreitet, dachte er und holte den Brief heraus. Seine Hand zitterte leicht, als er die Nachricht las:

Wenn Sie diesen Brief in der Hand halten, sind Sie fast am Ziel. Lösen Sie nur dieses Rätsel: Um mich zu finden, müssen Sie zweimal hintereinander in ein Grab steigen, jedes Mal etwas tiefer. Beim ersten Mal finden Sie den Kompass, der keiner ist. Beim zweiten Mal finden Sie mich.

PS: Beeilen Sie sich.

Werkazy las den Text noch einmal. Besonders den Satz: *Beim ersten Mal finden Sie den Kompass, der keiner ist.* Er sah aus wie ein konkreter Hinweis. Trotzdem klingelte nichts bei Werkazy. Aber dann blieb er am Wort *Kompass* hängen. Wie sieht eigentlich ein Kompass aus? Werkazy erinnerte sich an einen lange zurückliegenden Museumsbesuch. In einer Vitrine waren Hunderte Kompasse ausgestellt gewesen, alte und neue, eines hatten sie alle gemeinsam gehabt: Sie erinnerten an eine Uhr.

Werkazy begann seine Taschen zu durchsuchen und holte das Foto vom Tatort heraus. Er betrachtete noch einmal die Uhr darauf: Wo hatte ich die ganze Zeit nur meine Augen? Die Uhr war der Kompass! Er war vom Mörder unter die Sachen des toten Buschart geschmuggelt und dann mit ihnen in dessen Symbolgrab bestattet worden. Werkazy sah auf und schüttelte den Kopf. Das Ganze kam ihm verdächtig einfach vor. Das Symbolgrab war nur ein paar Hundert Meter von ihm entfernt. Alles, was er tun musste, war, über die Friedhofsmauer zu klettern und sich den Kompass zu holen. Was, wenn das eine Falle war? Eine von Osmos inszenierte Theatervorstellung, die ihm zeigen sollte, wie sehr der Gründer alles unter Kontrolle hatte? Entweder ich klettere jetzt hinüber und ende anschließend als meine eigene Quintessenz in der Nahrungsfabrik, oder ich fahre zurück in mein Quartier und fresse Osmos weiter aus der Hand, dachte er. Werkazy brauchte fünf Sekunden, um eine Entscheidung zu treffen. Dann holte er sein Feuerzeug heraus und verbrannte den Brief. Er warf einen kurzen Blick nach links und rechts und bewegte sich eilig in Richtung Friedhof. Als er die Friedhofsmauer erreichte, duckte er sich und lief Richtung Tor, wobei er peinlich genau darauf achtete, nicht in den Radius der Kameras zu geraten. Als er am Tor ankam, blieb er kurz stehen und sah sich um. Er konnte nichts Verdächtiges entdecken. Wenn das eine Falle war, dann war sie wirklich raffiniert. Er setzte den rechten Fuß in das Gitterornament, das wie ein Kleeblatt aussah, und begann hinaufzuklettern. Ohne größere Probleme stieg er auf das Tor und schwang sich auf die andere Seite. Als er auf dem Boden landete, blieb sein Hosensaum an einer scharfen Metallkante hängen und riss ein paar Zentimeter ein. »Verdammter Osmos!«, fluchte er. »Zuerst das Honorar und jetzt meine beste Hose!« Gebückt lief er die Hauptallee entlang und überlegte, wo Buscharts Grab sein könnte. Er tippte darauf, dass es nicht weit vom Eingangstor entfernt war. Sein Instinkt täuschte ihn nicht. Fünf Minuten später entdeckte er die halb verwelkte Nelke auf dem Boden. Wenige Meter weiter lag noch eine.

»Wärmer«, murmelte er, »immer wärmer.« Er bog in eine kleine Nebenallee ein und erkannte das Symbolgrab schon von Weitem. Es war so groß wie das Grab eines Kindes. Darauf lagen noch ein paar verwelkte Blumen. Ich war zwar nie ein großer Anhänger davon, Beweise menschlicher Vergänglichkeit mit Blumen zu schmücken, aber in diesem Fall bin ich wirklich dankbar dafür, dachte er und erreichte in wenigen Sekunden Buscharts Grab. Auf der Grabplatte standen Buscharts Name sowie sein Geburts- wie Sterbedatum. Er war vierundvierzig Jahre alt geworden.

Werkazy schob die Blumen zur Seite und untersuchte die Kanten der massiven Marmorplatte. An ihrer linken Seite entdeckte er eine kleine Kerbe. Genau danach hatte er gesucht. Er sah sich nach etwas um, das er als Hebel verwenden konnte, und fand schließlich einen kräftigen Stock. Er setzte ihn in den Spalt und drückte mit aller Kraft dagegen. Die Platte rührte sich nicht. Er probierte es noch einmal, und die Platte rückte um ein paar Zentimeter nach rechts. Er drückte noch fester dagegen, und plötzlich glitt die Platte mit einem mahlenden Geräusch zur Seite und gab das Innere des Grabes frei. Werkazy wischte sich den Schweiß von der Stirn und beugte sich über das offene Grab. Er erkannte Buscharts Sachen: Kletterhaken, einen Helm und andere Ausrüstungsgegenstände. Er griff ins Grab hinein und tastete so lange herum, bis er den Rucksack zu fassen bekam. Er holte ihn ans Licht und leerte ihn auf dem Boden aus. Der Kompass fehlte. Werkazy durchsuchte den Rucksack ein zweites Mal und stieß dabei auf eine Seitentasche, aus der er einen kleinen, runden Gegenstand hervorzog: den Kompass. Er erinnerte an eine Taucheruhr. Werkazy drückte auf einen winzigen Knopf auf der Unterseite, und der Minutenzeiger begann plötzlich wie eine Kompassnadel zu funktionieren. Egal, wie Werkazy ihn ausrichtete, er zeigte immer in dieselbe Richtung. Und zwar nach Südosten.

Manchmal hat Julius Werkazy auch seine guten Momente, dachte er und lächelte. Schade nur, dass nie jemand da ist, um das zu filmen. Er steckte den Kompass in die Tasche, dann legte er den Rucksack zurück ins Grab. Als er die Platte an ihren Platz zurückschieben wollte, zögerte er einen Moment und griff noch einmal hinein. Er holte das Seil heraus und hängte es sich um die Schulter. Er hatte keine Ahnung, warum er das tat, aber irgendetwas sagte ihm, dass dieses Seil nicht schaden könne. Dann schob er die Platte wieder zurück in ihre Position und warf noch einen letzten Blick auf Buscharts Namen.

»Wenn das alles vorbei ist, zünde ich dir eine Kerze an«, sagte er. »Aber jetzt muss ich mir denjenigen vorknöpfen, der dir das angetan hat.«

Wenige Minuten später war er wieder am Friedhofstor. Er kletterte hinüber und lief geduckt zum K-Mobil, das noch immer an seinem Platz wartete. Kurz bevor er es erreichte, blieb er stehen und griff in die Tasche, um den Sender herauszunehmen. Es war höchste Zeit, Bruno auf den neuesten Stand zu bringen Aber der Sender war nicht da. Werkazy überprüfte mit wachsender Unruhe die übrigen Taschen.

Ohne Erfolg. Plötzlich ging ihm ein Licht auf, und er fluchte. Er hatte den Sender im Quartier liegen gelassen. Er sah auf die Uhr. Es war noch nicht zu spät. Mit etwas Glück würde er den Sender noch holen können. Mit wenigen Schritten war er beim K-Mobil und setzte sich ans Steuer.

Als er die Tür zuschlug, hörte er das K-Mobil sagen: »Haben Sie sich in Ihrem Entspannungslokal gut amüsiert, Freund von Lidwink?«

»Mehr als gut, Kumpel. Aber wir müssen gleich noch mal zurück. Leite jetzt den Start ein.«

»Wie Sie wünschen, Freund von Lidwink.«

Wieder ging eine leichte Vibration durch das K-Mobil. Werkazy stieg sanft auf das Gaspedal und kurvte langsam aus dem S-Viertel. Das half ihm, den unangenehmen Verdacht vorübergehend beiseitezuschieben, warum der Kompass nach Südosten zeigte. Er kannte nur einen Ort, der in dieser Richtung lag.

KAPITEL 20

Man kann nicht ewig fernsehen

Die Fahrt zu seinem Quartier dauerte zum Glück kürzer, als er befürchtet hatte. Werkazy hatte das K-Mobil inzwischen so weit im Griff, dass er wenig später in der Nähe seines Hotels parkte. Er hatte sicherheitshalber zwanzig Meter weiter entfernt gehalten, um nicht entdeckt zu werden. Dann stieg er aus und ging zum Hintereingang. Durch das Türglas sah er, dass der Rezeptionist genau an derselben Stelle saß, wo er ihn zuletzt gesehen hatte. Er war jetzt zur Abwechslung auf einen Bildschirm konzentriert.

Werkazy schlüpfte unbemerkt ins Treppenhaus und lief die Stufen hinauf. Sobald er in seiner Suite war, stellte er den Fernseher leiser und schaute sich fieberhaft nach dem Sender um. Er war genau dort, wo er ihn vermutet hatte, in der Schublade. Werkazy versteckte ihn in der Innentasche seiner Jacke und warf noch einen Blick durchs Zimmer, dessen Luxus ihn jedes Mal aufs Neue einschüchterte.

So bequem werde ich nie wieder wohnen, dachte er und schlich zurück auf den Gang. Leise stieg er Stufe für Stufe hinunter. Aber diesmal stimmte irgendetwas nicht. Im Foyer war es plötzlich mucksmäuschenstill. Die Computergeräusche waren verstummt. Plötzlich tauchte der Rezeptionist vor ihm auf und verstellte ihm den Weg.

»Darf ich fragen, wohin Sie wollen?«, fragte er.

»Ich wollte mir kurz die Beine vertreten. Man kann schließlich nicht ewig fernsehen.« Werkazy bemühte sich, so natürlich wie möglich zu klingen.

Der Rezeptionist kam näher und baute sich vor ihm auf. »Das muss ich Ihnen leider verbieten«, sagte er. »In wenigen Minuten wird der Gründer eintreffen, um mit Ihnen zu reden. Es wäre besser, Sie gingen wieder nach oben und warteten dort auf ihn.«

»Das ist übrigens der andere Grund, warum ich kurz hinausmuss. Es ist üblich bei uns Papiergesichtern, vor einem wichtigen Gespräch ein wenig frische Luft zu schnappen. Sozusagen unsere Methode zur besseren Durchblutung.«

»Das geht nicht. Ich bitte Sie jetzt dringend, wieder auf Ihr Zimmer zu gehen.«

Aus dem zuvorkommenden Rezeptionisten war auf einmal ein echter Perfektionsdiener geworden. »Das klingt so, als wäre ich nicht mehr Ihr Gast, sondern Ihr Gefangener«, sagte Werkazy scheinbar überrascht.

»Es klingt, wie es klingt. Gehen Sie bitte hinauf.«

»Und wenn ich mich weigere?«

»Dann zwingen Sie mich, gewisse Mittel zu gebrauchen, um Sie dorthin zurückzubringen.«

»Und was wäre das? Wollen Sie mich bewusstlos schlagen und nach oben tragen?«

»Das wäre eine Möglichkeit. Aber da ich den physischen Kontakt zu einem Papiergesicht vermeiden will, würde ich das hier gebrauchen.«

Er holte etwas heraus, das auf den ersten Blick wie eine Taschenlampe aussah, und richtete es auf Werkazy. Es war der gleiche Elektroschocker, den Werkazy schon vor ein paar Tagen im Entspannungslokal in Aktion gesehen hatte.

»Also gut. Sie haben gewonnen. Aber bevor ich hinaufgehe, müssen Sie mir noch eine Frage beantworten.«

»Und welche wäre das?«

»Ich bin schon die ganze Zeit neugierig, wie stark eigentlich eure Anatomie von der der Papiergesichter abweicht. Ich meine zum Beispiel, ob eure Leber da ist, wo sich unsere befindet? Und das Herz, ist es wirklich links?«

»Was das angeht, kann ich Sie beruhigen. Unsere Organe sind alle an derselben Stelle wie bei Ihnen.«

»Ich bin wirklich erleichtert, das zu hören.«

Wehe, du hast mich angelogen, Schrom, dachte Werkazy. Blitzschnell holte er Schroms Trillerpfeife aus der Hosentasche und blies hinein. Es kam kein Ton heraus, doch mit dem Rezeptionisten passierte etwas Merkwürdiges. Er hielt sich die Ohren zu, und sein Gesicht verzog sich zu einer Schmerzgrimasse. »Hören Sie sofort damit auf!«, schrie er. »Sonst muss ich auf Sie feuern!«

Die sind wirklich allergisch dagegen. Werkazy holte mit seinem rechten Bein zu einem Tritt aus. Sein Schuh traf den Rezeptionisten genau in den Schritt. Der Rezeptionist starrte ihn überrascht an und ging langsam in die Knie. Werkazy nahm ihm blitzschnell die Waffe aus der Hand und tätschelte ihm väterlich den Kopf.

»Ich hätte es lieber auf die kultivierte Art erledigt, aber leider war die Möglichkeit einer fruchtbaren Diskussion nicht gegeben«, sagte er. »Keine Sorge. Das geht bald vorbei. Allerdings sollten Sie die ersten paar Tage auf Sport verzichten. Ich fürchte, das gilt sogar für Perfektionsdiener.«

Der Rezeptionist antwortete mit einem Stöhnen und versuchte vergeblich, sich aufzurichten.

Als Werkazy nach wenigen Sekunden beim Hintereingang war, rief er noch: »Und bestellen Sie dem Gründer, dass ich immer schon Probleme mit Autoritäten hatte. Deshalb habe ich es nur zu einer kleinen Detektei gebracht.«

Werkazy schlüpfte unbehelligt ins Freie, stieg ins K-Mobil und reihte sich schleunigst in den Nachmittagsverkehr ein. Als er einige Häuserblocks hinter sich hatte, warf er einen Blick auf den Kompass, der auf dem Beifahrersitz lag. Er zeigte immer noch nach Südosten. Werkazy drückte das Gaspedal durch, und das K-Mobil beschleunigte.

KAPITEL 21

Der dümmste Detektiv aller Zeiten

»Freund von Lidwink, ist ein neues Entspannungslokal das nächste Ziel?«

»So könnte man es sagen. Aber diesmal ist es das letzte Ziel, versprochen.«

»Sie sind heute in Feierlaune, Freund von Lidwink.«

»Erstklassig beobachtet, Kumpel. Aber jetzt halt bitte kurz den Mund. Ich muss mal telefonieren.«

Das K-Mobil verstummte, und Werkazy fischte den Sender aus seiner Tasche. Ohne die Straße aus den Augen zu lassen, drückte er den Empfangsknopf und wartete, bis die Verbindung hergestellt war. Ein paar Sekunden später hörte er die Stimme seines Partners. So klar und deutlich, als würde er sich auf der Rückbank verstecken.

»Du meldest dich ziemlich spät«, begrüßte ihn Bruno. »Ich dachte schon, man hätte dich in der Nahrungsfabrik zu einer Forelle ohne Gräten verarbeitet.«

»Das kommt vielleicht noch. Jedenfalls bin ich auf dem besten Weg dahin«, sagte Werkazy. »Und jetzt hör mir genau zu.«

»Ich bin ganz Ohr.«

»Ich fürchte, ich habe soeben unserem Auftraggeber den Krieg erklärt. Und er ist nicht unbedingt jemand, der Gefangene macht. Anders gesagt, in ein paar Stunden wird es sich zeigen, ob ich nach Hause zurückkomme oder ob du ab morgen der Eigentümer der Detektivagentur Werkazy bist.«

»Das sind wirklich gute Nachrichten. Sag mal, bist du irgendwohin unterwegs? Ich höre ein Summen im Hintergrund.«

»Richtig. Ich werde mich in Kürze mit Buscharts Mörder treffen.«

»Treffen? Ich dachte, du willst ihn fangen.«

»Das Ganze hat sich verkompliziert. Daher ist jetzt Folgendes wichtig: Falls ich mich in zehn Stunden nicht melde, musst du alles, was du bis jetzt von mir erfahren hast, der Presse erzählen. Es wird Zeit, dass mal jemand herkommt und Kalino ordentlich durchleuchtet. Hast du verstanden?«

»Habe ich. Bist du wenigstens bewaffnet?«

»Ich schätze schon. Ich habe eine Art Elektroschocker bei mir, von dem ich allerdings nicht weiß, wie man ihn bedient.«

»Wenn du zurückkommst, musst du mir mal erklären, warum du immer ins offene Messer rennst, sobald eins am Horizont auftaucht.«

»Okay, versprochen. Und jetzt halt mir die Daumen. Werkazy Ende.«

Er schaltete den Sender aus und blickte aus dem Seitenfenster. Vor ihm lag die Kalinoschlucht. Dorthin hatte der Kompass die ganze Zeit gezeigt. Werkazy nahm drei buddhistische Atemzüge, drückte aufs Gas und beobachtete, wie die Schlucht schnell auf ihn zukam.

»Freund von Lidwink«, meldete sich das K-Mobil. »Darf ich Sie darauf aufmerksam machen, dass es bei der Lokalität, auf die Sie zusteuern, keine Entspannungslokale gibt.«

»Da hast du recht. Und niemand bedauert das mehr als ich.«

»Das ist nicht alles. Wenn Sie den gegenwärtigen Kurs beibehalten, höre ich in etwa zehn Sekunden auf zu funktionieren.«

»Dann sollten wir uns lieber voneinander verabschieden, oder? Ich bin dir wirklich dankbar für deine Hilfe.«

»Dankbar? Dieser Begriff ist mir unbekannt.«

»Drücken wir es so aus: In einer anderen Welt hätte ich dir ein extrateures Motoröl geschenkt.«

»Ein extrateures Motoröl? Das ist …« Eine starke Vibration ging durch das K-Mobil, und es verstummte. Das K-Mobil rollte noch einige Meter auf die Schlucht zu und blieb schließlich stehen. Werkazy steckte den Sender und den Kompass in seine tiefste Tasche und stieg aus. Dann sah er hoch zum Gipfel und stieß einen Seufzer aus: »Wenigstens bin ich gut durchblutet, wenn er mit mir Schluss macht.«

Aber entweder lag es daran, dass er den Weg schon kannte, oder daran, dass sein Körper so viel Adrenalin produzierte – Werkazy schaffte den Aufstieg in der Hälfte der Zeit, die er beim letzten Mal gebraucht hatte. Als er das Plateau erreichte, setzte er sich auf den Boden. Sein Herz hämmerte wie verrückt, und er musste einen Schwindelanfall niederkämpfen.

»Du hättest mehr schwimmen und weniger Otard trinken sollen, als du noch Zeit dazu hattest«, murmelte Werkazy und wartete, bis sich sein Puls beruhigt hatte. Dann stand er auf und holte den Kompass heraus, der sich inzwischen neu ausgerichtet hatte. Der Stundenzeiger, der auf der Zwölf gestanden hatte, hatte sich um siebzehn Minuten zurückbewegt. »Ich kann nur hoffen, dass das nicht das bedeutet, was ich denke«, sagte Werkazy laut und ging auf den Eingang der Schlucht zu. Seine Hoffnung erfüllte sich nicht. Mit jedem Schritt, den er auf den dunklen Schacht zuwanderte, schmolz der Abstand zwischen dem Zeiger und der Zwölf immer mehr. Als er am Rand des Abgrunds ankam, zeigte die Uhr auf dreizehn vor zwölf.

Dreizehn Meter noch, dachte Werkazy. Nur leider dreizehn Meter in die Tiefe.

Er bemerkte, dass an der Stelle, wo Buschart vor Tagen sein Seil verankert hatte, jetzt ein neues Seil hing. Jemand hatte es für Werkazy festgemacht. Das andere Ende verschwand im dunklen Abgrund der Kalinoschlucht. Seine Kehle schnürte sich zusammen, und er spürte einen bitteren Geschmack auf der Zunge.

Wenn ich das nächste Mal auf die Welt komme, dann lieber ohne ein Bein als mit diesen überflüssigen Panikattacken, dachte er. Er warf einen letzten Blick auf Kalino, als sei er sich sicher, dass er nicht allzu bald wieder Gelegenheit dazu haben würde. Dann tauchte er in die Schlucht und begann sich abzuseilen.

Die ersten paar Meter legte er wohl nur aus Angst erstaunlich schnell zurück. Aber dann begannen seine Arme an Stellen zu schmerzen, von denen er nicht einmal wusste, dass er sie überhaupt hatte. Um sich zu beruhigen, betrachtete er den phosphoreszierenden Zeiger des Kompasses, der langsam auf die Zwölf zuwanderte. Dreizehn Meter sind nichts, wenn man sie horizontal zurücklegen soll, aber wenn man sie vertikal überwinden muss, werden sie zu einer unendlichen Expedition. So kam es Werkazy jedenfalls vor. Als der Zeiger nach einer Ewigkeit endlich auf der Zwölf stehen blieb, spürte er seine Arme nicht mehr, und in seinem Kopf hämmerte es wie in einer Provinzdiskothek. Mit letzter Kraft holte er sein Feuerzeug heraus und zündete es an. Im Licht der Flamme sah er nichts als eine poröse Felswand. Kein Eingang, keine Öffnung, nicht einmal ein winziger Spalt. Nun weißt du, wie ein perfekter Mord funktioniert, dachte Werkazy. Man lockt mich in eine Schlucht und lässt mich einfach so lange am Seil baumeln, bis ich meinen letzten Atemzug tue. In zehn Jahren, wenn alle Spuren verschwunden sind, holt man mein Skelett nach oben und bringt es in ein Museum, um es unter dem Schild *Der dümmste Detektiv aller Zeiten* auszustellen.

Plötzlich spürte Werkazy einen Luftzug, der von unterhalb seiner Position kam. Er seilte sich noch ein Stück weiter ab, und ihm entwich ein stummer Seufzer der Erleichterung: Direkt vor ihm lag eine natürliche Öffnung. Sie war gerade groß genug für einen Mann und führte in einen dunklen Schacht. Er begann an seinem Seil hin und her zu schaukeln, bis er mit dem Fuß die Schwelle berührte. Mit letzter Kraft zog er sich in den Schacht hinein und setzte sich auf den Boden, bis sich sein Herzschlag einigermaßen beruhigt hatte. Im Licht der Feuerzeugflamme blickte er in einen langen Tunnel, der waagrecht in den Felsen hineinführte. Er kroch vorwärts, froh, nicht mehr an einem Seil über einem dunklen Abgrund zu hängen. Nach etwa zwanzig Metern hörte er plötzlich ein leichtes Summen wie das einer Klimaanlage. Werkazy holte leise den Elektroschocker aus der Tasche und bewegte sich weiter. Der Tunnel wurde mit jedem Schritt höher, bis auf einmal eine natürliche Felsenöffnung vor ihm auftauchte, die in eine unterirdische Höhle überging.

Werkazy betrat vorsichtig die Höhle und sah sich um. An der Wand brannte eine Lampe, und darunter stand ein kleiner Generator, der das summende Geräusch erzeugte. Etwas abseits entdeckte er einen Schlafsack und Essensreste.

Es war Papiergesichternahrung. Plötzlich hörte er in seinem Rücken ein Geräusch, das ihm das Blut in den Adern gefrieren ließ. Er fluchte über seine Dummheit, aber es war zu spät. Er war wie ein Kind in eine Falle getappt.

»Keine hastigen Bewegungen«, sagte eine männliche Stimme. »Lassen Sie dieses Ding fallen, und drehen Sie sich langsam um, damit ich Ihr Gesicht sehen kann.«

Werkazy ließ den Elektroschocker fallen und drehte sich um. Er sah die Umrisse eines Mannes, der mit einem unfreundlichen Gegenstand auf ihn zielte. Er betrachtete Werkazy einen kurzen Augenblick und ließ dann den beunruhigenden Gegenstand sinken.

»Wie ich sehe, haben Sie meine Briefe bekommen«, sagte er und trat aus dem Halbdunkel hervor.

Als Werkazy sein Gesicht erkannte, begriff er zwei Dinge gleichzeitig: dass die Suche nach dem Mörder zu Ende war und dass er sich nie wieder darauf verlassen würde, was auf Grabsteinen stand.

Vor ihm stand Buschart.

KAPITEL 22

Womit füttert man ein trojanisches Pferd?

Buschart sah nicht mehr aus wie auf dem Foto, das Bruno Werkazy auf die Appartementwand projiziert hatte, aber es war unverkennbar Buschart. Er steckte in einem schwarzen Kletteranzug. Sein Gesicht war unrasiert, und die Pupillen seiner Augen waren durch den langen Aufenthalt im Halbdunkel stark geweitet, wodurch sein Blick eine eigenartige Intensität erhielt. Abgesehen davon aber schien er in guter Verfassung zu sein. Er wirkte erstaunlich kräftig, war aber ziemlich nervös – wie jemand, der die letzten Tage unter großer Anspannung verbracht hatte.

»Ich dachte schon, Sie würden nie kommen, Werkazy«, sagte Buschart, während er den Detektiv seinerseits genau betrachtete. »Ich hatte schon Angst, meine Hinweise hätten Sie in die Irre geführt.«

»Und um ein Haar hätten sie es auch«, sagte Werkazy. »Ich bin kein großer Rätselfreund. Aber zum Glück weiß ich noch, wie ein Kompass aussieht und wie er funktioniert.«

»Darauf habe ich, offen gestanden, gehofft. Bitte.« Buschart zeigte auf einen Stein, dessen Oberfläche wie die Sitzfläche eines Stuhls geformt war. »Das ist keine Luxusresidenz, aber deswegen müssen wir nicht gleich stehen.«

Werkazy setzte sich. Der Stein war erstaunlich bequem. Gleich daneben stand eine zweite Lampe, die von einer

Autobatterie gespeist wurde. Werkazy hätte wetten können, dass sie aus Schroms Wagen stammte.

Buschart setzte sich ebenfalls. »Bevor wir zur Sache kommen, eine Frage noch: Haben Sie sich auf dem Weg hierher davon überzeugt, dass Ihnen niemand gefolgt ist?«

»Wenn ja, dann war dieser Jemand unsichtbar. Ich bin direkt hierhergekommen, nachdem ich Ihren Brief an mich enträtselt hatte.« Werkazy hielt es nicht für nötig zu erwähnen, dass er noch einen Abstecher in sein Quartier gemacht hatte, um den Sender zu holen, und dass er dabei den Perfektionsdiener außer Gefecht gesetzt hatte.

»Dornort hat sich also an die Abmachung gehalten.« Buschart atmete auf. »Ich wusste, dass man sich auf ihn verlassen kann. Wie geht es ihm?«

»Ich fürchte, dass er nicht mehr lange zu leben hat. Vielleicht ist er sogar schon tot«

»Das wäre ein großer Verlust. Und es bedeutet, dass wir noch weniger Zeit haben, als ich dachte.«

»Weniger Zeit wofür?«

»Um das zu beantworten, muss ich etwas ausholen.« Buschart verstummte, als sei ihm etwas unangenehm. »Darf ich fragen, was Sie da oben bis jetzt alles über mich gehört haben?«

»Unterschiedliches. Dass Sie Tiefenpsychologie studiert haben und gegen gelbe Farbe allergisch sind. Eines wiederholte sich immer, nämlich, dass Sie Osmos' Mann waren. Das Wort ›Liebling‹ ist sogar auch ein paarmal gefallen.«

»Ich fürchte, das ist nicht ganz falsch. Ich würde mich zwar nicht als Osmos' Liebling bezeichnen, aber ich war gewiss jemand, der ihm zur Seite stand. Und leider oft sogar mit Bewunderung. Auch wenn diese Bewunderung nicht direkt Osmos galt, sondern der kalinianischen Technik. Sie müssen wissen, ich bin Wissenschaftler. Neues fasziniert mich, egal, in welcher Form. Deshalb hat mich Kalino in seinen Bann gezogen. Ich hielt die Kalinianer für ein Beispiel dafür, was man alles auf natürlichem Wege schaffen kann.«

»Nun, Sie sind nicht der erste Wissenschaftler, der aus Begeisterung für ein technisches Wunderding übersieht, dass es eine Bombe ist.«

»Sie haben recht. Ich habe erstaunlich viel übersehen. Die Liste ist wirklich lang. Vor allem übersah ich das Offensichtlichste: dass Osmos mich manipulierte.«

»Manipulierte?«

»Ich habe ihm viele wertvolle Erfindungen und Entwicklungen geliefert, ohne zu ahnen, wofür sie wirklich gedacht waren. Genauso, wie ich davon überzeugt war, dass in Kalino alles mit rechten Dingen zugeht. Ich war zu naiv. Erst ein Zufall hat mich vor Kurzem darauf gebracht, was Osmos wirklich vorhat.«

»Wo wären wir ohne die Zufälle, nicht wahr?«, sagte Werkazy. »Erzählen Sie mir von diesem Zufall?«

»Vor drei Wochen gab es eine kleine Feier in Osmos' Residenz. Ich ging irgendwann auf die Toilette und verirrte mich in seinem Haus. Ich geriet in den Nordflügel, den nie jemand betreten darf. Dort stieß ich auf ein Zimmer, in dem ich so etwas wie ein Geheimarchiv entdeckte. Ganz oben auf einem Papierstapel lagen Dokumente, die anscheinend gerade bearbeitet wurden. Ich warf einen Blick darauf und staunte nicht schlecht: Es waren unterzeichnete Verträge mit Fabriken und großen Konzernen von draußen. Das kam mir sehr merkwürdig vor, denn das widersprach der Regel, dass Kalino generell keinen Kontakt nach außen aufnimmt. Ich fand aber etwas noch Seltsameres: Hunderte

Namen von Perfektionsdienern, die schon vor Jahren von Osmos heimlich nach außen geschleust worden waren.«

»Nach außen geschleust?«

»Und das ist nicht alles, sie mussten eine bizarre Aufgabe erfüllen: Sie tarnten sich als junge, dynamische Mitarbeiter von Informatikfirmen oder Banken. Ihre Aufgabe war es, ihrer unmittelbaren Umgebung den kalinianischen Lebensstil vorzuleben. Sie fuhren eine Zeit lang diese kleinen Designerautos, besuchten regelmäßig das Fitnesszentrum, versprühten kalinianischen Charme und taten so, als würde ihnen alles in den Schoß fallen. Wer weiß, vielleicht sind Sie selber mal einem von ihnen begegnet?«

»Nein«, sagte Werkazy, aber er wusste nur allzu gut, wen Buschart meinte. »Und wozu das Ganze?«

»Das war auch meine Frage. Ich durchforstete das Archiv und stieß auf eine Flut scheinbar unzusammenhängender Informationen. Aber alles fügte sich zu einem klaren Bild: Osmos plant eine Expansion nach außen.«

»Ich verstehe nicht ganz. Womit denn? Mit kalinianischer Technologie?«

»Mit Kalino selbst. Er will aus allen Papiergesichtern Kalinianer machen! Das Ganze soll ganz unbemerkt vor sich gehen. Kalino soll sich wie ein Virus nach außen ausbreiten.«

»Und wie will er das anstellen?«

»Das ist eine gute Frage. Anfangs dachte ich, dass so etwas sogar für Osmos eine Nummer zu groß wäre. Aber dann entdeckte ich, wie raffiniert sein Plan ist. Osmos wird zuerst den Hebel bei der Nahrung ansetzen. Sie ist sein trojanisches Pferd. Die kalinianische Nahrung wird nach und nach auf den Markt gebracht und soll dann die Gesundheit, das subjektive Empfinden der Papiergesichter sowie ihr

Aussehen verbessern. Die Nebenwirkungen werden unter den Teppich gekehrt. Und ehe sich's alle versehen, werden sie statt Apfelsaft einen Dreifinger schlürfen und statt einer Forelle einen Luftwürfel essen. Dann folgt die Extraktion, die Suggestion der Unsterblichkeit, und um das Ganze abzurunden, schenkt Osmos jedem einen Gerlan.«

»Augenblick mal, Sie vergessen da etwas. Haben Sie nicht selbst die Nahrung ungenießbar gemacht, indem Sie das Enzym nicht synthetisiert haben? Das hat mir Dr. Kliszt in der Nahrungsfabrik gesagt: ›Buschart hat das Geheimnis mit ins Grab genommen‹, waren seine Worte.«

»Kliszt hat Ihnen nur erzählt, was Sie hören sollten. Aber es ist eine Lüge. Das Enzym wurde vor einer Woche synthetisiert.«

»Und von wem?«

Buschart schwieg und starrte auf die Lampe. »Von mir.«

»Von Ihnen?«

»Osmos behauptete, dass kalinianische Nahrung nach entsprechender Modifikation einige seltene Krankheiten bei Papiergesichtern heilen könne. Er hat irgendwie herausgefunden, dass die Hälfte meiner Familie an einer solchen Krankheit leidet und auch bei mir das große Risiko besteht, an ihr zu erkranken. Ich war sehr motiviert. Und erst dann, als ich fertig war, legte er die Karten auf den Tisch. Er lud mich auf seine Terrasse ein und eröffnete mir bei einem Cognac, was er wirklich plant. Er erzählte mir alles im Detail. Ich saß einfach da, wie vom Blitz getroffen, und versuchte, mir nichts anmerken zu lassen. Dann sagte er mir, dass er mich zu seinem Stellvertreter machen wolle.«

»Und was sagten Sie?«

»Ich tat so, als würde ich ihm zustimmen. Ich stieß mit ihm an, ging anschließend in mein Labor und schloss mich ein. Ich verbrachte die ganze Nacht damit nachzudenken, wie ich ihm das Handwerk legen könnte. Bis zum Morgen hatte ich einen Plan ausgetüftelt. Aber dafür brauchte ich Hilfe von außen. Und so fiel meine Wahl auf Sie.«

Werkazy horchte auf. »Ich fühle mich geschmeichelt. Aber es gibt über tausend Detektive im Land. Einige davon sind sogar richtig gut!«

»Aber keiner dieser tausendzweihundert Detektive war beim ›Okzitane-Fall‹ dabei.«

»Wie zum Teufel haben Sie davon erfahren?«

»Aus Osmos' Geheimakten. Es gab dort eine detaillierte Akte über Sie und Ihre Detektei. Darin stand, dass Sie von Osmos' Leuten damals fast umgebracht worden wären. Ich dachte, diese Gemeinsamkeit könnte uns zu Partnern machen. Aus dem Archiv ließ ich den Zeitungsausschnitt mit Ihrem Foto mitgehen und hinterließ ihn am Tatort. Ich wusste, Osmos würde darauf reinfallen.«

Werkazy lächelte innerlich über Buscharts Naivität. Osmos war auf gar nichts hereingefallen. Er hatte es zugelassen, damit Buschart sich in Sicherheit wiegen konnte.

»Dass Sie jetzt schweigen, verstehe ich nur zu gut«, fuhr Buschart fort. »Ich verlange viel von Ihnen. Vielleicht zu viel. Sie kamen her, um Ihren Job zu machen, und nicht, um gegen Osmos anzutreten. Ich würde verstehen, wenn Sie nichts damit zu tun haben wollen. Noch ist es nicht zu spät. Sie können an die Oberfläche zurückkehren und so tun, als hätten Sie mich nicht gefunden. Osmos wird es Ihnen abnehmen.«

Werkazy schüttelte den Kopf. »Dafür ist es zu spät. Er weiß wahrscheinlich schon, dass ich hier bin. Außerdem habe ich gerade einen seiner Perfektionsdiener aus dem Verkehr gezogen. Lassen Sie mich lieber hören, wie Sie Osmos das Handwerk legen wollen. Wir brauchen einen guten Plan, um nicht zu sagen, ein Wunder.«

»Es gibt in Kalino eine Schwachstelle, mit der steht und fällt alles. Wenn wir die treffen, ist Osmos handlungsunfähig.«

»Und die wäre?«

»Die Kalinianer. Wir müssen den Kalinianern ihre Lage begreiflich machen.«

»Was meinen Sie damit? Ich habe das Gefühl, dass die Kalinianer sich ihrer Lage ziemlich gut bewusst sind.«

»Es gibt etwas über die Kalinianer, das Sie nicht wissen. Die Kalinianer sind nicht das, was sie zu sein scheinen. Wenn es uns gelingt, ihnen das klarzumachen, ist Kalino Geschichte.«

»Und wie wollen Sie das erreichen? Sich auf den Hauptplatz stellen und eine feurige Rede halten?«

»Ich hatte genug Zeit, eine Substanz zu synthetisieren, die viel wirksamer ist als hundert Reden. Wir müssen sie nur noch holen und dann aktivieren. Der Rest passiert dann ganz von selbst.«

»Holen? Und von wo?«

»Aus der Nahrungsfabrik. Diese Substanz verliert leicht ihre Struktur und muss in einem speziellen Raum aufbewahrt werden, sonst wird sie wirkungslos. Der einzige Raum solcher Art befindet sich in der Nahrungsfabrik. Ich werde Ihnen die Einzelheiten unterwegs erklären. Aber im Augenblick ist etwas anderes noch wichtiger: Ihre Antwort. Werden Sie mitkommen und mir helfen?«

Werkazy sah in das schwache Licht der Lampe. *Bleiben Sie Osmos' Köder, oder wollen Sie eine Rolle übernehmen, in der mehr Platz für Ihre eigenen Entscheidungen ist?*, fielen ihm die Worte Dornorts ein. Es scheint, als hätte ich keine Wahl, dachte er. Auch wenn das bestimmt nicht die Rolle in der Komödie des Jahres werden wird. Er sah wieder auf zu Buschart. »In Ordnung. Aber unter einer Bedingung.«

»Und die wäre?«

»Zwingen Sie mich nicht, an diesem Seil zurückzuklettern.«

Buschart lächelte zum ersten Mal, seit sie miteinander sprachen, und zeigte auf eine Wand hinter Werkazy. »Da drüben, wo der Generator steht, ist der Eingang zu einem Tunnel, der auf die andere Seite der Schlucht führt. Innerhalb einer Stunde dürften wir draußen sein. Wenn Sie wollen, können wir sofort aufbrechen.«

»Das will ich.« Werkazy erhob sich und taumelte plötzlich. Sein Bein war eingeschlafen, und das zweite fühlte er nicht mehr. »Dieser blöde Sport!«, fluchte er und machte ein paar Schritte, um wieder ins Gleichgewicht zu kommen. Als er sich umdrehte, sah er Buschart aufs Neue lächeln.

»Würden Sie mir erklären, was hier so lustig ist? Ich finde, dafür, dass ich mich zum ersten Mal im Leben abgeseilt habe und trotzdem noch in einem Stück hier stehe, müsste ich einen Orden kriegen.«

»Entschuldigen Sie, es wird nicht wieder vorkommen. Aber das war es nicht.« Buschart unterdrückte sein Lächeln.

»Was war es sonst?«

»Ich bin seit fünf Tagen hier und hatte genug Zeit, mir auszumalen, wie Sie hier auftauchen würden. Eins hätte ich nicht erwartet: dass Sie in einer dunkelgrünen Lederjacke und einer grauen Schnürlsamthose erscheinen.«

Werkazy erlaubte sich nun ebenfalls ein Lächeln. »Na prima. Dann sind wir quitt. Ich habe dafür keine sprechende Leiche im Kletteranzug erwartet, die mich überredet, die Welt zu retten.«

KAPITEL 23

Sokrates hat Hunger

Der Tunnel führte, wie von Buschart angekündigt, auf die andere Seite der Schlucht und endete auf einem Plateau unweit einer Schotterstraße, die sich hinunter nach Kalino schlängelte. Sobald sie auf die Straße kamen, bat Buschart Werkazy zu warten und verschwand in den Büschen. Wenige Augenblicke später rollte er in einem K-Mobil aus dem Gebüsch hervor. Buschart hielt neben Werkazy und ließ ihn einsteigen.

»Für einen Wissenschaftler verstehen Sie es ganz gut, illegale Transportmittel zu besorgen. Aber musste es gerade ein Perfektionsdienstmobil sein?«

»Leider ja. Sie werden bald sehen, warum«, erwiderte Buschart und fuhr los. Er kurvte unter größter Konzentration die schmale Straße hinunter. Als sie zur Hauptstraße kamen und Kurs auf die Nahrungsfabrik nahmen, verlangsamte er plötzlich, als müsse er etwas loswerden, das ihm peinlich war. »Ich muss Ihnen noch etwas gestehen, Werkazy. Es gibt einen zweiten Grund, warum ich Sie nach Kalino geholt habe.«

»Tatsächlich? Und der wäre?«

»Wenn alles so geklappt hat, wie ich geplant habe, müssten Sie im Besitz eines Geräts sein, mit dem man Nachrichten nach außen senden kann. Vermute ich richtig?«

»Sie wissen von meinem Sender?«, fragte Werkazy erstaunt. »Woher denn?«

»Das erkläre ich Ihnen gleich, nachdem Sie mich mit dem Mann verbunden haben, der ihn hergestellt hat. Sehen Sie den Hügel da drüben? Ich muss mit ihm sprechen, noch bevor wir ihn erreichen.«

»Sie meinen mit Bruno?«

»So heißt er also? Ja, bitte, mit ihm.«

Werkazy holte den Sender heraus und schaltete ihn ein. Die Verbindung baute sich erstaunlich schnell auf. Er hörte Brunos Stimme. Sie klang etwas verschnupft. Sein Partner hatte es offenbar geschafft, sich seit dem letzten Kontakt zu erkälten.

»Bruno«, sagte Werkazy, »das wird dir jetzt etwas merkwürdig vorkommen, aber ich werde gleich den Sender an eine andere Person weitergeben. Da ist nämlich jemand aus Kalino, der dich dringend sprechen möchte. Frag mich nicht, warum! Ich weiß es selber nicht.«

»Schon in Ordnung. Gib ihn mir.«

»Du weißt davon?« Werkazy staunte abermals.

»Sagen wir so: Ich weiß nur das, was ich wissen muss.«

Werkazy übergab den Sender an Buschart, der ihn ans Ohr legte, während er mit der anderen Hand das K-Mobil lenkte. »Ich freue mich, Sie persönlich kennenzulernen, Bruno«, sagte er.

»Ganz meinerseits«, antwortete Bruno. »Ich höre.«

»Ich habe nur eine Frage an Sie: Haben Sie sich exakt an die Bauanleitung gehalten?«

»Absolut. Bis ins letzte Detail. Es ist alles so, wie es in der Instruktion stand.«

»Großartig. Und was ist mit dem LP-Prozessor? Das war das Schlüsselteil. Haben Sie ihn konstruiert?«

»Es war nicht leicht, aber ich habe es geschafft. Er ist eingebaut und funktionstüchtig.«

»Danke, Bruno. Ich bin Ihnen etwas schuldig. Ich gebe Sie wieder an Ihren Chef zurück.« Buschart reichte Werkazy den Sender.

»Bruno«, sagte Werkazy, »wenn ich zurück bin, werden wir uns ernsthaft unterhalten. Du wusstest schon die ganze Zeit, dass Buschart lebt, und hast es mir nicht gesagt?«

»Das war Buschart?«

»Wer sonst, der Präsident von Honolulu?«

»Das wusste ich nicht, ich schwöre es! Ich habe vor zwei Wochen die Bauanleitung bekommen, dann diesen Sender nach den vorliegenden Angaben gebaut und einen ganz speziellen Prozessor entworfen. Da war kein Name dabei, nichts.«

»Und du hast es einfach so gebastelt, ohne dich zu fragen, was das soll? Das hätte auch eine Bombe sein können!«

»Erstens, ich kann noch eine Bombe von einem Sender unterscheiden, und zweitens stand in dem Brief, dass dir dieser Sender bei deinen Recherchen im nächsten großen Fall einen Vorteil verschaffen würde. Ich hielt das für einen Scherz, aber dann bist du plötzlich ein paar Tage später bei mir hereinmarschiert und hast gesagt, du musst nach Kalino. Da wusste ich, es war ernst. Ich bastelte den Sender, aber ich musste die Klappe halten. Das war die Anweisung.«

»Du kannst dich auf was gefasst machen, wenn ich zurückkomme, Freundchen. Und wehe, wenn ich merke, dass die Araukarie kein Wasser hat!«

»Die Araukarie?«, fragte Bruno und verstummte kurz.

»Mach dir keine Sorgen, die schwimmt im Wasser. Ich wünsche euch viel Glück! Bruno Ende.«

Die Verbindung wurde unterbrochen.

Werkazy steckte den Sender ein. »Na schön, könnten Sie mir jetzt bitte erklären, wozu das Ganze mit dem Sender?«

»Um die Substanz zu aktivieren, die wir gleich aus der Fabrik holen werden, ist ein sogenannter LP-Prozessor nötig. So etwas kann man mit kalinianischer Technologie nicht bauen. Und selbst wenn, ich würde es nicht fertigbringen. Also brauchte ich jemanden von draußen, der das kann. Und da kam mir Ihr Partner in den Sinn.«

»Und wie haben Sie erfahren, dass mein Partner sich mit Elektronik auskennt?«

»Durch Osmos' Archiv. Dort stand alles über Ihre Detektei, auch das Profil von Bruno. Als ich es las, konnte ich selbst nicht glauben, was für ein glücklicher Zufall es war. Der Detektiv, der im ›Okzitane-Fall‹ dabei war, hat in seiner Detektei einen Elektronikspezialisten.«

Entweder ist mein Radar gerade komplett ausgefallen, oder er sagt wirklich die Wahrheit, dachte Werkazy. »Ich wäre Ihnen sehr verbunden, wenn Sie ab jetzt keine Geheimnisse mehr vor mir haben würden. Sie müssen wissen, ich bin gegen Geheimnisse allergisch.«

»Sie haben mein Wort. Keine Geheimnisse mehr.« Buschart zeigte auf den Hügel vor ihnen. »Sehen Sie, da drüben ist schon unser Ziel.«

Die Nahrungsfabrik kam in Sichtweite. Buschart bog in eine kleine Straße ab, verlangsamte und steuerte das K-Mobil in ein Waldstück. Er parkte zwischen den Bäumen und stellte den Motor ab. Aber er machte keine Anstalten auszusteigen.

»Die Substanz befindet sich in meinem Labor. Das ist unser Ziel.«

»Doch nicht zufällig hinter der Wand, auf der der schwarze Punkt ist?«

»Und Sie haben eine Detektei, die nichts abwirft?«, fragte Buschart. »Mit Ihrer Kombinationsgabe müssten Sie in Geld schwimmen.«

»Ich schwimme lieber im Wasser. Was übrigens der Grund für meine beiden Scheidungen war. Außerdem fand ich es nur heraus, weil Dr. Kliszt so nervös war, als wir Ihr Labor betraten. Ich musste nur zwei und zwei zusammenzählen.«

»Kliszt hat auch jeden Grund, nervös zu sein. Ich schlage vor, wir knöpfen uns jetzt die Fabrik vor.«

»Ich sage es ungern, aber ich habe schon Hochsicherheitssafes gesehen, die leichter zu knacken waren. Noch dazu gibt es dort zwei Androiden, die auf russische Namen hören und ziemlich gut in Form sind.«

»Dieses K-Mobil verfügt über ein paar Extras, die nur den hohen Offizieren des Perfektionsdienstes zur Verfügung stehen. Darunter das hier.« Buschart drückte auf eine Konsole auf dem Armaturenbrett. Ein Display fuhr hoch. »Ein mobiles Translokationsgerät. Es wird uns in die Fabrik hineinteleportieren. Direkt in mein Labor.«

»Sie meinen, wir werden da hineinschweben wie Geister?«

»Richtig. Aber dann werden wir uns dort wieder in Fleisch und Blut verwandeln. Sind Sie bereit?«

Werkazy blickte auf und murmelte: »Was ist nur aus dem guten alten Stemmeisen geworden?«

»Ich schicke Sie zuerst rein, weil ich das Gerät bedienen muss. Lehnen Sie sich zurück, und atmen Sie ganz ruhig.«

»Das ist im Augenblick etwas schwierig, aber ich versuche es.«

Buschart tippte etwas in das Display ein. »Darf ich Sie noch etwas fragen? Wie hat eigentlich meine Witwe auf meinen Tod reagiert?«

»Normal. Für eine Kalinianerin, meine ich. Also praktisch gar nicht. Sie glaubt, Sie hätten sich in Luft aufgelöst.«

»Sie hat nicht mal gefragt, was aus mir wurde?«

»Tut mir leid, nein.«

»Schon gut, glauben Sie mir, es ist nicht ihre Schuld. Sie kann nicht anders. Das ist alles Osmos' Schuld. Achtung jetzt, es wird ein bisschen kribbeln. Wir sehen uns gleich auf der anderen Seite.«

Ein grelles Licht erfüllte das Innere des K-Mobils, und Werkazy schloss die Augen. Alles verschwamm und verschwand dann ganz. Werkazy glaubte kurz, in der Luft zu schweben, und spürte, wie er wieder den Boden berührte. Er öffnete die Augen und erkannte die Umrisse eines Raumes. Es war das Labor von Buschart. Er erhob sich und spürte, wie sich alles drehte. Werkazy hielt sich an der Wand fest. »Ich bin entschieden zu alt für diesen modernen Schnickschnack!«

Im nächsten Moment materialisierte sich Buschart neben ihm. Nachdem er das Gleichgewicht wiedererlangt hatte, sagte er: »Ihre Befürchtungen waren umsonst, wie Sie sehen. Und jetzt holen wir uns ein kleines und sehr fortgeschrittenes Stück kalinianischer Technik, das unsere Situation schlagartig verbessern wird.«

Buschart ging zu dem Roboterarm, der immer noch in derselben merkwürdigen Position im Raum schwebte wie bei Werkazys erstem Besuch. Buschart drückte einen Knopf auf der Unterseite des Arms und sagte: »Hector, identifiziere mich.«

Der Roboter schnellte in seine ursprüngliche Ausgangsposition zurück. »Ich identifiziere Vizedirektor Buschart«, sagte er und fügte hinzu: »Guten Abend, Vizedirektor. Wollen wir eine Partie Schach spielen?«

»Dafür ist jetzt keine Zeit, Hector. Geh in die Subroutine Beta und such dort nach einem Programm namens *Sokrates hat Hunger.*«

Der Roboterarm verarbeitete den Befehl. Dann drehte er sich zur Wand über Buscharts Schreibtisch und fuhr auf den schwarzen Punkt zu. Sobald er ihn berührte, öffnete sich ein senkrechter Spalt. Die Wand teilte sich wie durch ein »Sesam, öffne dich!«, und ein kleiner Safe erschien in der Öffnung.

»Und jetzt führe den Befehl *Sokrates sucht Messer und Gabel* aus!«

Der Roboter öffnete den Safe, in dem zwei Gegenstände lagen: eine Art Pistole und ein durchsichtiger Würfel, in dem sich eine grüne Substanz befand. Er griff hinein und nahm beides gleichzeitig. Seine Ummantelung begann dabei langsam zu schmelzen. Der Roboter holte die beiden Gegenstände heraus und legte sie auf der Arbeitsfläche ab. Seine metallene Oberfläche dampfte.

»Und jetzt abschließen mit dem *Sokrates ist satt*-Programm«, befahl Buschart.

Der Roboterarm schloss die Safetür und berührte wieder den schwarzen Punkt auf der Wand. Die Wand schloss sich nahtlos.

»Danke, Hector. Geh zurück in den Ruhemodus.«

»Es war schön, Sie wiederzusehen, Vizedirektor Buschart«, sagte der Roboterarm und erstarrte wieder.

»Ein freundlicher Roboter«, sagte Werkazy. »Was sind das für Gegenstände?«

»Das«, Buschart nahm die Waffe in die Hand, »ist eine gewöhnliche Pistole. Sie ist allerdings nicht mit gewöhnlichen Patronen geladen. Wenn man damit getroffen wird, sieht man die Dinge, wie soll ich sagen, in einem anderen Licht.«

»Das trifft auch auf Bleikugeln zu. Und der kleine grüne Würfel?«

»Das ist etwas, das Osmos zwingen wird, das zurückzugeben, was er in großen Mengen gestohlen hat.«

»Und was wäre das?«

»Zeit. Kommen Sie. Wir müssen diesen Würfel zum Glasturm bringen, um ihn zu aktivieren. Es ist in der Nähe von Kliszts Büro.«

»Auf welcher Seite steht er eigentlich?«

»Kliszt kennt nur eine Seite. Die eigene. Oder die von Osmos. Kommen Sie. Der Glasturm ist am anderen Ende der Nahrungsfabrik. Der kürzeste Weg dorthin führt durch Halle A.«

Buschart öffnete die Labortür, und violettes Licht aus Halle A fiel in den Raum. Obwohl es dunkel war, lief die Produktion auf Hochtouren. Hunderte Roboterarme vollzogen mechanisch ihre Arbeit. Ein leises, mahlendes Geräusch erfüllte die ganze Halle.

»Eine ähnliche Szene habe ich schon mal gesehen«, sagte Werkazy. »Es war in einem Horrorfilm.«

»Das ist nur die Nachtphase, sie hat vor Kurzem angefangen«, erklärte Buschart. »Halten Sie sich nur ganz dicht hinter mir, damit kein Roboterarm Sie erfasst.«

Buschart bewegte sich mit erstaunlicher Sicherheit im Halbdunkel. Er hätte den Weg wahrscheinlich auch mit verbundenen Augen gefunden. Sie durchquerten die Halle, bis eine solide Schleuse ihnen den Weg versperrte.

»Wird einen Moment dauern, bis ich das geöffnet habe. Sie ist sehr gut gesichert.«

Während Buschart eine Kombination nach der anderen in das Display eintippte, blickte Werkazy zurück in das Innere der Halle. Er hätte schwören können, dass er ein merkwürdiges Geräusch gehört hatte. Es war eine Art Luftzug, der so plötzlich entstand, wie er wieder verschwand.

»Beeilen Sie sich«, sagte er zu Buschart. »Hier spukt es.«

Buschart tippte weiter, und plötzlich ging ein leichter Ruck durch die Schleuse. Sie schien einen Seufzer auszustoßen und fuhr dann nach rechts. »Kommen Sie, sie schließt sich sofort wieder.« Buschart zog Werkazy mit sich in den angrenzenden Raum hinein. Werkazy verstand sofort, warum dieser Raum »Glasturm« hieß. Er war rund und vollkommen durchsichtig. In seinem Zentrum ragte ein gläsernes Rohr bis zur Decke. Auf Augenhöhe befand sich eine Art Konsole, die Buschart betätigte. Eine Klappe öffnete sich und gab den Blick auf einen würfelförmigen Kristall frei. Er besaß dieselbe Form wie der grüne Würfel von Buschart.

Der Wissenschaftler nahm den Kristall heraus und setzte den Würfel an seine Stelle.

»Was wissen Sie eigentlich über den Gerlan, Werkazy?«, fragte Buschart, während die grüne Flüssigkeit im Würfel immer intensiver leuchtete.

»Nur, dass er leuchtet, wenn man angerufen wird, und eine Funktion namens ›sympathische Unterbrechung‹ besitzt.«

»Er hat noch eine Funktion. Sobald er in Kontakt mit der Haut seines Besitzers kommt, schüttet er automatisch eine Dosis Serotonin aus. Die Kalinianer haben keine Ahnung, dass sie in Wirklichkeit mit einem großen Injektionsapparat herumlaufen. Und so kam mir die Idee, dass man ihnen zur Abwechslung etwas anderes injizieren könnte. Etwas, das nicht so angenehm ist, aber ihnen die Augen öffnet darüber, wer sie wirklich sind.«

Der Würfel begann zu blinken. »Er ist aktiviert. Geben Sie mir jetzt bitte den Sender. Es wird Zeit für einen Anruf, den man in Kalino nie wieder vergessen wird.«

»Damit würde ich lieber noch warten, Buschart«, sagte plötzlich eine Stimme hinter ihnen.

Buschart und Werkazy fuhren herum. Vor ihnen stand Dr. Kliszt in Begleitung der beiden Androiden. Er zielte mit einer Waffe auf sie. Die Androiden gaben einen hohen Laut von sich und duckten sich, sprungbereit. Dr. Kliszt hielt sie mit einer Geste zurück. »Verblüffend, wie leicht man sich an jemanden heranpirschen kann, der glaubt, er sei dabei, eine selbstlose Tat zu vollbringen.« Er gab einem der Androiden ein Zeichen. »Los, hol das Endprodukt, Mischa.«

Wieder hörte Werkazy das Geräusch, als würde ein Luftzug durch den Raum gehen. Mischa hatte sich in atemberaubendem Tempo durch den Raum bewegt, riss den Würfel aus dem Glaszylinder und kehrte auf seinen Platz zurück. Das Ganze dauerte nur ein paar Sekunden. Buschart hatte keine Chance einzugreifen.

»Nicht übel, was? Ihr solltet die beiden sehen, wenn sie es wirklich eilig haben«, sagte Dr. Kliszt stolz und nahm den Würfel entgegen. Er hielt ihn kurz gegen das Licht. »Das bringt dir eine Sonderaudienz im Metazentrum ein. Ich möchte wirklich nicht in deiner Haut stecken. Und in Ihrer auch nicht, Werkazy.«

»Kliszt«, sagte Buschart, »warte! Ich weiß, wir waren

nicht immer einer Meinung. Aber du musst mich das zu Ende bringen lassen. Nur so können wir Osmos zur Besinnung bringen.«

»Ein bisschen mehr Respekt, Buschart, wenn ich bitten darf. Es heißt nicht Osmos, sondern ›der Gründer‹. Und wenn hier jemand zur Besinnung gebracht werden muss, dann bist du es.«

»Kliszt, du richtest nie wiedergutzumachenden Schaden an. Und du weißt es selbst, auch wenn du dir das im Moment nicht eingestehen willst.«

»Das Einzige, was ich weiß, mein Freund, ist, dass du in Kürze vor dem Gründer stehen wirst. Ich schlage vor, du redest mit ihm darüber. Er ist ein guter Zuhörer.«

Dr. Kliszt sah zu Werkazy hinüber. »Und was Sie angeht, ich hätte Sie wirklich für vernünftiger gehalten. Sie sollten das nächste Mal besser überlegen, wem Sie sich anschließen. Sie stehen definitiv im falschen Lager. Und jetzt tut euch selber einen Gefallen, und legt euch auf den Boden.«

»Tun Sie, was er sagt«, sagte Buschart zu Werkazy.

»Sonst was?«, fragte Werkazy. »Wird er mich erschießen?«

»Oh, da weiß ich etwas viel Originelleres«, sagte Dr. Kliszt und gab Mischa ein Handzeichen.

»Los, legen Sie sich sofort auf den Boden!«, rief Buschart. »Schnell, beeilen Sie sich, um Himmels willen!«

Das war das Letzte, was Werkazy hörte. Im nächsten Moment ging ein leichter Windzug durch den Raum, und Werkazy spürte einen kräftigen Schlag in den Nacken; dann fiel er in ein dunkles Loch.

KAPITEL 24

Kalino ist das neue Gold

Als Werkazy wieder zu sich kam, hatte er das Gefühl, sein Kopf hätte sich in eine Kugel verwandelt, die mit tiefem, bohrendem Schmerz gefüllt war. Dieser Mischa war wirklich schnell. So einen könnte ich im Büro auch gebrauchen, wenn mir der Otard ausgeht, dachte er.

Er befand sich in einem merkwürdigen Operationssaal. Die Wände waren aus glänzendem Metall, und auf einer Konsole in der Mitte des Saals lagen medizinische Geräte. Er selbst lag auf einem quadratischen Bett. Als er sich aufrichten wollte, stellte er fest, dass er völlig bewegungsunfähig war. Und das, obwohl er keine Fesseln trug.

»Das ist ein Kraftfeld, das Sie auf das Bett drückt«, hörte er Buscharts Stimme. Werkazy drehte den Kopf leicht nach rechts. Buschart lag auf einem identischen Bett neben ihm. Genauso kaltgestellt wie er.

»Wo sind wir hier? Im Museum für angewandte Kunst?«, fragte Werkazy.

»Im Metamorphosenzentrum.« Buschart senkte die Stimme. »Hören Sie mir jetzt bitte genau zu. Wir haben nicht viel Zeit. Schon bald wird Osmos durch diese Tür hereinmarschieren und etwas mit uns anstellen wollen, das sich ziemlich schockierend anhört. Zeigen Sie keine Angst, und bewahren Sie Ruhe. Probieren Sie keine Tricks, und leisten Sie keinen Widerstand. Vertrauen Sie mir einfach.« Buschart unterbrach und lauschte. »Hören Sie das? Sie kommen. Vergessen Sie nicht, keine Tricks und kein Widerstand.«

Die Eingangstür öffnete sich. Osmos trat in einem grünen Operationskittel herein. Er war in Begleitung einer Krankenschwester. Hinter ihm schloss sich die Tür sofort wieder, so wie sich Türen in solchen Situationen zu schließen pflegen. Langsam und endgültig. Osmos gab der Schwester ein Zeichen, woraufhin sie an die metallene Konsole trat und dort jene merkwürdigen Instrumente herrichtete. Osmos stellte sich zwischen Buschart und Werkazy und betrachtete sie eine Weile, als weide er sich am Anblick einer kostbaren Beute.

»Das ist einer der Momente, in denen man versucht ist, sich selbst ein Kompliment zu machen«, sagte er. »Jeder von Ihnen beiden hat sich so verhalten, wie ich es erwartet hatte. Und jetzt sind Sie da, wo Sie hingehören. In meiner Obhut.«

Er wandte sich an Werkazy. »Besonders dankbar bin ich Ihnen, Detektiv. Sie waren der ideale Köder, um Buschart aus seinem Versteck zu locken. Aus irgendeinem Grund war er der Meinung, ausgerechnet Sie könnten ihm helfen, seinen amateurhaften Plan umzusetzen. Ich danke Ihnen, dass Sie ihn in dieser Illusion belassen haben. Etwas weniger erfreut bin ich darüber, dass Sie einen meiner besten Perfektionsdiener auf eine überaus unelegante Art und Weise außer Gefecht gesetzt haben. Ich frage mich, warum Sie nicht in Ihrem Appartement auf mich gewartet haben?«

»Das lag an Ihrem Fernsehprogramm.«

»Ihr eigenartiger Humor sagt mir, dass Sie sich überhaupt nicht im Klaren darüber sind, was in Kürze mit Ihnen passieren wird. Aber vielleicht ist das auch besser so. Und jetzt zu Ihnen, mein Freund.«

Er wandte sich Buschart zu. »Es war wirklich geschickt, sich in der Kalinoschlucht zu verstecken. Aber ich wusste, dass Sie hervorkriechen würden, sobald Sie sich sicher genug fühlen. Und dass Sie dann auch dieses kleine, tückische Spielzeug mitbringen würden.« Osmos hielt Buschart dessen Würfel vor die Nase. »Darf ich fragen, wie lange Sie gebraucht haben, um das zu synthetisieren?«

»Zwei Tage«, antwortete Buschart. »Ich habe damit begonnen, als ich dahinterkam, wofür Sie Kalino in Wirklichkeit brauchen.«

»Zwei Tage nur? Bemerkenswert. Sie waren schon immer talentiert. Aber Talent zu haben und es auch richtig einzusetzen ist eine Kunst, die Sie nicht beherrschen. Sie haben mich wirklich enttäuscht. Ich war wie ein Vater zu Ihnen und habe Ihnen vertraut. Ich war bereit, Sie zu meiner rechten Hand zu machen. Anstelle von Dr. Kliszt. Und wer weiß, vielleicht wären Sie sogar nach meinem Tod mein Nachfolger geworden.«

»Ein großzügiges Angebot von einem Mann, der gar nicht vorhat, zu sterben.«

»Oh, das habe ich. Nur nicht als alter Mann. Und Sie wissen sehr gut, dass ich mir dieses Privileg mit großer Anstrengung erarbeitet habe.«

»Warum erzählen Sie dann nicht den Kalinianern von diesem Privileg oder genauer gesagt jenen, die Sie in Kalinianer umgewandelt haben?«

»Jenen, die in Kalinianer umgewandelt wurden?«, schaltete sich Werkazy ein. »Was soll das bedeuten?«

»Unser Detektiv ist immer noch im Dienst«, sagte Osmos spöttisch. »Erzählen Sie es ihm ruhig, Buschart. Weil heute so ein gelungener Tag ist und er das Recht hat, zu erfahren, worin meine Meisterleistung besteht. Ich bezweifle zwar, dass er das zu würdigen weiß, aber es wäre unsportlich, ihn so kurz vor dem Ende in Unwissenheit zu lassen.«

»Vor mehr als dreißig Jahren hat Osmos diese Stadt aufgekauft, und er machte den Bewohnern ein merkwürdiges Angebot«, erkärte Buschart. »Er bot ihnen gegen eine große Geldsumme an, ihre DNA so zu manipulieren, dass sich ihre Zellen endlos erneuern würden. Anders formuliert, er hat ihnen ewige Jugend versprochen. Fast alle Bewohner meldeten sich für das Experiment. Die wenigen, denen das nicht geheuer war, mussten die Stadt für immer verlassen. Wenig später kamen sie alle bei mysteriösen Unfällen um.«

»Das wurde nie bewiesen«, wandte Osmos ein.

»Die anderen jedenfalls wurden alle Kalinianer. Osmos löschte jedoch bei der Transformation in jedem Individuum das Gedächtnis an dessen vorheriges Leben aus. Er wollte nicht, dass jemand sein altes Ich eines Tages zurückverlangte oder, noch schlimmer, seinem Betrug auf die Schliche käme. Die Transformation ist nämlich nicht echt. Die Kalinianer bleiben äußerlich zwar jung, aber innerlich altern sie nach wie vor. Sie sterben als Fünfundzwanzigjährige. Osmos hat ihnen nur eine hübsche Maske verpasst, unter der sie langsam verfaulen.«

»Abgesehen davon, dass Sie noch zu jung sind, um die Wohltat einer Maske zu schätzen, liegen Sie auch noch völlig falsch«, unterbrach ihn Osmos. »Ihr Wissen ist in einem sehr wichtigen Punkt nicht komplett. Nicht ich habe das Experiment vorgeschlagen, sondern die Kalinianer.«

»Die Kalinianer? Das glaube ich nicht!«

»Aber doch. Sie bestanden darauf. Sie wollten diese Maske, die Sie so verachten, um jeden Preis. Sie hatten genug von ihrem eigenen Gesicht, was ich nur zu gut verstand. Also erfüllte ich ihnen diesen Wunsch. Und sogar mehr als das.«

»Und was?«

»Ich erschuf den Perfektionsdienst, der jene, die kurz davor waren zu sterben, aus dem Verkehr zog. Ich errichtete eine umfassende Unterhaltungsindustrie und erfand den Gerlan, damit sie nie vergessen, wo sie sich befinden. Ich habe sogar die Fenster zumauern lassen, damit mir die Verrückten nicht hinausspringen. Mit einem Wort, ich habe hier mit allem menschenmöglichen Einsatz ein Paradies erschaffen, gegen das der Garten Eden wie ein billiger Würstelstand aussieht.«

»Und jetzt, wo Sie so eine gute Tat vollbracht haben, wollten Sie nach draußen gehen und der übrigen Menschheit denselben Gefallen tun?«

»Ich fürchte, das muss ich sogar. Und wissen Sie, warum? Wenn ich Kalino nicht nach außen bringe, wird es sich von selbst dorthin ausbreiten. Die Leute draußen können es nicht erwarten, Kalinianer zu werden. Die Nachfrage nach Kalino ist riesengroß. Unsere Mitmenschen da draußen wollen kein Gold mehr, sondern ein hübsches Gesicht und das Gefühl, dass sie so bis in alle Ewigkeit weitermachen können. Kalino ist das neue Gold. Nennen Sie mich eitel oder überheblich, aber es ist nur natürlich, dass ich in diesem Fall der Erste sein möchte, der die frohe Botschaft verbreitet.«

»Irgendwie erinnern Sie mich an meine Frau, Osmos. Sie versucht auch etwas, was ihr unmöglich ist. Und das sogar jeden Freitag«, sagte Buschart.

»Tatsächlich? Und was ist das?«

Buschart wandte sich an Werkazy. »Wie alt würden Sie meine Frau schätzen?«

»Dreiundzwanzig. Vielleicht vierundzwanzig.«

»Sie ist vierundzwanzig. Und das bereits seit dreißig Jahren. Äußerlich ist sie tatsächlich seitdem keinen Tag gealtert, aber sie spürt, dass irgendetwas nicht stimmt. Es gibt Tage – es sind interessanterweise immer Freitage –, an denen sie sich eigenartig benimmt. Sie macht sich schön und zieht etwas Verführerisches an. Dann geht sie in ihr Zimmer und zieht die Jalousie hoch. Sie setzt sich auf den Boden und versucht die Sonnenstrahlen, die auf den Boden fallen, mit allem zuzudecken, was ihr in die Hände kommt. Am Ende steht mitten im Zimmer eine große Pyramide aus Gegenständen. Aber die Strahlen sind immer noch da. Alles vergeblich. Schließlich lacht sie, immer. Zuerst leise, dann immer lauter. Sie kann nicht damit aufhören. Aber dieses Lachen ist keineswegs ansteckend. So lachen Menschen, die vor Wut verrückt werden.«

»Was wollen Sie eigentlich mit dieser konfusen Beschreibung sagen?« Osmos wandte sich den medizinischen Instrumenten zu.

»Dass Sie den Kalinianern kein Paradies geschenkt haben, sondern ein und denselben Tag, der sich ständig wiederholt. Den Kalinotag. Hier leben keine Menschen, sondern Kinder, die glauben, dass abgetrennte Finger wieder nachwachsen und dass ein Sprung aus dem Fenster keine Folgen hat. Kinder, die so viel Angst vor dem Abend haben, dass sie ihn morgens bereits vorsimulieren müssen.«

»Sie regen sich zu sehr auf, Buschart«, sagte Osmos und schüttelte den Kopf. »Ich glaube, das Gespräch ist an einem Punkt angekommen, dem nur Taten folgen können. Ich habe eine Überraschung für Sie. Eigentlich ist es mehr ein Geschenk. Für Sie natürlich auch, Werkazy.«

Werkazy blickte Buschart fragend an.

»Er will uns in Kalinianer umwandeln«, sagte Buschart. »Damit erledigt er zwei Fliegen mit einer Klappe. Er ist ein Problem los und bekommt dafür zwei neue kalinianische Bürger.«

»Das hätte ich nicht besser ausdrücken können«, sagte Osmos. »Ich wünschte, ich würde öfter solche scharfsinnigen Prachtexemplare wie Sie bekommen. Ich muss zugeben, die Kalinianer sind etwas schwerfällig darin, ihre Situation einzuschätzen. Sie hingegen haben es blitzschnell erfasst. Und nicht ohne eine Prise Humor.«

Werkazy war zum ersten Mal dankbar, dass er auf einem Bett lag, denn er spürte, wie seine Knie weich wurden.

»Sie scherzen, nicht wahr? Sie wollen doch nicht wirklich einen Kalinianer aus mir machen. Nur über meine Leiche.«

»So viel Pathos hätte ich aus Ihrem Mund gar nicht erwartet«, erwiderte Osmos. »Ich nehme an, dass dieses Eingeständnis nur Ihrer übergroßen Angst zuzuschreiben ist. Aber ich versichere Ihnen, Ihre Furcht ist unbegründet.«

»Ich glaube, meine Furcht war selten so begründet wie jetzt.«

»Aber nur, weil Ihnen die richtige Perspektive fehlt.« Osmos beugte sich über den Detektiv. »Sie bekommen gleich einen phantastischen Körper, gegen den Ihr jetziger, entschuldigen Sie den Ausdruck, geradezu grotesk anmutet. Ihr Gesicht wird ab morgen interessierte Blicke auf sich ziehen, was bisher sicher nicht allzu oft der Fall gewesen ist. Wer weiß, mit etwas Glück werden Sie vielleicht sogar Sieger in der *172 Stunden und 1 Minute*-Show. Ich weiß nur noch nicht, ob ich Sie zu einem Kellner in einem Entspannungslokal oder vielleicht doch zu einem Perfektionsdiener machen werde.«

Osmos gab der Schwester ein Zeichen, und sie trat an Werkazys Bett. Sie hielt eine Spritze in der Hand, die mit gelber Flüssigkeit gefüllt war.

»Man wird mich suchen«, sagte Werkazy.

»Vielleicht, aber nicht lange. Heutzutage gerät alles so schnell in Vergessenheit. Außerdem gibt es da draußen eine Menge einflussreicher Leute, die genauso an Kalino interessiert sind wie ich. Sie werden mir helfen, Ihr Verschwinden glaubhaft zu erklären.«

»Ich habe einen ziemlich umtriebigen Partner. Er wird alles publik machen.«

»Um Ihren Partner kümmern wir uns. Er wird bei einem Autounfall ums Leben kommen.«

Osmos wandte sich an die Schwester: »Setzen wir die heutige Dosis ausnahmsweise auf acht Milligramm hoch. Die Transformation dürfte in drei Stunden abgeschlossen sein.« Er lächelte Buschart und Werkazy zu. »Meine Herren, es wird Zeit, sich zu verabschieden. Aber wie sagt man? Sie gehen, um gleich wiederzukommen. Sie gehen als traurige, verbrauchte Papiergesichter, um gleich wiederzukehren als lebensfrohe, kräftige Kalinianer. Anschließend werde ich Sie beide in meine Villa einladen, um Ihnen das Gefühl wiederzugeben, etwas Besonderes zu sein. Schade nur, dass wir nie über diesen feierlichen Moment werden reden können. Die Bewunderung in Ihren Augen, die Sie Ihrem Gründer entgegenbringen werden, wird mir genügen müssen.«

Er sah Buschart an. »Eines noch. Ihre Frau bat mich, Ihnen auszurichten, dass sie sich sehr freut, Sie wiederzusehen. Endlich werden Sie so sein, wie sie es sich immer erhofft hat.«

»Sie werden in der Hölle enden«, sagte Buschart. »Und nicht nur für dieses Paradies, das Sie hier erschaffen haben.«

»Aber nur, wenn ich sterbe. Und das ist noch nicht entschieden. Angenehme Träume, meine Herren!«

Die Schwester beugte sich über Werkazy und führte die Spritze an seinen Hals. Er spürte einen leichten Stich und blickte sie an. Ihre Augen betrachteten ihn mit eigenartiger Konzentration. Er hatte einen Moment lang das Gefühl, sie schon einmal gesehen zu haben. Aber es konnte auch eine Nebenwirkung der einsetzenden Transformation sein. Dann verlor er das Bewusstsein.

KAPITEL 25

Der echte Friedhof von Kalino

Werkazy spürte einen Ohrfeige. Und dann noch eine. Schließlich hörte er eine weibliche Stimme, die seinen Namen rief: »Wachen Sie auf, Werkazy! Wachen Sie endlich auf!« Er öffnete mit Mühe die Augen und sah einen unförmigen Fleck über sich, der sich langsam in das Gesicht einer Frau verwandelte. Es war Wiweka.

»Sie?«, murmelte er. »Das ist ein Traum, oder?«

»Nicht unbedingt. Halten Sie bitte einen Moment still.« Wiweka leuchtete ihm mit einer Taschenlampe ins linke Auge. »Ich versuche Sie seit fünf Minuten wach zu bekommen. Haben alle Papiergesichter so einen festen Schlaf?«

»Was tun Sie da? Bin ich jetzt ein Kalinianer?«, fragte Werkazy und betastete sein Gesicht.

»Keineswegs«, antwortete Wiweka. »Sie sind immer noch das schlecht aussehende und schlecht gekleidete Papiergesicht von draußen, das Sie immer schon waren. Richten Sie sich bitte jetzt auf.«

Sie griff ihm unter den Arm und half ihm, sich aufzusetzen. Werkazy erblickte einen merkwürdigen Raum, der aussah wie der Trainingssaal für Balletttänzer. Er war voller Spiegel.

»Wo bin ich?«

»Das ist der Aufwachraum nach der Transformation«,

antwortete eine männliche Stimme. Es war Buschart. Er trat an Werkazys Bett und legte die Hand auf Werkazys Schulter. »Wie geht's Ihnen?«

»Bis auf die Tatsache, dass alles, was ich sehe, einen orangefarbenen Stich hat, gar nicht mal so schlecht.«

»Das legt sich gleich wieder. Wiweka musste Ihnen die doppelte Dosis des Sedativs geben. Sie waren etwas zu diskussionslustig im OP-Saal. Um ein Haar wäre Osmos geblieben und hätte die Transformation persönlich überwacht. Wiweka konnte die Umwandlung gerade noch im letzten Moment abwenden.«

Werkazy sah Wiweka an. »Ich bin Ihnen wohl etwas schuldig.«

»Wiweka hat nicht nur die Transformation sabotiert«, sagte Buschart, »sondern uns auch das hier wiederbeschafft …« Er zeigte auf einen Tisch.

Werkazy traute seinen Augen nicht. Sein Sender und der Elektroschocker, den ihm Dr. Kliszt abgenommen hatte. Buscharts Pistole. Am meisten aber staunte er darüber, dass sie Buscharts grünen Würfel wiederhatten.

»Ich habe diese Gegenstände an mich genommen, als der Gründer die Transformation vorbereitete«, erklärte Wiweka. »Er war einen Moment lang abgelenkt.«

»Ich habe das noch nie zu einer Frau gesagt, aber Sie wären ein fabelhafter Watson, Wiweka«, sagte Werkazy.

»Was wäre ich?«

»Das erklärt er dir später«, sagte Buschart. »Wir müssen jetzt hier so schnell wie möglich raus. Im Ventilationsraum am anderen Ende des Gebäudes gibt es ein Fenster. Das ist unsere einzige Chance.«

Er wandte sich noch einmal an Wiweka. »Du gehst jetzt zurück und mischst dich wieder unter das Personal. Mit etwas Glück kommst du hier raus, ohne dass jemand merkt, dass du uns geholfen hast.«

»Das muss ich ablehnen«, sagte sie. »Ich will euch begleiten.«

»Das ist zu riskant!«

»Ich glaube, ich habe das Recht, selbst zu entscheiden, ob ich bleibe oder nicht. Ich habe euch beide davor bewahrt, Kalinianer zu werden. Und außerdem habe ich vorhin im OP-Saal alles mit angehört. Wenn nur die Hälfte von dem stimmt, dann will ich nicht in Kalino bleiben.«

»Sie versteht es, ihre Wünsche klar zu formulieren«, sagte Werkazy. »Ich würde ihr nicht widersprechen.«

»Also gut«, seufzte Buschart. »Aber unter einer Bedingung: Du musst tun, was ich sage. Sie auch, Werkazy.«

Sie nickten beide. »Wiweka, sieh jetzt bitte nach, ob die Luft rein ist«, sagte Buschart.

Sie ging zur Tür und schlüpfte hinaus in den Flur.

Werkazy hielt Buschart zurück. »Ihnen ist klar, dass wir nicht nur aus diesem Gebäude, sondern aus Kalino wegmüssen. Und diesmal können wir uns von hier nicht so einfach wegteleportieren.«

»Ich weiß. Ich habe einen Plan. Vertrauen Sie mir.«

»Die Luft ist rein«, unterbrach Wiweka sie. »Wir können los!«

Ohne ein weiteres Wort zu verlieren, verließen alle drei ganz leise den Aufwachraum. Entweder hatten sie großes Glück, oder der gesamte Perfektionsdienst machte gerade eine Pause. Ohne jemandem zu begegnen, gelangten sie in das Untergeschoss. Erst als sie wieder vor einer massiven Tür standen, sagte Buschart: »Hinter dieser Tür liegt das private Labor von Osmos. Wiweka, du musst mir jetzt etwas versprechen: Wenn wir da drin sind, siehst du nirgendwo anders hin als auf den Boden. Das Labor ist hundert Meter lang. Du darfst erst wieder aufsehen, wenn wir den Ausgang erreicht haben.«

»Warum?«

»Es gibt Räume, an die man als Kalinianer keine Erinnerungen haben sollte.«

»Werden Sie auch auf den Boden schauen?«

»Nein, Werkazy und ich sind Papiergesichter. Wir müssen uns das sogar ansehen. Das wird uns Kraft geben durchzustehen, was vor uns liegt.«

»Das ist für mich unverständlich, aber ich werde es versuchen.«

»Also, wenn es Sie tröstet, Wiweka, werde ich auch ab und zu auf den Boden sehen«, sagte Werkazy.

»Sie müssen das sogar«, gab sie zurück. »Sie sind kurzsichtig, wie ich gerade bei der Untersuchung Ihrer Pupillenreflexe herausfand.«

»Ich bin nicht kurzsichtig, sondern leicht astigmatisch.«

»Die Tür öffnet sich jetzt«, unterbrach sie Buschart und drückte eine Zahlenkombination auf dem Display neben der Tür. Sie schob sich zur Seite, und ein grell erleuchteter Raum öffnete sich vor ihnen.

»Wiweka, geh als Erste. Und vergiss nicht: immer auf den Boden sehen!«

»Mein Gedächtnis arbeitet einwandfrei.«

Sie senkte den Kopf und betrat das Labor. Auf dem Boden war eine gelbe Linie, die bis ans andere Ende des Raumes führte. Wiweka fixierte die Linie und lief los, ohne sie aus den Augen zu lassen. Buschart und Werkazy folgten ihr. Die metallischen Wände des Labors verwandelten sich nach wenigen Metern in transparente Kammern, die mit einer trüben Flüssigkeit gefüllt waren. In einigen schwebten nackte Kalinianer. Irgendetwas Entsetzliches war mit ihnen passiert. Sie waren auf ihre halbe Körpergröße zusammengeschrumpft, als wären sie rasend schnell gealtert. Buschart hielt Werkazy zurück und wartete, bis Wiweka außer Hörweite war.

»Das ist der echte Friedhof von Kalino«, flüsterte er. »Osmos hat ihnen alles extrahiert, was er noch mal der kalinianischen Nahrung zusetzen kann. Sie sind qualvoll gestorben. Jetzt lösen sie sich auf. Innerhalb weniger Stunden wird von keinem mehr etwas übrig sein.«

Werkazy betrachtete jede einzelne Kammer, bis er wie angewurzelt vor einer stehen blieb. Darin schwebte ein junger, gesunder Kalinianer. Er drehte sich langsam um die eigene Achse, und er lebte noch.

»Ich kenne ihn«, sagte Werkazy. »Ich habe ihn am Tag meiner Ankunft in einem Lokal gesehen, als er wegen einer Verstümmelung vom Perfektionsdienst abgeholt wurde. Er war völlig gesund. Warum ist er hier?«

»Er wurde bestraft.«

»Wofür?«

»Weil er mit seiner Selbstverstümmelung ein schweres Verbrechen begangen und das Geschenk des Gründers misshandelt hat.«

»Welches Geschenk?«

»Osmos sieht die Körper der Kalinianer als sein Eigentum an. Wenn ein Kalinianer seinen Körper mutwillig beschädigt, nimmt Osmos ihm den Körper wieder weg. So wie bei dem hier. In wenigen Stunden wird es sein, als hätte es ihn nie gegeben.«

Der junge Kalinianer starrte sie flehend an.

»Ich hätte nicht übel Lust, Osmos in einen dieser Behälter zu stecken«, sagte Werkazy.

»Ich habe eine weitaus schlimmere Strafe für ihn. Kommen Sie. Wir können hier nichts mehr tun.«

Am Ausgang wartete Wiweka bereits auf sie. Sie versuchte sich nichts anmerken zu lassen, aber sie zitterte am ganzen Leib.

»Alles in Ordnung?«, fragte Werkazy.

»Es geht mir gut, aber das ist kein Raum, den ich noch einmal betreten möchte.«

»Das werden Sie auch nicht müssen«, beruhigte Werkazy sie.

Buschart öffnete den Ausgang, und sie traten aus dem Labor hinaus. Im selben Augenblick erklang ein hohes Alarmsignal. Es musste seit einigen Minuten aktiviert sein, sie hatten es nur im schalldichten Labor nicht gehört.

»Sie wissen, dass wir weg sind«, sagte Buschart. »Los! Da vorne ist der Ventilationsraum.« Sie liefen leise über den Flur und schlüpften hinein.

Der Ventilationsraum war ein großer, abgedunkelter Raum, in dem schemenhaft mächtige Konsolen zu erkennen waren.

»Das Fenster liegt am anderen Ende des Raumes. Gehen wir.«

»Sekunde.« Werkazy hielt Buschart am Arm fest. »Merken Sie was? Es ist zu still hier. Da ist etwas faul. Aus mir sprechen zwanzig Jahre Erfahrung professionellen Versteckspiels.«

»Sie sollten ausnahmsweise auf Ihren Detektiv hören. Sein Gehör ist weitaus besser als seine Arbeitsmoral«, hörten sie eine Stimme, die ihnen nur allzu bekannt war. Plötzlich erleuchtete ein grelles Licht den ganzen Raum. Vor ihnen stand Osmos in Begleitung eines Dutzends Perfektionsdiener. Sie alle waren mit Gewehren bewaffnet.

»Ich habe diese altmodische Neigung, durch Fenster zu flüchten, nie nachvollziehen können. Aber jetzt bin ich dafür dankbar«, sagte Osmos. »Ihre Hartnäckigkeit, mit der Sie sich meinem Plan widersetzen, aus Ihnen zwei vollwertige Individuen der kalinianischen Gesellschaft zu machen, ist bemerkenswert. Ich habe Sie wirklich unterschätzt. Aber diese Nachlässigkeit habe ich wohl meiner Naivität zuzuschreiben.« Osmos wandte sich an Wiweka. »Sie ahnen nicht, wie es mich schmerzt, Sie hier zu sehen. Sie waren eine der vielversprechendsten Vertreterinnen Ihrer Art. Bitte sagen Sie mir, dass Sie von diesen beiden Papiergesichtern gezwungen wurden, das zu tun.«

»Sie dachten doch nicht, dass ich nach dem, was Sie Rektor Dornort angetan haben, in ein Entspannungslokal gehen würde, als wäre nichts passiert.«

»Ihre Loyalität ist beeindruckend. Eine Eigenschaft, die man unter Kalinianern wirklich selten antrifft. Schade, dass wir sie nicht aus Ihrem Köpfchen extrahieren können, um sie auf andere zu übertragen. Aber wer weiß, es käme auf einen Versuch an.« Er wandte sich wieder an Buschart und Werkazy. »Sie werden mir jetzt ohne Widerstand folgen. Diesmal werde ich die Transformation von Anfang bis Ende persönlich überwachen.«

Als Osmos sich zu den Perfektionsdienern umdrehte, um Befehle zu erteilen, zog Werkazy blitzschnell seinen Elektroschocker und feuerte auf Osmos. Der Schuss verfehlte ihn aber und traf einen Perfektionsdiener, der sofort zu Boden ging. Ohne abzuwarten, stieß Werkazy Buschart und Wiweka hinter eine der Konsolen des Ventilationsraums und warf sich dann selbst in Deckung.

»Sind Sie verrückt?«, zischte Buschart. »Was ist denn in Sie gefahren?«

»Tut mir leid. Ich fürchte, das war eine Kurzschlusshandlung.«

»Damit ist mein großzügiges Angebot endgültig hinfällig!«, hörten sie Osmos rufen. Seine Stimme bebte vor Wut. »Erschießt sie auf der Stelle! Alle drei. Auch die Kalianerin.«

Die Perfektionsdiener legten an und begannen zu feuern. Die Kugeln prallten an der Konsole ab. Ein paar flogen darüber hinweg und blieben in der Wand stecken.

»Was ist das?«, fragte Wiweka.

»Das sind echte Kugeln«, erklärte Werkazy. »Sehr beliebt da, wo ich herkomme.«

In Wiwekas Augen lag Verständnislosigkeit.

»Und was jetzt?«, fragte Buschart.

»Ich habe gehofft, Ihnen würde etwas einfallen«, sagte Werkazy. »Ich kann mich in Stresssituationen nicht konzentrieren!«

Buschart sah sich um. Die Lage war alles andere als rosig. Selbst wenn sie es aus dem Raum schafften, würden sie auf dem Gang dem Perfektionsdienst in die Hände fallen. Die Flucht durch einen Ventilationsschacht war ebenfalls ausgeschlossen. Dafür waren die Schächte zu eng.

Plötzlich zog Buschart seine seltsame Pistole heraus, die er gemeinsam mit dem grünen Würfel aus seinem Laborsafe geholt hatte. »Wie gut können Sie zielen, Werkazy?«

»Sie haben es gerade gesehen. Ich wollte Osmos treffen und erwischte den Perfektionsdiener.«

»Dann geben Sie sich diesmal mehr Mühe.« Er reichte Werkazy die Pistole. »Schießen Sie damit auf Osmos. Sie haben nur einen Schuss und müssen ihn unbedingt in den Bauch treffen. Nirgendwo anders.«

»Warum ausgerechnet dort?«

»Ich will Sie beide nicht stören«, unterbrach Wiweka sie. »Aber Sie sollten langsam etwas unternehmen.«

»Los«, drängte Buschart, »entweder Sie erwischen ihn jetzt, oder wir klettern ab morgen zusammen im S-Viertel.«

Werkazy nahm die Pistole und kroch zum anderen Ende der Konsole. Er nahm zwei tiefe Atemzüge, kam aus der Deckung, zielte kurz und schoss. Zwei Sekunden später war er wieder an seinem Platz.

»Haben Sie ihn erwischt?«

»Fragen Sie mich etwas Leichteres.«

Es wurde still im Raum. Die Perfektionsdiener hatten aufgehört, zu feuern. Werkazy sah vorsichtig hinter der Konsole hervor, hinter der sie in Deckung lagen. Auf Osmos' Hemd hatte sich ein kleiner Fleck unterhalb seiner Brust gebildet, der immer größer wurde und sich auf seinen ganzen Oberkörper ausbreitete. Er versuchte sich vergeblich das Hemd herunterzureißen. Dann ging er in die Knie, fiel ganz zu Boden und rollte sich auf den Rücken. Seine Haare begannen grau zu werden.

Werkazy betrachtete die Waffe in seiner Hand. »Meine Güte. Womit habe ich ihn erwischt?«

»Mit etwas, das ihn schon längst hätte treffen müssen«, antwortete Buschart.

»Was passiert jetzt mit ihm? Stirbt er?«

»Er fällt auf sein normales Alter zurück. Osmos ist in Wirklichkeit über neunzig.«

»Seht nur, was mit dem Perfektionsdienst los ist!«, rief Wiweka.

Die Perfektionsdiener bildeten einen Kreis um ihren Gründer. Sie standen offenbar unter schwerem Schock.

»Sie sehen zum ersten Mal einen Menschen, der altert,

noch dazu ist es ihr Gründer«, sagte Buschart. »Machen wir uns aus dem Staub, solange es geht. Kommt!«

Sie kamen aus ihrem Versteck und liefen los.

Als Osmos sie bemerkte, richtete er sich in einer unmenschlichen Anstrengung auf und rief nach Buschart. Seine Stimme hörte sich bereits um einiges höher an.

»Wie konntest du mir das antun, Buschart?«, presste er hervor. »Ich war wie ein Vater zu dir!«

Buschart blieb für einen Moment stehen. »Ein Vater, der mich gerade noch töten wollte.«

»Ich wollte dir ein Leben schenken, das du dir gar nicht vorstellen kannst.«

»Ich habe schon ein Leben.«

Osmos sank erschöpft zurück, raffte sich dann aber noch einmal auf. »Buschart, töte mich! Denn du weißt, was passiert, wenn ich das hier überstehe.«

»Ich weiß, aber ich kann nicht. Leben Sie wohl, Osmos!«

Der Gründer sackte entkräftet zu Boden, und Buschart schloss wieder zu Werkazy und Wiweka auf. In wenigen Sekunden erreichten sie das Fenster und kletterten ungehindert ins Freie. Dann liefen sie zu dem nächsten K-Mobil des Perfektionsdienstes und stiegen ein.

»Ich schlage vor, Wiweka fährt. Niemand beherrscht diese Mobile besser als ein Kalinianer. Los, die Transformation von Osmos wird nicht ewig dauern«, sagte Buschart.

»Und wohin soll es gehen?«, fragte Werkazy.

»Zum Bahnhof natürlich. Wohin sonst?«

KAPITEL 26

Die Eintrittskarte zu einer guten Show

Das K-Mobil flitzte unter der sicheren Hand Wiwekas über die Straßen und Plätze Kalinos, ohne beachtet zu werden. Die Auswirkungen von Osmos' plötzlicher Transformation waren auf dem ganzen Weg zum Bahnhof zu spüren. Immer wieder entdeckten sie Fahrzeuge des Perfektionsdienstes, die stehen geblieben waren, als hätte man ihnen plötzlich den Strom abgedreht. Kein einziges nahm die Verfolgung auf, als das gestohlene K-Mobil vorbeischoss.

»Sie haben Kalino zum Stillstand gebracht, Buschart«, sagte Werkazy mit einem Blick aus dem Seitenfenster. »Und das Ganze mit nur einem Schuss. Gratuliere!«

»Um genau zu sein, waren Sie derjenige, der geschossen hat.«

»Und komischerweise auch getroffen hat.« Werkazy schüttelte den Kopf. »Was für eine Ironie. Osmos wollte uns in Kalinianer verwandeln, und Sie haben ihn in ein Papiergesicht verwandelt.«

»Er ist nicht verwandelt worden«, korrigierte Buschart ihn. »Er ist nur das geworden, was er immer war.«

»Schon möglich. Aber eines lässt mir keine Ruhe. Er sagte, Kalino sei das Gold von morgen. Das war vielleicht gar nicht so dumm.«

»Es gibt nur ein Gold. Das, das man sich als eine Kette

um den Hals hängen kann. Aber falls Sie gerade selber überlegen, wie es wohl wäre, unsterblich zu sein, dann kann ich Ihnen nur dringend davon abraten. Besonders als Detektiv.«

»Ah ja? Und wieso?«

»Sie meinen, abgesehen davon, dass es keine Todesfälle gäbe? Nun, Sie würden in den Millionen Jahren, die Sie zur Verfügung hätten, irgendwann alles über alle wissen. Eine ganze Ewigkeit ohne Rätsel und Fragezeichen? Seien wir ehrlich: Das wäre doch nichts für Sie, Werkazy.«

»Ich würde mich mit Punkten und Beistrichen zufriedengeben. Und dazu meinen Otard trinken.«

»Der würde Ihnen aber früher oder später ausgehen. *Wir* könnten unsterblich sein, aber bestimmt nicht unsere Lieblingsdrinks.«

»Wirklich, Buschart! Sie verstehen es, einen zu ermuntern. Jetzt werde ich den Rest meines Lebens in dem Glauben verbringen müssen, den richtigen Job zu machen.«

»Darf ich mal eure geistreiche Unterhaltung kurz stören?«, fragte Wiweka. »Da vorne ist schon der Bahnhof. Was soll ich jetzt tun?«

»Parke auf der Westseite«, sagte Buschart. »Von dort kommen wir am schnellsten auf den Bahnsteig.«

Wiweka brachte das K-Mobil neben einer Glastür zum Stehen. Als sie in das Bahnhofsgebäude schlichen, sah sich Buschart verwundert um. »Unglaublich! Kein Perfektionsdiener weit und breit. Kommt, hier entlang.« Sie tauchten in einen Gang ein, der Werkazy sehr bekannt vorkam: Durch ihn hatte man ihn bei seiner Ankunft geführt. Plötzlich legte Buschart den Finger auf den Mund. Sie kamen an einem Raum voller Perfektionsdiener vorbei, die auf einen großen Bildschirm starrten, auf dem Osmos zu sehen war.

Der Gründer Kalinos lag auf dem Boden und war kaum wiederzuerkennen. Der Alterungsprozess war schon weit fortgeschritten. Osmos ähnelte inzwischen einem achtzigjährigen Mann.

»Was ist das? Eine Liveübertragung?«, fragte Werkazy.

»Das ist ein interner Kanal des Perfektionsdienstes. Ich wette, es gibt in ganz Kalino keinen Perfektionsdiener, der das jetzt nicht sieht. Kommt, wir müssen weiter.«

Sie liefen zum Ausgang und betraten den Bahnsteig. Werkazy traute seinen Augen nicht: Auf dem Bahnsteig wartete der Zug, offenbar abfahrbereit. Buschart ging zur Lokomotive vor und klopfte an die Scheibe. Das Fenster ging auf, und der Kopf eines Mannes erschien darin. Es war Schrom. Sein Gesicht erstrahlte. »Gut, Sie in einem Stück wiederzusehen, Herr Buschart! Es ist alles bereit.«

»Tut mir leid, dass wir so spät dran sind. Aber es kam etwas dazwischen!«

»Schon gut. Steigt ein. Der erste Waggon steht offen.« Schrom sah zu Werkazy. »Herr Detektiv, Sie sehen müde aus. Wo haben Sie sich bloß herumgetrieben?«

»Mal hier, mal dort, würde ich sagen.«

»Ich hoffe, Sie haben nicht vergessen, dass Sie mir noch eine Kiste Bier schuldig sind.«

»Die kriegen Sie. Sogar zwei.«

»Das will ich auch hoffen. Ich werfe die Motoren an, und ihr nehmt Platz. Wer weiß, wie lange wir noch das Freisignal haben.« Schrom verschwand im Inneren der Lok. Im nächsten Moment ging eine Vibration durch den Zug, und man hörte, wie die Motoren anliefen.

»Wiweka«, sagte Buschart, »steig in den Waggon, und warte dort auf uns. Werkazy und ich müssen hier noch eine Kleinigkeit erledigen.«

»Einverstanden«, sagte Wiweka und ging zum Waggon.

Dann blickte er Werkazy an. »Sie wissen, was ich jetzt von Ihnen brauche?«

Werkazy nickte und holte den Sender heraus.

Buschart griff den Sender und nahm blitzschnell den Boden ab. Er entfernte ein weiteres Teil und steckte den grünen Würfel an seinen Platz. Der Sender erwachte zum Leben. »Wenn der Würfel richtig funktioniert«, sagte er, »werden wir mit einem einzigen Anruf die biologischen Uhren der Kalinianer wieder zum Laufen bringen. Sie werden sich wieder in Papiergesichter verwandeln. Damit ist Kalino Geschichte.«

»Augenblick. Sie werden sich aber nicht so verwandeln wie Osmos vorhin?«

»Nein, sie werden altern, aber so wie Sie und ich. In Normaltempo. Das hier ist sozusagen der Startschuss. Es wird anfangs nur ein paar kleine Nebenwirkungen geben.«

»Nebenwirkungen?«

»Ein kurzer, stechender Schmerz im Unterleib. Schwindelgefühl und Kopfschmerzen. Aber das geht schnell wieder vorbei.« Buschart drückte einen Knopf am Sender, und wie bei einem Telefon ertönte ein Freizeichen.

»Hören Sie nur. Es geht los.« Buschart hielt Werkazy den Sender hin. Werkazy hörte zuerst nur ein normales Telefonsignal.

Dann hob plötzlich ein Kalinianer ab und fragte: »Hallo, wer ist da?« Als er keine Antwort bekam, wiederholte er: »Hallo, ist da jemand?« Dann hob ein weiterer ab und dann noch einer, bis man schließlich nur noch ein Stimmenwirrwarr hörte. Irgendwann waren zweitausenddreihundertvierundvierzig Kalinianer dran. Der Stimmenwirrwarr dauerte eine Weile, bis einer nach dem anderen aufgelegt hatte. Schließlich herrschte wieder absolute Stille.

»Es ist vollbracht: Ab heute gibt es über zweitausend Papiergesichter mehr auf der Welt«, verkündete Buschart. Er gab Werkazy den Sender zurück. »Bedanken Sie sich für diese elektronische Meisterleistung bei Ihrem Partner Bruno. Er verdient wirklich eine Belohnung.«

»Oh, er wird schon seine Belohnung kriegen. Da machen Sie sich keine Sorgen.« Werkazy blickte auf die offene Waggontür. Dann drehte er sich wieder zu Buschart. »Sie kommen nicht mit, stimmt's?«

»Ich kann nicht. Die Kalinianer haben heute nicht nur ihren Gründer verloren, sondern auch Kalino. Sie werden Fragen haben, und wer kann sie besser beantworten als ein Papiergesicht? Und außerdem muss sich noch jemand um Kliszt kümmern. Wir wollen ja nicht einen neuen Osmos.«

»Das wird eine turbulente Zeit für Sie. Sie brauchen am Anfang einen verlässlichen Unterschlupf.«

»Ich glaube, was das angeht, werde ich meiner Frau einen Besuch abstatten. Mal sehen, wie sie jetzt das alles sieht. Schließlich ist sie jetzt nicht mehr Witwe und auch keine Kalinianerin mehr.« Buschart lächelte. »Ich hoffe, Sie nehmen mir nicht zu sehr übel, dass ich Sie in das Ganze hineingezogen habe.«

»Na ja, manchmal ist es ganz gut, die eigenen vier Wände zu verlassen und einen Ausflug zu machen. Selbst wenn es Kalino ist. Ich bedaure nur, dass ich kein Foto davon habe, wie ich Osmos aus dem Verkehr gezogen habe. Wenn ich das in meiner Kneipe erzähle, glaubt mir das niemand.«

»Wenn Sie wollen, kann ich es Ihnen schriftlich geben.«

»Nein, nicht nötig. Ein Mann muss auch ein paar Geheimnisse haben.«

»So ist es.«

Das Signal zur Abfahrt ertönte. Die Elektromotoren dröhnten kraftvoll.

»Sie sollten jetzt einsteigen. Schrom wird Sie sicher aus Kalino herausbringen. Und kümmern Sie sich um Wiweka. Erst wenn sich die Lage beruhigt hat, wird sie zurückkommen können. Falls sie dann überhaupt noch will.«

»Mache ich. Und was soll ich ihr sagen, wenn sie mich nach Ihnen fragt?«

»Ihnen wird schon etwas einfallen. Da bin ich mir sicher.«

Werkazy stieg ein, blieb aber in der offenen Tür stehen. »Leben Sie wohl, Buschart. Und lassen Sie sich von niemandem unterkriegen.«

»Ich werde es versuchen. Leben Sie wohl, Werkazy!«

Die Tür begann sich zu schließen und fiel mit einem dumpfen Seufzer zu. Der Zug setzte sich in Bewegung. Werkazy sah, wie Buschart auf dem Bahnsteig zurückblieb, immer kleiner wurde und schließlich verschwand.

Dann drehte er sich um und betrat das Abteil.

»Na endlich«, sagte Wiweka erleichtert. »Ich habe mich schon gefragt, wo ihr bleibt.« Sie sah Werkazy beunruhigt an. »Wo ist Vizedirektor Buschart?«

»Er kommt nicht mit.«

»Aber warum?«

»Er muss noch etwas erledigen.«

»Er hat doch alles erreicht, was er sich vorgenommen hat.«

»Er kam zu dem Schluss, dass man das, was man mit einem Telefonat in Bewegung setzt, persönlich zu Ende bringen muss.«

»Ein Telefonat? Seltsam, dass Sie das erwähnen«, sagte

sie und wurde plötzlich blass, als suche eine unangenehme Erinnerung sie heim.

»Ist alles in Ordnung?«

»Vorhin, als Sie beide auf dem Bahnsteig waren, habe ich einen seltsamen Anruf bekommen. Ich hob ab, aber es war nur ein Rauschen im Hörer. Gleich nachdem ich aufgelegt hatte, fühlte ich einen starken Schmerz im Unterleib. Alles blieb für einen Moment stehen wie in einem Film, um dann wieder in Normaltempo zu laufen. Es war sehr beunruhigend.«

»Machen Sie sich keine Sorgen. Das legt sich bald wieder.«

»Sie kennen das? Haben Sie etwa auch einen Anruf bekommen?«

»Ja, nur ist es schon eine Weile her. So ist das nun mal mit einer Eintrittskarte zu einer guten Show. Die kostet eben was.«

»Ich kann Ihnen nicht folgen. Was für eine Show?«

Werkazy machte eine unbestimmte Handbewegung, die das Innere des Waggons, die vorüberhuschende Landschaft draußen vor den Fenstern und noch etwas anderes einschloss, wofür er keine Worte fand. »Sie bekommen das schon allein heraus. Es ist ja Ihre Show. Und jetzt brauche ich dringend etwas zur Beruhigung, sonst fange ich an, Unsinn zu reden, und das ist keine schöne Show, glauben Sie mir. Bitte helfen Sie mir suchen: Irgendwo müsste es hier eine Art Kühlschrank geben, in dem so kleine Fläschchen sind. Ich könnte wetten, auf der Herfahrt habe ich hier eines gesehen.«

KAPITEL 27

Das wahre Opfer von Kalino

»Unser Detektivheld ist zurück. Und hat offenbar viel Schlaf nachzuholen«, hörte Werkazy eine Stimme sagen und spürte, wie ihn jemand am Arm rüttelte. Er öffnete die Augen und sah einen großen, unförmigen Fleck über sich, der langsam an Kontur gewann und sich in das Gesicht von Bruno verwandelte. Sein Partner beobachtete ihn mit einer Konzentration, als wäre Werkazy ein defektes elektronisches Gerät, das dringend repariert gehörte.

»Sie müssen dich ganz schön auf Trab gehalten haben in Kalino«, sagte Bruno. »Ich versuche seit einer halben Stunde, dich aufzuwecken.«

»Seit einer halben Stunde schon?«, murmelte Werkazy und sah sich um. Es gab keinen Zweifel: Er war wieder zurück in seinem Büro. An der Tür stand sein Name, und an der Wand hing das Gemälde vom schwebenden Mann mit der Katze. Mit jedem weiteren vertrauten Gegenstand, den er erblickte, hellte sich sein Gesicht auf, und schließlich musste er sogar ein wenig lächeln. Als sein Blick aber auf die Araukarie fiel, verschwand das Lächeln schlagartig. Sie sah aus, als hätte sie jemand mit Säure übergossen. Bruno wich vorsorglich einen Schritt zurück und streckte beide Hände von sich, als würde er einen Zug aufhalten wollen.

»Es war ein Versehen, Julius. In der Flasche muss irrtümlich noch etwas Coca-Cola gewesen sein. Die muss sich mit dem Wasser vermischt haben. Aber die Araukarie fängt sich schon wieder.«

Werkazy stand auf, ging ans Fenster und beugte sich über die Pflanze, als wäre sie ein naher Verwandter, der im Sterben lag. »Ich hätte dich niemals diesem Schlächter überlassen dürfen. Das ist allein meine Schuld.«

»Wirklich, Julius, du solltest im Theater auftreten. Sie ist hart im Nehmen. Das wissen wir nicht erst seit heute.«

Werkazy drehte sich zu Bruno um und sagte mit einem Anflug von Verbitterung: »Ich will dir jetzt keinen Vortrag über Bindungen zwischen Pflanze und Mensch halten. Du verstehst es sowieso nur, wenn ich das Wort ›Pflanze‹ durch ›Prozessor‹ ersetze.«

»Ich habe massive Gewissensbisse, wenn es dich beruhigt. Und es wird nie wieder vorkommen. Aber wenn du mir also schon einen Vortrag halten willst, wie wäre es mit einer Zusammenfassung über deine Reise? Ich gebe zu, ich bin ziemlich neugierig. Besonders auf den Teil, in dem mein Sender vorkommt.«

Werkazy strich seine zerknitterte Kleidung glatt. »Das kann warten. Ich muss jetzt weg. Der Fall ist noch nicht abgeschlossen.«

»Nicht abgeschlossen? Was verschweigst du mir jetzt schon wieder?«

Werkazy überhörte Brunos Frage und ging zur Tür. »Ich erkläre dir alles, wenn ich zurück bin. Halte inzwischen hier die Stellung. Und komm meiner Araukarie nicht zu nahe. Sie welkt schon, wenn du nur den Raum betrittst.«

»Keine Angst. Um dieses Biest kümmerst du dich von jetzt an wieder selbst.«

Werkazy verließ das Büro und war innerhalb weniger

Sekunden auf der Straße. Er war spät dran. Zum Glück lag sein Ziel gleich um die Ecke. Es war seine Lieblingskneipe. Er hatte sie gewählt, weil sie auf halbem Weg zwischen seiner Wohnung und seiner Detektei lag.

Als er eintrat, stellte er erleichtert fest, dass noch niemand da war. Er nahm an einem Tisch Platz, von wo aus man die Straße gut sehen konnte, und winkte Rita herbei, die Kellnerin. Als sie an seinen Tisch kam, spielte sie die übliche Komödie durch, die immer fällig war, wenn er sich länger nicht hatte sehen lassen. Sie trat ein paar Schritte zurück und fragte: »Wo waren Sie bloß, Julius? Ich lese schon seit Tagen alle Zeitungsartikel, die mit dem Satz beginnen: ›Und dann richtete der eifersüchtige Ehemann die Waffe gegen den charmanten, aber etwas überforderten Detektiv.‹«

»Eifersüchtige Ehemänner sind eine Erfindung, Rita«, sagte Werkazy. »Aber danke, es geht mir gut. Ich war bloß gerade an einem anstrengenden Fall dran. Ich musste mich überdurchschnittlich häufig sportlich betätigen und ausschließlich Milch trinken.«

»Deshalb sehen Sie so blass aus. Lassen Sie uns sofort etwas dagegen tun. Das Übliche, nehme ich an? In doppelter Ausführung?«

»So ist es. ›Doppelt‹ ist hier das absolut richtige Wort.«

»Schon unterwegs.«

»Einen Augenblick noch, Rita«, sagte Werkazy. »Geben Sie mir noch ein Glas von Ihrem berühmten Schwarzer-Holunder-Saft.«

»Schwarzer-Holunder-Saft? Sie sind doch nicht etwa krank?«

»Nein, es geht um meinen Gast, der gleich kommt. Das ist für ihn. Bitte servieren Sie den Saft aber erst dann, wenn ich Ihnen ein Zeichen gebe. Nicht vorher. In Ordnung?«

»Julius«, sagte Rita, »für Sie serviere ich sogar ein Nashorn auf einem silbernen Tablett. Ich warte auf Ihr Zeichen!« Rita verschwand hinter der Theke. Augenblicke später hörte man bereits, wie sie die Getränke vorbereitete.

Werkazy sah auf die Straße hinaus. Die Geschäfte hatten geöffnet, Radfahrer fuhren vorbei, und auf der anderen Straßenseite spielten zwei Jungs Ball. Diese Szene kam ihm vertraut vor, und doch hatte er das Gefühl, er müsse zweimal hinsehen, um es zu glauben. Es waren nur ein paar Tage, und doch kommt es einem wie eine Ewigkeit vor, dachte er.

Als er wenig später an seiner Spezialmixtur nippte, wie Rita seinen Drink nannte, tauchte endlich Wiweka um die Ecke auf. Ihre kalinianische Kleidung fiel aus dem Rahmen, aber niemand beachtete sie. Sie hielt sich am äußeren Rand des Gehsteigs, damit sie einen besseren Blick auf die Fassaden und Häuser hatte. In ihrem Gesicht stand Verblüffung. Ich muss genauso geschaut haben, als ich durch Kalino ging, dachte Werkazy und nahm einen weiteren Schluck von seiner Spezialmixtur.

Dann betrat Wiweka das Lokal. Als sie ihn bemerkte, steuerte sie auf seinen Tisch zu. »Guten Tag, Herr Werkazy«, sagte sie. »Ich habe ohne Probleme hergefunden, wie Sie sehen.«

»Und noch dazu pünktlich auf die Minute.« Er lächelte und zeigte auf einen Stuhl. »Nehmen Sie bitte Platz.«

Sie setzte sich und sah sich im ganzen Lokal um. »Was ist das für ein Ort?«

»Eine Art Entspannungslokal, man nennt es Kneipe.«

»Eine seltsame Bezeichnung. Genauso seltsam wie die Inneneinrichtung.«

»Man gewöhnt sich daran schneller, als man glaubt«, sagte Werkazy. »Wie haben Sie geschlafen? Es war schließlich Ihre erste Nacht außerhalb Kalinos.«

»Den Umständen entsprechend. Es gibt viele merkwürdige Geräusche in Ihrem Domizil, deren Quelle nicht auszumachen ist. Und es ist ungewöhnlich hell in der Nacht, wegen der Fenster. Aber Sie sollen nicht den Eindruck haben, dass ich mich beschwere. Es war wirklich sehr entgegenkommend von Ihnen, mir Ihre Unterkunft zu überlassen. Ich will Ihnen aber nicht weiter zur Last fallen. Es ist mein Wunsch, hier, so schnell es geht, auf eigenen Beinen zu stehen.«

»Das sagten Sie schon gestern mehrmals. Und deswegen treffen wir uns hier.«

»Deswegen? Ich verstehe nicht ganz.«

»Es gibt etwas sehr Wichtiges, was Sie unbedingt wissen müssen, bevor Sie sich hier ins Leben stürzen, ja, eigentlich bevor Sie überhaupt auf die Straße gehen. Ich wollte es Ihnen schon gestern im Zug sagen, aber dann kam etwas dazwischen, wie Sie ja wissen.«

»Sie haben die Minibar im Zug gefunden und sind kurz darauf in eine ›kontrollierte Ohnmacht‹ gefallen, wie Sie es nannten.«

»Wirklich? Nun, manchmal bringe ich die Dinge wirklich auf den Punkt. Jedenfalls geht es um etwas Wichtiges, das Sie persönlich betrifft.«

»Sie sprechen in Rätseln.«

»Drücken wir es so aus: Sie sind nicht mehr die Person, die Sie noch vor Kurzem waren.«

»Jetzt werde ich aber wirklich unruhig. Bin ich etwa krank?«

»Vor ein paar Tagen hätten Sie es bestimmt so genannt.

Tatsächlich ist es das Gegenteil von Krankheit. Erinnern Sie sich noch an den Anruf, den Sie im Zug bekamen, bevor wir Kalino verließen?«

»Natürlich. Das war sehr seltsam. Ich spürte einen merkwürdigen Stich in der Magengegend. Kurz darauf hörte mein Gerlan auf, zu funktionieren. Und Sie sagten etwas von einer Show. Das war unverständlich.«

»Dieser Anruf war mehr als nur ein Anruf. Er hat Ihre biologische Uhr in Gang gesetzt. Und diese Uhr tickt jetzt, was erhebliche Folgen für Sie hat.«

»Könnten Sie es so formulieren, dass ich es verstehe?«

»Sie sind ein Papiergesicht geworden, Wiweka. Sie sind jetzt eine von uns.«

In Wiwekas Augen zeichnete sich Angst ab, aber dann lächelte sie plötzlich. »Das ist ein sogenannter Scherz. Das Humorkonzept der Papiergesichter, von dem mir Dornort erzählt hatte, richtig?«

»Nein. Das ist kein Scherz.«

»Aber ich spüre keinen Unterschied zu früher ... Ich sehe genauso aus wie in Kalino und fühle mich auch genauso. Ich habe keinerlei Defekte. Und ich kann immer noch eine Aufschrift in zwanzig Metern Entfernung entziffern.«

»Interessant, dass Ihnen gerade das als Erstes einfällt, wenn es um die Papiergesichter geht. Sie sollten sich auf die positiven Seiten konzentrieren. Und davon gibt es eine ganze Menge.«

Wiweka versuchte die Nachricht zu verdauen. »Trotzdem, ich glaube es nicht. Haben Sie einen Beweis dafür?«, fragte sie.

»Ich wusste, dass Sie das sagen.«

Werkazy gab Rita ein Zeichen. Sie löste sich von der

Theke und kam mit dem Schwarzen-Holunder-Saft an den Tisch.

»Guten Tag, Schätzchen«, sagte sie zu Wiweka. »Wie geht es Ihnen?«

»Danke, gut«, antwortete Wiweka verblüfft. Rita stellte den Schwarzen-Holunder-Saft vor ihr ab.

»Rufen Sie mich, wenn Sie noch etwas brauchen. Ich bin in der Nähe.« Rita zwinkerte Werkazy zu und kehrte hinter ihre Theke zurück. Dabei tat sie so, als würde sie sich in ein Frauenmagazin vertiefen, beobachtete aber weiter Werkazys Tisch.

»Das ist der Beweis?«, fragte Wiweka. »Dass diese merkwürdige Kellnerin mich ›Schätzchen‹ genannt hat? Nun, das macht mich noch lange nicht zum Papiergesicht. Es beweist nur, dass diese Frau einen zu vertraulichen Umgang mit den Gästen pflegt.«

»Sagen Sie das bloß nicht in ihrer Gegenwart«, sagte Werkazy lächelnd und schob ihr das Glas mit dem Saft zu. »*Das* ist der Beweis. Probieren Sie einen Schluck.«

»Wie bitte? Das ist ausgeschlossen, Ihre Nahrung ist reinstes Gift für mich.«

»Soeben lernen Sie eine neue Facette der Papiergesichter kennen. Um etwas zu erfahren, muss man etwas riskieren. Sie glauben mir nicht, also müssen Sie es probieren. Vertrauen Sie mir, und trinken Sie.«

Sie blickte auf das Glas und kämpfte sichtlich mit etwas, das weit über bloße Angst hinausging. Werkazy verstand nur allzu gut, was es war, aber er schwieg, weil er wusste, dass sie das allein mit sich ausmachen musste.

Schließlich nahm Wiweka das Getränk und sagte: »Auf Ihre Verantwortung!«

Dann führte sie das Glas langsam zum Mund und nahm

einen vorsichtigen Schluck. Werkazy fiel in diesem Moment ein, wie er den Dreifinger gekostet hatte. Er war genauso verängstigt gewesen wie Wiweka jetzt.

Sie stellte das Glas ab. »Wenigstens werden wir es sofort wissen.« Sie horchte auf das, was in ihrem Verdauungstrakt passierte. Aber es passierte nichts. Schließlich sah sie Werkazy an. »Das ist unmöglich!«

»Sie sollten sich freuen«, sagte Werkazy. »Keine Simulationen mehr, keine Gerlans oder sympathische Unterbrechungen. Und vor allem kein Osmos. Ab jetzt können Sie Ihr Leben in eine Vergangenheit und eine Zukunft einteilen.«

Wiweka betrachtete noch einmal den Holundersaft. In ihren Augen stand Ratlosigkeit, aber keineswegs Resignation.

Sie ist härter im Nehmen als zehn Kerle aus meiner Branche zusammengenommen, stellte Werkazy fest. »Ich weiß, dass es nicht leicht ist, das zu verdauen«, fuhr er fort. »Das wird eine Weile dauern. Aber es gibt eine wirksame Methode, den Heilungsprozess zu beginnen. Sie ist ganz besonders bei Detektiven beliebt.«

»Was für eine Methode denn?«

»Legen Sie den Fall einfach zu den Akten.«

»Den Fall zu den Akten legen? Ich weiß nicht, was Sie damit meinen.«

»Ziehen Sie einen Schlussstrich unter Kalino. So wie ich bereits einen Schlussstrich unter die ganze Kalinoreise gezogen habe.«

»Und wie macht man das?«

»Dafür gibt es viele Möglichkeiten. Die passendste wäre jetzt eine Ratatouille.«

»Ratatouille? Ist das noch ein Entspannungslokal?«

»Es ist ein Gericht. Das einzige, das ich kochen kann.

Aber dafür ziemlich anständig. Ich sterbe langsam vor Hunger. Ich hatte schon seit zwei Tagen nichts Richtiges mehr im Magen. Und Sie noch länger. Lassen Sie mich nachrechnen – seit dreißig Jahren etwa?«

Sie lächelte, und ihr alter Tonfall stellte sich ein. »Sie können gut rechnen. Für ein Papiergesicht, versteht sich.«

»Und Sie verstehen es, Komplimente zu machen. Für eine ehemalige Kalinianerin, versteht sich. Also, was halten Sie davon, wenn wir jetzt in mein Domizil gehen und die Ratatouille in Angriff nehmen? Ich müsste sogar noch irgendwo einen Weißwein haben.«

Wiweka verstummte und neigte den Kopf nach links. »Also wenn ich Sie so höre, frage ich mich, warum ich aus Kalino geflüchtet bin. Ich hätte genauso gut gleich dort bleiben können.«

»Jetzt müssen *Sie* es so formulieren, dass ich es auch verstehe.«

»Dieser ganze Vorgang erinnert mich an eine kalinianische Simulation. Da war es auch üblich, nach einem Entspannungslokalbesuch in die Wohnung zu gehen und dort die Simulation zu Ende zu bringen.«

»Das hier ist keine Simulation. Ganz bestimmt nicht.«

»Tatsächlich? Klären Sie mich auf.«

»Erstens sind Sie nicht mehr in Kalino, zweitens haben Sie noch nie eine Ratatouille probiert, und drittens …« Werkazy suchte nach den richtigen Worten. »… drittens kann kein Mensch voraussehen, was aus einem so bizarren Treffen wie dem unseren wird. Eigentlich ist es das pure Gegenteil von einer Simulation.«

»Und warum glaube ich Ihnen dann nicht?«

»Das ist doch klar. Weil Sie ein Papiergesicht sind. Und das schon seit vierundzwanzig Stunden.«

»Vierundzwanzig Stunden? Das ist in Kalino gar nichts.«

»Also hier ist es eine Menge. Wir haben dafür sogar einen Namen.«

»Tatsächlich? Verraten Sie ihn mir?«

»Ja, aber später. Wenn wir mit der Ratatouille fertig sind.«